KB231308

# 여성,

20세기를 읽고 21세기를 생각하다

## 산문 살롱

**김진희** 金眞禧 | Jin Hee Kim

숙명여대 국문과를 졸업하고 문학박사를 받았다. 1999년『지구문학』에「조지훈론」으로 등단하고 1999년 '제3회 에피포도문학상' 평론부분을 수상했다. 숙명여대 리더십 개발원의 연구원 및 한국연구재단 '기초연구과제지원 토대연구'「해방 이후부터 1960년대까지 한국 여성문학 자료 수집 · 정리」의 책임연구원으로 참여했다. 현재 숙명여대 한국어문학부 강사로 있으며 한국어문화연구소 책임연구원으로 인문학콘텐츠의 개발연구를 진행 중이다. 박사논문으로「한국 근대 기행시 연구」(2008)가 있으며, 공저로『한국 여성문학 자료집』1~6권 등이 있다.

**송경란** 宋敬蘭 | Kyungran Song

숙명여대 국문과를 졸업하고 문학박사를 받았다. 1996년『문예한국』에 평론「전후의 세대갈등과 현실대응방식」으로 등단했다. 숙명창학100주년사편찬위원회 및 한국연구재단 '기초연구과제지원 토대연구'로『해방 이후부터 1960년대까지 한국 여성문학 자료 수집 · 정리』에 책임연구원으로 참여했다. 현재 숙명여대와 한국산업기술대에 출강 중이며 숙명여대 한국어문화연구소 및 전략경영연구원(주) 책임연구원으로 인문학콘텐츠 개발연구 및 성과평가용역사업에 참여 중이다. 박사논문으로「1950년대 소설의 여성인물 연구 – 현실수용양상을 중심으로」(2000)가 있으며, 공저로『여성, 문학으로 소통하다』및『(대학생을 위한) 삶과 글쓰기』,『한국 여성문학 자료집』4~6권 등이 있다.

# 여성, 산문 살롱

20세기를 읽고 21세기를 생각하다

**초판인쇄** 2017년 11월 25일 **초판발행** 2017년 11월 30일

**지은이** 김진희 · 송경란 **펴낸이** 박성모 **펴낸곳** 소명출판 **출판등록** 제13-522호

**주소** 서울시 서초구 서초중앙로6길 15, 1층

**전화** 02-585-7840 **팩스** 02-585-7848

**전자우편** somyungbooks@daum.net **홈페이지** www.somyong.co.kr

값 13,000원 ⓒ 김진희 · 송경란, 2017

ISBN 979-11-5905-229-3  03810

김진희·송경란 지음

여성,
20세기를 읽고 21세기를 생각하다
산문 살롱

Woman, Prose Salon: Read the 20th century and think of the 21st century

소명출판

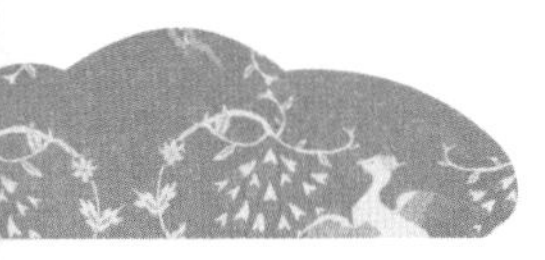



문학과 문화는 인문학의 토대가 되는 텍스트로서 서로 유기적 관계에 있습니다. 이런 관계 속에서 열린 생각을 나누고 소통하는 것이 21세기가 지향하는 정신입니다. 『여성, 산문 살롱 – 20세기를 읽고 21세기를 생각하다』는 이런 정신을 토대로 문학과 문화를 함께 이야기하는 세미나와 기획회의를 통해 콘텐츠화한 결과물입니다.

이 책은 두 인문학자의 소박한 믿음에서 비롯되었습니다. 하나는 1950~70년대 한국 여성작가들의 수필隨筆을 읽고 오늘의 시각에서 재해석하는 일이 20세기와 21세기의 인문학적 사고를 소통하게 하여 발전적 미래를 만드는 데 기여할 수 있다는 믿음입니다. 다른 하나는 독자들이 6·25전쟁 이후에 발표된 여성 수필을 접하면서 전후 여성작가와 수필문학에 대한 관심도 가지게 될 것이라는 믿음입니다.

1950년대부터 1970년대에 출간된 한국 여성작가의 수필집을 현대적 관점으로 재해석함으로써, 시대와 생각, 문화 등을 통시적·공시적으로 이해하는 계기를 마련하고자 하였습니다. 이를 위해 수필에 담긴 산문적 사고를 시나 소설, 대중문화 콘텐츠와 융복합적 관점에서 재해석하였습니다. 전후사회의 20세기적 사고를 21세기의 가치관과 유기

적으로 연결하는 한 예例가 될 것입니다. 문학텍스트를 토대로 한 문화
콘텐츠의 다양성이 요구되는 21세기에, 이 책은 전후 여성 지식인의 삶
과 인식을 접하는 인문학콘텐츠 독서물로 활용될 수 있을 것입니다.

이 책에 소개한 수필은 천경자, 박경리, 강신재, 이영도, 정충량, 조경
희, 전숙희, 임옥인, 노천명, 최정희 등 여성작가 10명의 작품으로, 11권
의 수필 단행본(부록 '더…덤' 참조)에서 선별하였습니다. 이 작가들의 작
품과 세계관은 예술·문화계에서 끊임없이 조명을 받아왔습니다. 이들
은 근대 여성작가의 계보를 이으며 근·현대적 삶을 체화하고 지성인
으로서의 내적 욕망을 글쓰기로 표현하였습니다. 이들의 수필에는 개
인이자 사회인으로서, 작가 또 여성으로서의 감성과 감각, 일상과 문화,
사회에 대한 사고와 메시지가 담겨 있습니다.

천경자의 수필에서 사람, 자연, 문학 등이 그의 그림에 끼친 영향과,
수필에 그린 예술세계가 화가로서의 삶을 이해하는 데 중요한 키워드
가 됨을 알 수 있었습니다. 박경리의 수필을 통하여 현대의 불안과 자존
의 문제가 문학적 출발점이 되었음을 발견하고, 수필에 담긴 콘텐츠를
오늘의 시각으로 읽는 새로움을 느꼈습니다. 강신재의 수필을 재해석
하며 20세기와 21세기 여성 젠더의식의 공통점과 차이점을 발견하고,
그 연관성을 미디어콘텐츠와 함께 생각하며 양성평등의 필요성을 절감
했습니다. 이영도의 수필에 나타난 시사적인 비판의 태도는 오늘의 사
회문제를 논의하는 데도 생명력이 있음을 확인시켜주었습니다. 조경희
수필에서는 언론인의 일상과 사고의 폭을 읽으면서, 동서양 문화인식
의 관계와 오늘날 요구되는 사회적 시각의 화두를 찾아보았습니다. 전

숙희의 수필은 현대사회의 다양한 경계와 다름을 받아들이는 태도에 대해 고민하는 계기가 되었습니다. 임옥인의 수필에서 여성의 현실과 미래에 대한 생각을 읽고, 현대 여성들의 인식 변화를 살펴보았습니다. 정충량의 수필에서는 언론인과 가장으로 살아가는 여성의 지적 편력을 읽으며, 현대 여성의 일상과 가족관계의 의미를 고민해 보았습니다. 노천명의 수필에서 격변기에 문학을 한다는 것의 내적 고뇌를 보면서, 이 시대 문학가로서의 삶의 의미를 생각해 보았습니다. 최정희의 수필을 통하여 인간이 살아가는 데 필요한 조건 중 사랑에 대한 인식이 오늘날 어떻게 변화하였는지 성찰해 보았습니다. '더…덤'에는 작가 10명의 생애를 약전으로 서술하였고, 더 읽을거리도 첨부하였습니다.

이 책에서 참고로 한 글들은 지금으로부터 오륙십 년 전에 창작된 수필들이기에 생활환경과 언어, 사고방식 등에서 지금과는 다른 부분이 많습니다. 때문에 이 책은 어떤 독자에게는 향수가 되고, 또 어떤 독자에게는 낯선 시대를 이해하는 계기가 될 것입니다.

하나의 텍스트를 다양한 관점에 연결하여 열린 사고를 지향하는 것은 '산문적 사고'에서 시작됩니다. 글쓰기의 방법적 특성보다는 경계를 두지 않고 소통하는 생각이 중요한 것입니다. 그런 측면에서 이 책은 전후 여성 수필을 일방적으로 설명하는 것이 아니라, 21세기 사회·문화적 변화와 비교해봄으로써 삶과 시대, 문화 그리고 문학의 동시대성을 산문적 사고로 밝혀보고자 했습니다.

이 시기의 여성 수필을 읽고 선별하는 작업이 쉽지는 않았습니다. 저희는 2009년부터 2012년 숙명여대 한국어문화연구소에서 프로젝트 작업을 수행하는 동안  여성 수필의 소개와 연구 및 콘텐츠화가 미진하다는 아쉬움을 갖게 되었습니다. 이후 여성 산문의 자료 정리와 선별, 읽기 등을 하면서 지속적인 세미나를 가졌습니다. 그리고 2016년 2~4월 『여성신문』에 '재능기부'로 6편의 글을 발표하였습니다.

그 결실의 하나로 『여성, 산문 살롱 – 20세기를 읽고 21세기를 생각하다』를 출간하게 되어 기쁘고, 한편 책임감도 느낍니다. 그동안 저희를 격려하고 응원해주신 모든 분들께 진심으로 감사드립니다.


2017년 산문살롱에서

김진희·송경란

## 천경자 _ 문학으로 그리는 삶과 예술



## 박경리 _ 불안에서 자존으로 가는 길

## 강신재 _ 깨어나는 제2의 성

## 임옥인 _ 여성의 현실과 미래에 대한 관심

## 노천명 _ 일상과의 만남, 치유되는 상처

## 최정희 _ 세상과 만나 살며 사랑하다



## 더…덤

# 천경자

## 문학으로
## 그리는
## 삶과 예술

고독한 예술가의 욕망
보랏빛 추억
왜 하필이면
술 마시고 싶은 날

# 고독한 예술가의 욕망

천경자 수필집 『언덕 위의 양옥집』

2015년 8월, 91세로 별세한 천경자千鏡子, 대부분의 사람들은 그를 화가로 기억한다. 1924년 전남 고흥에서 태어나 도쿄여자미술전문학교를 졸업하고 1946년 첫 개인전을 가진 뒤 지속적인 전시회를 하면서 1999년에 이르러 '20세기를 빛낸 한국의 예술가'로 선정되었을 만큼 화가 천경자의 존재는 거대하였다. 때문에 그의 별세 소식은 사람들에게 진한 아쉬움을 남길 수밖에 없었다. 그 아쉬움은 천경자의 삶과 예술에 대한 관심으로 옮겨졌다.

인간 삶의 내적 갈등과 낭만을 환상적으로 표현했던 천경자의 수많은 작품들, 사람들은 그의 그림에서 무얼 발견할까. 몽상적이고 도발적인 색상이나 낯선 느낌의 이국적 풍경일 수도 있고, '여성'과 '꽃'의 부드러운 이미지에 담긴 강렬한 욕망일 수도 있다. 그 중에 변하지 않는 것이 있다면, 그가 고독한 예술가였다는 것이다. 해방과 한국전쟁을 체험하면서 가난과 죽음이라는 삶의 한계에 절망해야 했고, 결혼과 이혼을 거듭하는 과정에서 세상의 편견과 맞서야 했다. 절망과 사회의 편견에 맞서는 천경자의 의지는 그림과 글에 담겨졌다. 한 예로 천경자는 그림의 소재로 '뱀'을 자주 사용하였는데, 그 이유를 수필 「뱀」(『언덕 위의 양옥집』) 에 밝히고 있다. 그가 뱀을 작품으로 그리게 된 동기는 "인생을 위한 저항" 때문이었고, 유리병 속에 든 뱀을 보고 작품으로 그린 것이었다. 그 이후 사람들은 뱀을 작품화하는 천경자를 "뱀을 즐겨 그리는" 화백으로 평했다.

예술작품은 작가의 삶과 사유를 토대로 한다. 그런 측면에서 천경자의 일상과 생각을 서술한 수필들은 그의 예술세계를 이해하는 데 도움을 준다. 천경자는 1991년 67세의 나이에 절필을 선언하며 붓을 놓았지만, 2006년까지 글을 썼다. 그에게 글은 그림과 함께 삶과 예술, 내면세계를 담을 수 있는 중요한 표현 매체였다. 천경자는 뛰어난 화가였을 뿐 아니라 누구보다 열정적으로 글을 썼던 작가였다. 한국전쟁 이후 혼돈의 시기였던 1950~60년대에도 293편의 수필과 『여인소묘』(정음사, 1955), 『유성이 가는 곳』(영문각, 1961), 『언덕 위의 양옥집』(신태양사, 1966) 등 3권의 수필집을 발표할 정도였다. 특히 이 시기에 쓴 수필들은 전후 여성의 삶을 구체적으로 드러내고 있다. 그림에 여성을 자주 등장시켰던 천경자는 글에서도 다양한 여성의 삶을 이야기하였다.

수필집 『언덕 위의 양옥집』은 1950년대 전쟁 이후를 배경으로 하고 있다. 이 수필집에서 여성의 삶과 변화에 대한 관찰과 서술은 적잖은 분량을 차지한다. 며느리인 자신을 내쫓은 시어머니부터 외모에 신경을 쓰는 동네 부인들, 식모들, 시골을 지키고 있는 정 많은 여인네들, 예술을 하는 도시의 여류화가들, 다방 마담들 등이 그 대상이다. 천경자는 여성들의 모습을 통해 시대의 변화를 이야기한다. 그는 '신사'나 '숙녀'로 불리던 사람들이 멋을 내고 거리를 활보하는 모습에 대해 '천박스럽고 어색하다'고 생각했다.

> 소위 여류인사 가운데는 인조 속눈썹 위에 너구리의 눈두덩처럼 선을 두르고 또 그 위에 색안경을 쓰고 어두컴컴한 실내에 서 있는가 하면 모가지가 서러울 정도로 큰 유리 목걸이를 샹델리아처럼 무겁게 걸고 큰 입을 벌려 담소하는 여류도 있었다.
>
> —수필 「파티의 여인」(89) 부분

「미스 커피 담배」에 등장하는 '미스 마馬' 역시 천경자가 바라본 여성들 중 한 사람이다. 두 사람은 여학교 선후배 사이로, 천경자는 '미스 마'를 만난 이후 자신이 "여자라는 걸 느끼는 즐거움"을 알게 되었다고 했다. "검정 바탕에 흰 점백이 무늬가 있는 소매 없는 원피스"에 선글라스를 쓰고 천경자의 개인전에 나타난 '미스 마', 그는 20년 만에 덥석 나타나 어제 만난 것처럼 깔깔거리며 인사하는 스타일이다. 개인전 이후에도 '미스 마'는 "뉴스타일 북을 팔에 끼거나 둥글게 말아서 핸드백에 꼽"은 모습을 하고 천경자의 집에 찾아오기도 했다. 디자인 이야기나 옷·화장 이야기를 한참 하다가 인생을 얘기하면서 그는 "악의 없는 독설을 하다가" 웃어버리기도 하였다.

‘미스 마’는 학교 졸업 후 부잣집 맏며느리로 시집을 갔다가 이혼하고, 디자이너 공부를 하던 중 국제결혼을 하였지만 그 사람과도 헤어졌다. 국제결혼을 한 남자와의 사이에 낳은 아이는 미국으로 보내고 디자이너로서 새로운 삶을 만들고 있었다. 두 번의 결혼은 실패하였지만 자기만의 일을 찾아 나름의 성공을 한 ‘미스 마’, 그는 가끔 천경자를 찾아와 디자인 이야기부터 다사다난한 삶의 이야기까지 쏟아 놓았다. 자신의 일에는 도전적이고 열정적인 그였지만, 미국에 있는 아이 얘기를 할 때면 눈이 퉁퉁 부을 만큼 울기도 하였다.

커피와 담배는 ‘미스 마’가 안타까운 인생을 묻어두고 자신의 일을 하는 데 위로가 되었던 기호품이었다. 그것은 ‘미스 마’를 바라보는 천경자에게도 다를 바 없었다. 그들은 “사나이들이 대포 잔을 기울이는 식으로” 커피를 주고받으며 이야기하였다. 천경자는 ‘미스 마’를 ‘야생의 꽃’에 비유했다. ‘미스 마’의 감정이나 관능은 거칠고 강렬하게 표현되어 주위 사람들에게 거부감을 줄 정도였다. 그러나 천경자는 ‘미스 마’의 거친 향기 속에 아름다운 휴머니티가 내재함을 느꼈다. 그런 교감은 천경자와 ‘미스 마’를 지속적으로 만나게 한 요인이기도 하였다.

전후 사회에서 여성들은 주로 가족을 위해 헌신하는 존재로 인식되었다. 가부장적 분위기는 여성의 개인적인 목소리를 누르는 강력한 힘이었다. 유교적 가부장사회에서 여성이 이혼을 하고 자신의 일을 선택한다는 것은 쉽지 않았다. 천경자나 ‘미스 마’는 그 쉽지 않은 삶을 선택한 여성들이었다.

천경자는 ‘미스 마’에게서 도전한다는 것의 즐거움과 인간미를 보게 된다. 웃음과 스마트함을 잃지 않다가도 때론 천경자에게 눈물까지 보이며 넋두리를 하던 '미스 마'는 라면을 먹다가 "혼자 못 살겠당게로……으하하……"(「라면」)라고, 평소에는 쓰지 않던 고향말을 안주처럼 되풀이하였다. 그 말을 들은 천경자는 '미스 마'가 만든 옷에 고독과 슬픔이 배어있음을 느낀다. 그것은 인간으로서, 여성으로서의 고독이었다. 그 옷을 입은 천경자 역시 예술가로서의 고독을 거칠게 쏟아내고 있었다.

상투적인 표현을 거부하면서도 익숙한 정서의 고향 노래인 남도잡가를 좋아했던 천경자, 그의 예술세계가 낯선 내적 욕망을 드러낼 수 있었던 것은 그의 내면에 고향에 대한 그리움이 자리하고 있었기 때문이다. 가족과 친구들, 고향의 노래와 음식들, 그것은 천경자가 기댈 수 있는 울타리였다. 그리고 그는 담담하게 말한다. 고향을 지나 사람들 사이를 지나 마지막으로 도착한 곳에서 깊은 고독을 만났다고, 그것을 사랑하며 그림을 그리고 글을 썼다고.

이제 천경자는 세상을 떠났지만 그의 작품들은 보이지 않는 세상을 환하게 비추고 있다.

『여성신문』 1,379호 '문화' (2016.2.29) 수록

# 보랏빛 추억

천경자 수필 「딱딱이 소리」

시간은 사람들에게 많은 것을 생각하게 한다. '지나간 시간'과 '다가올 시간', 그리고 '지금 이 시간'은 인생의 의미로 남지만, 동시에 "더 이상 내 것이 아닌 열망"(기형도 시 「빈집」)으로 사라져버린다. '빈집'의 고독을 부여잡고 작가들은 허탈함과 추억의 글을 쓴다. 천경자의 수필 「딱딱이 소리」(『언덕 위의 양옥집』, 신태양사, 1966)는 어린 시절의 추억을 떠올린 글이다.

작가는 "소학교" 때 보았던 여선생님들 치마의 "빛깔과 무늬"를 특별하게 기억하면서 글을 써간다. "줄무늬의 보이루, 이파리 무늬의 오빠루, 벤베르크, 메린스" 등을 기억하면서, "잿빛과 코발트가 섞인 보라색 구름무늬 위에 좁쌀 같은 흰 꽃이 활짝 깔린 싸구려 인조견인 벤버르크천"이 가장 강렬하게 생각난다고 하였다. 그것은 벤버르크 천으로 되어 있던 어머니의 경대보와 아침마다 그 앞에서 머리를 빗던 어머니에 대한 기억 때문이다.

"딱, 딱……" 야경을 알리는 "딱딱이"(딱따기) 소리를 들으면서 천경자는 "꽃무늬의 보자기"와 대화를 나누었다고 한다. "여선생님들의 통치마"와 "어머니의 경대보"는 어린 천경자에게 여성의 이미지와 아름다움을 만들어주었던 것이다. 그리고 이런 이미지들은 화가 천경자의 예술세계에도 영향을 미쳤다.

> 내 그림의 테마가 여자와 꽃이 많아졌고, 코발트와 보랏빛을 많이 쓰게 된 이후부터 그때의 그리움과 추억을 찾게 되었다. 어머니의 젖을 만지작거리며 무심코 바라보던 무지갯빛 인상들이 어린 눈에 영상映像되어 오랫동안 묻혀 있다가 다른 사물의 현상과 함께 훗날 재생되는 것을 느낀다. 그러한 일들은 미래의 꿈과 일치되어 어떤 창작의 터전이 되어주는 것이 아닌가도 싶다.
>
> — 수필 「딱딱이 소리」(114) 부분

"딱딱이 소리"에 뒤따르는 "벤버르크 천의 떼꽃들", 그 기억은 어린 시절 천경자의 어머니나 선생님과 연결되어 있으며, 거기서 보았던 "보라색 구름무늬 위에 좁쌀 같은 흰 꽃"은 그의 그림에 무의식적으로 나타났다. 천경자는 어린 시절의 작은 경험을 "창작의 터전"이라고 말한다.

어린 시절의 경험을 작품세계에 담은 대표적인 작가 중에 시인 '백석白石'이 있다. 백석은 어린 시절 가족과 함께 "김치 가재미선 동치미"와 "국수"를 밤참으로 먹었다.(백석 시 「개」) 이런 추억들이 있었기에 시인의 작품에서 '국수'는 단순히 먹거리가 아니라 따뜻한 삶이 배어있는 음식으로 표현된다. 때문에 고향이 아닌 곳에서도 시인은 국수에 대한 생각을 한다. 국수분틀이 있는 고향냄새 나는 여인숙에 묵으면서 시인은 "이 산ㅿ골에 들어와서 이 목침들에 새까마니 때를 올리고 간 사람들"의 "얼굴과 생업"(백석 시 「산중음-산숙」)을 생각한다. 그것은 백석 시인이 고향에서 먹었던 국수의 맛을 떠올리는 나름의 방법이기도 했다.

백석 시 속의 "국수"와 천경자 수필의 "딱딱이 소리"는 작가들의 기억을 가져오는 모티프가 된다. 백석은 "국수"로 인해 어린 시절을 회상하고 그 과정에서 함께 살았던 사람들과 고향의 모습, 언어(평안도 방언), 사물 등을 재현한다. 또한 천경자는 "딱딱이 소리"를 들으면서 어린 시절 학교 선생님과 어머니에게서 보았던 꽃무늬 인조견인 "벤버르크 천"을 떠올렸다. 그 기억들은 천경자의 그림에 언제부터인가 "여자"와 "꽃"을 자주 등장시켰고, "코발트와 보랏빛"을 많이 그리게 했다.

의식적이든 무의식적이든 작가들이 작품세계에서 보여주는 어린 시절 체험과 작품의 관계는 유기적으로 형상화된다. 특히 천경자는 그의 수필을 통해 그림에 나타나는 대상이나 특징을 언급하였다. 천경자의 수필은 그의 예술세계를 이해하는 데 일조하고 있는 것이다.

일부 작가들은 어린 시절의 이야기를 일기나 수필로 남기고 있다. 독자들은 이런 글을 읽고 가볍게 넘겨버리는 경우가 많다. 작품세계와 작가의 생애를 구분해야한다는 생각에서 비롯된 읽기 방법이다. 그러나 작가의 생애와 개인적 이야기를 작품과 연결하여 읽는 방법 역시 중요하다. '사소한 기억, 일상들을 담은 이야기'라고 밀쳐두었던 글에서 '또

다른 작품세계'를 발견한다면, 그것은 "미래의 꿈과 일치된" 천경자의
모습을 후대의 독자들이 찾아내는 것이리라.

# 왜 하필이면

천경자 수필 「환상과 단층」

'왜 하필이면 (   )가 되었나'라는 질문을 할 때 빈 칸에는 다양한 말이 들어갈 수 있다. 자신이 선택한 그 무엇이 될 수도 있고 선택하지 않은 무엇이 될 수도 있다. 어릴 때부터 갖고 있던 꿈, 살아가다 보니 선택하게 된 직업, 자신이 원하지 않았는데 주어지는 상황을 맞다보면 이겨내기 힘든 난관이 있기도 하다. 그러다보면 '왜 하필'이라는 물음을 하지 않을 수 없다. 그런 질문은 예술가에게도 주어진다. 화가이자 수필가였던 천경자는 수필 「환상과 단층」(『유성이 가는 곳』, 영문각, 1961)을 통해 자신에게 질문한다, "왜 하필이면 화가가 됐나?"라고. 그에 대한 작가의 대답은 특별한 동기나 이유가 있기보다 숙명적이었다는 것이다. 그 숙명적인 배경을 천경자는 고향인 고흥의 자연성에 두고 있다.

내 고향은 푸른 파도가 이는 남쪽의 끝 고흥이라는 읍촌이다. 남구南歐의 계절이나 풍토가 그곳 사람들에게 '라텐'계란 기질을 부여해 주었다고 하지만 정확히 찾아주는 계절에 뭇 꽃이나 벌레가 성화은성盛花殷聲을 이루는가 하면, 시들어 정적한 고수孤愁를 맛보게도 하는 남도지방은 열대지방의 단조롭고 삭막함과 달리 갖가지 감정의 원천이라고도 할 수 있다.

— 수필 「환상과 단층」(17~18) 부분

천경자는 화가로서의 기질을 '라틴계'와 연결시키면서 계절마다 고유한 특색을 나타내는 남도지방의 자연성에 따라 자신의 성품이 형성되었다고 했다. 또한 그 성품은 자신의 그림세계에 영향을 주었다고 말하였다. 전남 강진이 고향인 시인 김영랑 역시 바닷가에서 뻘의 풍경을 보면서 '가슴을 벗은 뻘'과 화자의 '간지러운 맨발'(김영랑 시 「뻘은 가슴을 훤히 벗고」)이라는 감각을 연결하였다. 이러한 감각은 김영랑의 시에서 삶의 정서로 형상화된다. 천경자와 마찬가지로 남도지방의 자연을 예술 작품에 담고 있는 것이다.

작가들에게 고향은 정서emotion와 그대로 연결되기 때문에 중요하다고 할 수 있다. 고향에서의 경험, 고향 음식, 사람, 말씨 등은 타지에서도 고향을 기억하게 하는 매개가 된다. 천경자는 서울에서 비행기 소리를 들으면서 어린 시절을 떠올린다. 같은 비행기 소리인데도 고향의 기억이 연결되는 순간 타향에서 듣는 시끄러운 비행기 소리는 다른 영상으로 그려진다. 전쟁을 모르던 어린 시절, 고향에서 듣고 생각했던 비행기는 신화 속의 아름다운 환상이었다. 그리고 그때부터 작가는 "이상한 천체天體와 색채의 이해 못할 꿈을 많이 꾸었다"고 했다. 그 이유에 대해 천경자는 자신이 "행복한 부모의 그늘 아래서" 자연과 벗하며 살았기 때문이라고 하였다. 그는 환경에 따라 예술가로서의 상상력이 달라진다는 생각을 한 것이다.

그래서일까, 시인 정지용은 넓은 벌과 오래 된 개천이 있는 고향에서 황소의 울음소리를 듣던 기억을 떠올렸고, "그 곳"에서 만들어가던 꿈을 잊지 못하면서 시 「향수」를 썼다.

> 흙에서 자란 내 마음
>
> 파아란 하늘 빛이 그립어
>
> 함부로 쏜 활살을 찾으려
>
> 풀섶 이슬에 함추름 휘적시든 곳,
>
>
> — 그 곳이 참하 꿈엔들 잊힐리야

— 정지용 시 「향수」 부분(『조선지광』 65호, 1927)

이렇듯 사물과 고향, 추억과 환상의 만남은 천경자의 그림에 영향을 주면서 변화의 힘으로 작용한다. 천경자는 그것을 "숙명적"이라 표현하였다. 즉 작가의 태생적 배경인 고향이 화가의 정서를 형성했다는 것이고, 화가가 되어서도 작품세계 변화의 매개가 되었다는 것이다.

'왜 하필 (   )이 되었나'를 묻기 시작하면서 인간은 존재의 본질까지 생각하게 된다. '이 시대, 내가 사는 이 곳, 그리고 나와 너', 이들의 관계를 묻다보면 명확한 대답보다는 더 복잡한 질문들이 만들어질 뿐이다.

그리고 오랜 시간이 지나 우리는 알게 된다. 다양하고 때로는 혼돈스러운 질문들이 우리에게 길이 되었음을, 타인의 질문과 갈등을 대하며 공감하고 비판하는 것이 우리 길의 전환점이 되었음을…….

중요한 것은 길을 걸어가는 자아의 진정성 아닐까.

# 술 마시고 싶은 날

천경자 수필 「해골과 나비」

눈 내리는 날을 맞는 사람들의 기분은 각기 다르다. 그냥 설레기도 하고, 마냥 뛰어놀고 싶기도 하고, 미끄러운 게 귀찮기도 하다. 천경자는 눈이 내리면 "공연히 흐뭇해지면서 술 생각"이 난다고 하였다. 하지만 그에게는 함께 술 마실 친구가 없었다. 전쟁으로 인한 고통과 혼돈이 절망과 상실이었음을 확인해야 했던 시절, 술을 마시는 사람들의 표정에는 희망보다 생활에 쌓인 스트레스를 풀고 싶은 바람이 더 많이 담겨있었다. 작가 역시 그 무리 중의 하나였다.

수필집 『유성流星이 가는 곳』(영문각, 1961)에 실린 수필 「해골과 나비」를 보면, 한국전쟁 이후 천경자 가족의 생활이 어떠했는지 가늠할 수 있다. 천경자의 아우는 '의용경찰義勇警察'을 하였고, 자신은 '종군화가단從軍畵家團'에서 활동하였다. 이것은 그들이 한국전쟁의 상황과 무관하지 않은 일을 하였으며, 생활이 넉넉지 않았다는 것을 보여준다. 게다가 여동생은 몸이 좋지 않았다. 여동생이 기침만 멈추면 살 것 같다고 한 것으로 보아 병명은 폐렴으로 짐작할 수 있다. 폐렴에 고양이를 먹으면 좋다는 소문을 듣고, 천경자는 어렵게 고양이 잡은 것을 얻어 집으로 뛰어갔다. 언니의 지극한 정성에도 불구하고 여동생은 유명幽明을 달리했다. 여동생의 죽음을 경험한 뒤 작가는 산다는 것에 대해 다시 생각하게 되었고, 그러면서 그의 술 주량도 조금씩 늘어갔다.

> 그러한 비극 속에 실오라기만한 환희도 내게 따랐던 모양이다. (⋯중략⋯) 나는 무슨 생각에선지 꽃과 해골을 작품화한 일이 있는데 무언가 한 가지 모자란 듯한 불만에서 작품에 대한 고민을 하고 있었다. (⋯중략⋯) 비록 막걸리일망정 유쾌한 자리인 그 좌석에서 내가 작품 때문에 신경을 쓰고 있는 줄 아는 그 소년은 '나비'를 안기게 했으면 어떠냐고 했다. 나는 나비의 소리에 하도 반가워서 소년의 싱싱한 볼을 꼬집어 뜯고 웃었던 것이다.
>
> — 수필 「해골과 나비」(69~70) 부분

여동생의 죽음 이후 많은 생각을 하며 시간을 보내다 천경자는 그림을 그리게 되었다. 그 작품은 1952년 완성된 「내가 죽은 뒤」로, 해골의 부러진 뼛조각이 널브러진 위로 호랑나비가 날개를 펴고 나는 그림이다. 이 그림에서 해골과 나비는 의미하는 바가 전혀 다르다. 해골이 죽음을 나타내는 것이라면, 호랑나비는 또 다른 삶의 부활을 나타내는 것이다. 천경자는 나비에 대해 "기름지고 징상스러운 몸뚱어리가 천만 년 살고 질 선약仙藥"(「나비」, 『유성이 가는 곳』)이라고 말하고 있다. 그래서인지 이후 천경자의 그림에서 나비를 찾는 것은 어렵지 않다.

삶의 시간에는 웃을 일도 많지만 절망하고 고통스런 시간들도 있다. 상처는 회피하면 더 큰 상처가 되지만 아픔을 참고 치료하면 행복한 시간을 만날 수 있다. 기교로 상처를 치료하려는 말놀이뿐인 시詩와 아픔을 체험하고 견뎌낸 시인의 시는 다르다. 그래서일까, '작가에게 고통은 축복'이라고 한다.

가족을 떠나보내는 가슴 아픈 시간을 자신의 작품으로 승화시킨 천경자, 그는 그림 속에서 떠나보낸 여동생이 다시 태어나길 소망하였다. 그가 해골 그림 옆에 나비를 그리는 과정이 고통에서 비롯되었음을 이해한다면 천경자의 작품을 공감할 수 있을 것이다. 그렇게 천경자가 남긴 예술 작품들은 삶과 죽음의 필연을 안고 사는 사람들에게 또 다른 의미가 되고 있다.

# 박경리

## 불안에서
## 자존으로
## 가는 길

불안에서 시작된 문학
내가 어릴 적에는
손을 내밀고 싶다
우정, 여성을 원하다

# 불안에서 시작된 문학

박경리 수필집 『기다리는 불안』

박경리朴景利 안에는 어머니로서, 또 딸로서 느끼는 불안이 숨어 있다. 부뚜막과 행주치마로 상징되는 어머니와 이를 철없이 바라보던 어린 딸, 딸을 키우며 기대감을 갖는 어머니와 이를 부담스러워하는 딸, 남편과 아들을 잃고 죄인처럼 자학하면서도 어머니와 딸 사이에서 생계를 묵묵히 책임져야 했던 박경리의 모습이 불안하게 방황한다.

수필집 『기다리는 불안』(현암사, 1967)에는 그런 박경리의 초상이 담겨 있다. 특히 수필 「기다리는 불안」에서 그는 어딘가로 떠나고자 하면서도 집을 떠나지 못하여 여행의 기회도 사양했다며, "실상은 변화를 갈구하면서도 나는 그 변화를 두려워하고 불안해하는 것이 아닐까?"라고 말한다. 그 고백에서 오늘날 우리의 모습이 연상되는 것은 무엇 때문일까?

박경리는 정류장에서 버스나 합승을 기다리는 불안을 견디지 못한다. 타고 나면 안심하고 마음을 놓지만 기다리는 동안은 참으로 괴롭다는 것이다. 그는 하나의 상태로부터 다른 하나의 상태로 옮겨가는 그 과정이 무섭다고 말한다. 즉 박경리 문학에 내재한 불안의 근본원인은 상태 변화에 대한 두려움 때문이라고 할 수 있다. 그렇다면 그는 어떠한 상태에 있었기에 달라지는 게 두려웠다는 것일까?

이는 프로이트Sigmund Freud와 라캉Jacques Lacan이 말한 '불안' 개념과 관련지어 생각해 볼 수 있다. 원래 어린아이는 어머니의 가슴에 안겨 평안을 느끼며 자란다. 그러나 이 상태가 깨지면 혼자가 되어 고립孤立될까봐 아이는 두렵다. 어머니 곁에 붙어있으려는 욕망이 충족되지 않으면, 아이는 이를 '불안'으로 바꾸어 상황에 대처하려는 경향을 보이게 된다. 이것이 프로이트가 말하는 '자동적 불안'과 위험한 상황을 미리 알려주는 '신호 불안'이다. 이와 조금 다르게 라캉은 무슨 대가를 치르더라도 피하고 싶은 근원적인 위험에 대한 반응이자, 잃어버린 것에 대한 욕망을 유지시키는 방법이 바로 '불안'이라고 말한다. 어린아이가 어머니에게서 벗어나려다가 실패하거나, 거세 또는 죽음의 위협에서 자신을 보호해야 한다고 느낄 때 '불안'의 상태가 된다는 것이다. 특히 대타자(또다른 주체)나 그와 관계를 맺게 하는 상징적 질서가 무엇을 원하는지 확실히 알 수 없다는 사실, 그 자체 때문에 주체는 불안하다. 이러한 라캉의 불안 개념이 박경리가 느낀 불안과 가까워 보인다.

여기에다 알랭 드 보통Alain de Botton, 1969~이 그의 책 『불안』(이레, 2005)에서 말한 불안의 개념을 보태면 어느 정도 이해가 될 듯싶다. 그에 따르면 인간은 타인의 시선에 따라 자아의 모습을 결정하며, 세상이 자신을 존중한다는 것을 확인하지 못하면 불안해한다. 이때 현대인이 마주하는 불안의 5대 원인은 사랑 결핍, 속물근성, 기대, 능력주의, 불확실성 등이다. 이와 관련하여 생각해보면 박경리도 어머니-딸 관계 속에서 독립적인 주체로 살지 못하는 상황 때문에 불안을 느낀 듯하다.

박경리는 '무식한 홀어머니 밑에서 자라던' 외동딸이라 가난했고 외로웠다고 말한다. 피할 수 없는 이러한 현실에서 벗어나고자 여고 졸업 후 도망치듯 결혼했다. 하지만 그 결혼조차 위안이 되지 못했고, 얼마 후 남편과 떨어져 삼팔선 부근의 연안여중에 취직을 했다. '까닭 없는 인생에 대한 회의' 때문에 도피한 것이다. 그러나 그 도피도 쉽게 끝이 나버렸다. 1950년 6·25전쟁이 학교 부근에서부터 시작되었기 때문이다. 가까스로 그곳을 빠져나오기는 했으나, 어찌할 수 없는 전쟁 상황에서 그는 불안감만 키우게 되었다.

휴전이 되었지만, 전쟁은 모든 것을 앗아가 버렸다. 남편과 아들을 비롯한 주변 사람들의 생명과, 그들과 함께했던 추억마저 그에게서 떠나가 버린 듯했다. 과거 회상은 죽음을 떠올리게 할 뿐만 아니라 가슴의 상처를 덧나게 하여 허무의 늪에 빠져들게 했다. 그 탓일까? 여학생 시절 아무 생각 없이 찍어두었던 사진들마저 '두려운 추억'들로 가득 차 보였다. "색이 바래지고 하나의 회고懷古로서 남겨질 사진, 죽은 사람의 섬뜩한 감각만을 간직하게 될 운명에 놓인 사진"(수필 「사진과 죽음」)으로만 여겨질 뿐이었다.

박경리는 생명을 잃어버린다는 것이 두렵고 징그러웠다. 그래서 "죽어지는 날까지 없어진 사람들을 망각의 강에다 띄워 보내지 못할 것"만 같았다.

사람마다 과거를 회상한다는 그것이 아무리 괴롭고 슬픈 일일지라도 시간 이라는 하나의 표백기간 때문에 아름답게 형상화된다고 한다. 그러한 일 때 문에 사진이 가진 바의 의의도 있는 것이다.

그러나 내게 있어서 회상은 다만 가슴 저리는 허무에 지나지 못한다.

— 수필 「사진과 죽음」(141) 부분

사진을 치우고 박경리는, "그래서 지난날이, 그 지난날의 슬픔이 오늘 에 있어서 어떻단 말이냐?"며 다시 신변으로 눈길을 돌렸다. 그에게 남 은 것은 어머니와 딸, 그리고 문단인들과 동무들뿐이었다. 그 중에서 가 장 숙명처럼 다가오는 존재는 역시 가족이었다.

나는 자기의 생애를 딸자식 하나에다 걸어버린 어머니의 인생사업의 실패 를 기회 있을 때마다 규탄하고 공박한다. 그렇게 함으로써 나에게 주어진 무 거운 의무감을 벗어 넘기려고 하고 책임을 회피하려고 든다. 그러나 끝내 회 피도 감당도 못하는 곳에서 나는 어머니를 미워하게 되는 것이다.

수필 「식구와 두 개의 외곽」(173) 부분

모녀 3대가 사는 가정, 그 안에서 박경리는 외동딸인 자신이 외동딸 (딸 김영주)을 둔 것에 대해 "숙명 같은 이야기"라며 그런 가족의 미래에 회의적인 모습을 보였다. '무거운 의무감'을 느끼지만 이를 회피할 수 없는 처지이기에, 어머니를 원망하기도 했다. "나는 꿈으로 살려 했고 어머니는 생활에 발 묻고 사셨다"(박경리 시 「서문안 고개」, 『우리들의 시간』,

마로니에북스, 2012)는 것처럼 서로 다른 딸과 어머니는 자주 다툴 수밖에 없었다. 그런데도 어머니는 딸에게 의지하며 기대려했다. 이런 '어머니'의 모습이 다시 자신의 모습으로, 미래에는 딸에게로 전이되지 않을까 하는 두려움 때문에 박경리는 더욱 불안했다.

그런 불안 속에서 박경리는 봄이 주는 햇빛조차 싫었다. 꽃의 계절 봄이 왔는데 햇빛을 외면하고 그늘진 곳만 찾아 걸으려 했다. 그는 자신을 '밉다'고 느꼈던 그 순간부터 그러했다고 한다. 봄이 오는 것과 햇빛을 피하지 말자, 자기 자신을 미워하지 말고 아껴보자는 염원도 가져보았지만, 아무 소용이 없었다.

'올해도 나는 그렇게 무자비하고 처참하게 내 자신을 괴롭히고 살아가야 하는가?' 하면서도 '불안'에서 벗어날 수가 없다. 그래서 자기 자신의 과거를 부정하는 '자학'까지 하게 된다. 그런 박경리에게 아이러니하게도 불안과 자학은 '문학의 출발점'이 되었다.

박경리에게 자학은 '거역 당한 자의식의 항거 형태', 곧 '굴종과 비열에 대한 자기비판'이며, 자기 자신을 버리지 못하는 경우에 일어나는 욕구와 절망이었다. 때문에 삶에 대한 의지, 즉 삶을 위한 탈출이라고 할 수 있으며, 그 항거하는 정신은 '창조하는 의지'가 될 수 있다. 그 의지가 문학을 하게 한 것이다.

박경리는 문학하기 전만 해도 인간으로서 '행복'과 '참됨'을 갈망하는 것이 '허황한 바람 소리'로만 느껴졌다고 말한다. 그는 가난한 현실과 슬프고 괴로웠던 과거에 묻혀 있을 수만은 없어서 누군가에게 자신의 설움을 하소연하기도 했다. 하지만 '상대의 눈빛'에서 '무감동'만을 보게 되었을 뿐이었다. 그는 '현실과 생활에 젖은' 상대방의 눈을 보고 뉘우쳤다. 자신의 하소연이 상대방에게는 '낭만적 감상'으로 보일 수 있다는 것을 깨달았다. 그러면서 그는 말수가 줄어들었고, 어두운 거리에서 혼자 중얼거리거나 노래를 부르며 스스로를 위안할 수밖에 없었다. 그러다가 문학을 만난 것이다.

문학은 박경리에게 '설움의 발설구'가 되어주었다.

> 변명했지
>
> 책상과 원고지에
>
> 수천 번 수만 번
>
> 나를 부셔버리고 있노라
>
> ― 박경리 「문학」 부분(『우리들의 시간』, 마로니에북스, 2012)

박경리는 책상에 앉아 원고지 위에 자신을 부수어내듯이 써내려갔다. 그런 그에게 문학은 '삶의 방패, 생명의 모조품'이 되어주었다. 물론 "어둠의 거리처럼 안위했어야 할 원고지 뒤에는 무수한 눈"이 있다는 사실에 불안을 느낄 때도 있었다. 작가로서 독자의 반응에 둔감할 수는 없기 때문이었다. 하지만 독자가 무감동하여 무반응이라고 해서 작가로서 절망하거나 입을 다물 수만은 없었다. 독자와 마찬가지로 그 자신도 현실과 생활이 더 절실하였기 때문이다. 박경리는 문학으로 찾게 된 삶의 위안을 결코 놓칠 수 없었다.

박경리는 절실한 마음으로 작가의 길에 들어섰다. 그리고 수많은 사

람들의 고독과 불행에 공감하며 '눈에 눈물이 마르지 않는 한' 작가로서
진실할 수 있다는 믿음으로, 문학을 지속해 나갔다.

# 내가 어릴 적에는

박경리 수필 「오동나무」

"진달래 먹고 물장구 치고 다람쥐 쫓던~"으로 시작하는 노래처럼 어린 시절을 떠올리게 하는 노래가 있다. 도시보다 농촌에서, 길가보다 산과 들에서 뛰어논 경험이 있는 이들에게는 이 노래가 낯설지 않을 수 있다. 미국의 클린트 홈즈Clint Holmes가 부른 〈플레이그라운드 인 마이 마인드Playground In My Mind〉라는 팝송을 가수 이용복이 번안하여 1974년에 불렀는데, 꽤 인기가 있었다.

요즘 젊은 세대들은 '어린 시절'하면 무슨 노래를 떠올릴까? 어린 시절을 아름다웠다고 여기며, '꽃잎처럼 흩어져' 돌이킬 수 없음을 아쉬워하는 노랫말에 공감할 수 있을까? 더 오래 전으로 거슬러 올라간 1930년대에 박경리가 '금이'로 불리던 그 시절의 기억과 그때의 노랫말에 얼마만큼 귀 기울일 수 있을까?

박경리는 어릴 때 뒤란(뒷마당) 오동나무 밑에 앉아 "오동나무 비바람에~"라는 슬픈 곡조의 동요를 혼자 부르며 놀았다. 때로는 오동나무 옆에 있는 장독대와 빨간 벽돌담, 그리고 장마철이면 벽돌담에 파랗게 긴 이끼를 손톱으로 긁곤 하였다. 그는 앞뜰에서 뒤란으로 또 부엌으로 자주 들락거리기도 하였다.

부엌문에 들어서면 가장 먼저 박경리의 눈에 띈 것은 거울처럼 길이 든 부뚜막과 먹칠을 하듯 반들거리던 솥 세 개였다. 그것은 어머니의 손길이 닿아 있는 물건들이었다.

그 다음에 보이는 것은 밥이 끓어오른 솥전을 행주로 닦고 있는 어머니였다. 어머니가 한 손에 주걱을 들고 한손으로 솥뚜껑을 들 때면 그것이 어머니 발등에 떨어지지나 않을까 겁이 났다. 부뚜막 위에 놓인 밥상들이 각기 방으로 들어갔다가 다시 부엌으로 나오면 그제야 어머니는 행주치마에 손을 닦고 부뚜막에 앉아 부엌 계집아이와 같이 밥을 먹었다.

그런 어머니에게 행주치마는 일상이자 사랑을 표현하는 도구였다.

문틈에 손가락이 끼어 피를 흘릴 적에도 행주치마로 내 손가락을 감싸 주었고 코를 흘릴 적에도 행주치마로 내 코를 닦아 주었다. 그러나 어머니는 자기 자신의 슬픔도 그 행주치마로 곧잘 가리곤 했다. 어쩌다가 뒤란에서 부엌을 바라보면 어머니는 부뚜막에 앉아서 행주치마로 눈물을 닦고 있었다.

수필 「오동나무」(31) 부분

부뚜막과 행주치마로 얼룩진 어머니의 그 모습을 보고 박경리는 슬퍼져서 다시 "오동나무 비바람에~" 하고 읊조리듯 노래를 불렀다.

짧은 수필이지만, 읽다보면 어린아이의 훌쩍이는 소리가 들리는 듯하다. 수필에서 눈물을 닦는 건 어머니인데, 왜 어린아이의 훌쩍이는 소리가 들리는 것일까?

박경리의 어린 시절 이름은 '금이今伊'였다. 그는 고향 통영을 떠나기 전까지 금이라는 소녀로 성장했다. 그의 어린 시절 고향에는 오동나무와 어머니의 모습이 크게 자리하고 있었다. 어릴 때부터 혼자 놀기를 좋아했던 박경리는 뒤란(뒷마당)에서 부르던 노래의 첫 마디만 기억한다. 좋아하는 노래를 떠올려 보라고 하면 후렴구를 떠올리거나 음만 떠올리는 경우가 많은데, 그에게는 이 노래 첫 구절이 더 인상 깊었던 모양이다.

윤석중尹石重 작사, 박태준朴泰俊 작곡으로 알려져 있는 〈슬픈 밤〉(1927년)은 "오동나무 비바람에 잎 떠는 이 밤, 그립던 네 동무가 모였습니다"로 시작한다. 이 노래에서 네 동무는 비바람 부는 날 서로가 그리워 모이고, 만남의 기쁨과 설렘에 밤새 이야기를 나눈다. 그러나 비가 개고 아침이 밝아오면 헤어져야 하기에 비가 그치고 아침이 밝아오는 것이 섭섭하기만 하다. 그래서 제목이 '슬픈 밤'인 것이다. 그런 노래를 금이는 혼자 뒤뜰 오동나무 밑에 앉아서 부르곤 했다. 금이에게 네 동무는 누구였을까?

〈슬픈 밤〉에는 네 동무에 얽힌 사연이 있다. 이 노래의 작사가로 알려진 윤석중은 13세부터 동시로 등단한 서울의 소년작가(「오뚜기」 작시)였다. 그는 『어린이』 잡지에서 지면으로 알게 된 대구의 윤복진尹福鎮(「쏘각빗」 작시), 언양의 신고송申鼓頌(「골목대장」 작시)과 함께 1927년 울산에 있는 서덕출徐德出(「봄편지」 작시)의 집을 찾아갔다. 컴컴한 방구석에는 여자처럼 바느질을 하고 있는 몸이 불편한 소년이 있었다. 그가 바로 서덕출이었다. 그의 집에 처음 모인 네 동무는 시와 노래를 얘기하며 앞날의 꿈과 희망을 나누었다. 그러다 보니 하룻밤을 꼬박 지새우게 되었다. '네 동무'는 만났다 헤어지는 게 아쉬워 「슬픈 밤」이라는 동시를 합작으로 남겼다. 이 시는 곧 박태준 작곡으로 발표되어 1930년대 소년·소녀들에게 널리 불렸다.

금이는 부뚜막을 떠나지 못하는 어머니의 모습을 자주 보았다. 어머니 곁에는 부뚜막, 솥(솥뚜껑), 행주치마가 늘 함께 있었다. "어쩌다가 뒤란에서 부엌을 바라보면 어머니는 부뚜막에 앉아서 행주치마로 눈물을 닦고 있었다." 그 모습이 슬펐다. 그럴 때면 다시 〈슬픈 밤〉의 첫 마디 "오동나무 비바람에~" 하고 노래를 불렀다. 어린 금이의 눈에는 부뚜막 옆에서 행주치마로 눈물을 훔치는 어머니의 모습이 가여웠던 모양이다. 혼자서는 방 밖을 나가지 못하는 친구의 모습처럼.

금이의 훌쩍이는 소리가 다시 들린다. 하지만 그 소리는 점점 잦아들어 박경리의 목소리로 바뀐다. 이제는 금이가 아니라 어른이 된 박경리가 어린 시절의 어머니를 떠올리며 말한다. "부뚜막과 행주치마, 이것은 한국 여성의 인고忍苦의 역사와 더불어 있었던 것"이라고. 그리고 덧붙인다. "지금은 과거와 달라야 한다"고. 그렇다. 그때의 부뚜막과 행주치마는 한국 여성의 인고의 역사를 떠올리게 하는 이미지로만 남아야 한다.

# 손을 내밀고 싶다

박경리 수필 「손〔手〕」

우리 몸에서 일을 가장 많이 하는 부위는 어디일까? 물론 심장은 멈추면 안 되니까 밤낮을 가리지 않고 부지런해야할 것이고, 뇌도 그 못지않게 바쁠 것이다. 오장육부 외에 가장 바쁘게 일하는 부위는 '손'이라 할 수 있다. 독일의 철학자 칸트 Immanuel Kant 는 손을 "눈에 보이는 뇌의 일부"라고 했다. 우리의 몸 중에서 손이 뇌의 명령에 따라 가장 다양하고 많은 일을 처리하기 때문이 아닐까? 그래서 '손'을 '제2의 뇌'라고도 한다.

박경리는 그런 '손'을 소재로 수필(「손」, 『기다리는 불안』, 현암사, 1967)을 썼다. 그는 수필 첫머리에서 자애가 강할수록 자학이 심하고, 자신이 없었기 때문에 자기를 학대하는 것이란 말을 꺼낸다. 그리고 자학 自虐 이 빚어낸 자신의 태도를 사람들이 겸손으로 보는 게 불만스럽다고 말한다. "겸손이란 언제나 충족된 사람에게 허용된 특권"이라면서. 이렇게 까칠한 박경리가 조금이나마 만족하는 것이 있다면 자신의 '손'이었다.
게다가 그 '손'을 "무던히(보통 이상)" 아낀다는 것이다.

어느 동무는 내 손을 보고 광적狂的인 것을 느낀다 한다. 예술적인 손이라
하고 아름답다고도 한다. 그럴 때 나는 그 겸손을 발휘하여 손을 슬그머니 감
추어 버린다. 이러한 손을 나는 무던히 아낀다. 손이 더러우면 글 한 줄을 못
쓰고, 겨울이면 보기 싫게 되는 것이 두려워, 부지런히 장갑을 끼거나 호주머
니에 손을 찌른다.

— 수필「손手」(183~184) 부분

경제적 여유가 없는 처지라 특별한 멋을 부리지는 못했지만, 박경리
는 "손톱에 매니큐어"를 항상 칠하고 다녔다. 이것이 손을 아끼는 박경
리의 유일한 사치였다. 그런데 그것도 "글 쓰는 직업에는 손이 연장 같
은 것"이기 때문이었다.

수필 곳곳에서 자학적인 태도를 보이던 박경리가, 자신의 손에는 만
족한다고 말하니 참으로 흥미롭다.

사람들 대다수는 자신의 얼굴 못지않게 손에 불만을 표시한다. 손이
'예쁘다'고 자랑하거나 칭찬받는 경우보다 손이 '작아서~, 못생겨서~,
통통해서~, 너무 커서~, 두꺼워서~' 라며 불평하는 경우를 더 많이 볼
수 있다.

소설가 계용묵 桂鎔默은 수필「손」(『문장』 1941.3)에서 "종이에 손을 베
였다"면서 "알알하고 아픈" 손의 통증을 이야기한다. 그러면서 자학에

손을 내밀고 싶다    45

빠진다. 자기 손으로 밥을 벌어먹지도 못했고, 펜을 잡는 데 쓰였을 뿐 불쏘시개 장작도 못 패는 '손'이라면서 자학하는 태도를 보인다. 더욱이 "손을 베인 후부터는 그게 잊히지 아니하고 원고지를 대하기가 두려워진다"면서 작가로서 느끼는 우울증까지 내비친다.

계용묵과 달리 박경리는 자신의 '손'에 대하여 지인들이 해준 칭찬을 스스럼없이 이야기한다. "예술적인 손이다", "아름다운 손이다" 등등. 그러면서도 남 앞에서는 자신이 생각하는 '겸손'의 태도로 손을 슬그머니 감추게 된다고 말한다.

박경리가 '손'을 감추는 것은 겸손한 태도라기보다 타인의 칭찬에 익숙하지 않아서 하는 행동으로 보인다. 이와 달리 '손'을 내미는 것은 주로 상대방에게 무엇을 요구하거나 도움을 주려 할 때, 또는 친해지려고 다가갈 때 하는 행위다. 그런 점에서 손을 내민다는 것과 손을 감춘다는 것은 서로 반대되는 뜻은 아닐는지.

박경리는 '광적'이고 '예술적'이며 '아름답다'고 칭찬받는 손을 그 누구보다 아꼈다. 더러워지지 않게, 또 보기 싫지 않도록 장갑도 끼고 매니큐어도 발랐다. 그래야 글도 쓰고 문학도 할 수 있다면서 손에 대해 남다른 애정을 표하였다.

매니큐어는 1960년대 초반까지는 여배우나 특수층 여성만이 바르는 것으로 취급되었다. 그러다가 1960년대 후반부터 외제 레브론Revolon과 큐텍스Cutex에 이어 국산 피어리스, 쥬쥬, 오스카 등의 국산제품이 나오면서 여대생부터 가정주부까지 사용하게 되었다. 1967년 신문에는, "매니큐어가 화장업계의 인기품목으로 대두되기는 4~5년 전, 일류상회에

서 연간 3만5천 병 이상을 생산하고 있으며 백화점 양품부에서는 월평
균 1백 개 이상씩 팔고 있는 실정"(『매일경제』, 1967.10.26.)이라고 했다. 그
러면서 매니큐어 칠하는 방법과 구매할 때 주의사항까지 알려주었다.
뿐만 아니라 시중의 미장원에서 매니큐어 칠해주는 요금이 1백~1백5
십 원 정도라며 1970년대에는 생활화될 것이라고까지 언급하였다. 그
예상은 맞았다.

지금은 여성 못지않게 남성도 매니큐어 관련 네일아트에 관심을 보
이기도 한다. 예를 들어 야구경기에서 포수는 투수가 사인을 쉽게 알아
보게 하려고 매니큐어를 바른다. 또 투수는 빠른 공을 던지다가 손톱이
손상될 것을 염려하여 매니큐어를 바른다. 물론 직업의 특수성과 관련
된 것이기는 하다.

요즘 거리에 나가보면 네일아트숍이 꽤나 눈에 많이 띈다. 그곳에서
남녀손님을 쉽게 볼 수 있다. 네일 관리가 외모 관리뿐만 아니라 스트레
스 해소에도 한몫을 하기 때문이다. 저렴한 가격에 휴식을 취하며 자신
의 손톱이 예술적으로 변해가는 모습을 현장에서 지켜볼 수 있고, 네일
관리사와 이야기를 나누며 소통할 수도 있으니, 일석삼조一石三鳥의 시간
이라 할 수 있다.

박경리도 당시에 네일아트숍이 있었다면 찾아가지 않았을까. 야구선
수처럼 작가에게도 손은 '연장'과 같은 것이니 아끼는 게 당연하다. 그
런 손을 모티프로 하여 시인들은 어떤 감각의 말들을 남겼을까?

시인 박남수朴南秀(1918~1994)는 시 「손」(『박남수 전집』)에서 물건이 떨
어지는 순간을 포착하여 '손'을 객체화한다. 떨어지는 '물상物像'에 반응

하는 손은 "휘뚝, 기울"지만 "허공에서 기댈 데가 없다." 그 순간 "얼마나 오랜 세월을, 손은 소유하고 또 놓쳐 왔을까"하고 깨닫는다. 소유욕으로 가득한 '손'이지만 오랜 세월을 거치는 동안 순간순간 놓쳐왔을 것들에 대해 시인은 '허공'의 너비만큼 '허무'의 크기를 헤아려보고 싶었던 것일까? 손이 노하면 주먹이 되고, 풀리면 손바닥을 "맞부비는 따가운 기원"이 된다는 말은, 분노를 참지 못해 행하는 폭력과 뒤늦게 용서를 비는 행위를 의미하는 듯하다. 시인은 "빈 짓"을 되풀이해 온 것이 후회스럽고 그 세월이 허무하다고 했다. 그렇게 소유욕과 분노, 폭력과 용서를 되풀이하다가 '손'이 확신한 것이 있다면 "역시 잡히는 것은 아무것도 없다는 것뿐"이었다.

인간의 욕망과 덧없음을 노래한 1950년대 시인들 이후 오랫동안 해오던 '빈 짓'에서 벗어나 '손에 대한 예의'를 인식하자고 노래한 시인도 있다. 정호승鄭浩承의 시 「손에 대한 예의」(시집 『여행』)가 바로 그것이다.

시인은 자기 자신을 향해 손을 도구로 하여 이것만은 꼭 하라고 주문한다. 누구보다 먼저 빈손을 내밀어 다른 사람의 손을 자주 잡아 주고, 하루에 적어도 한 번은 "책을 쓰다듬으며" "어둠 속에서도 노동의 굳은 살이 박인 두 손을 모아 홀로 기도"하라는 것이다.

박경리의 말처럼 우리의 연장 같은 '손'을 아끼는 것은 당연할 것이다. 그 아끼는 방법은 손을 깨끗이 하고 거칠어지지 않게 보호하며, 손톱에 매니큐어와 같은 네일 관리를 해주는 것도 좋을 것이다. 그리고 한 손은 비울 줄 아는 것도 필요하다. 모든 것을 한 손에 쥐려하거나 두 손에 가두려 하지 말고 한 손을 비워 다른 사람의 손을 잡는 것도 좋다. 또

책도 읽고 때로는 노동의 대가로 생긴 굳은살에 감사하며 두 손을 모을 줄 아는 것도 잊지 말아야 한다. 그것이 손을 아름답게 관리하는 방법이요 손을 자신 있게 내밀 수 있는 방법이 될 터이니.

# 우정, 여성을 원하다

박경리 수필 「여성과 우정」

　SNS에서는 모두가 친구다. 특별한 관계가 아니어도, 일면식 없이도 사람들은 사이버공간에서 '친구'가 되어 이야기를 나눌 수 있다. SNS 이전에는 '싸이월드'에서 '도토리'를 얻기 위해 열심히 일촌을 맺고 파도타기도 했다. 부모와 자식 관계도 아닌데 '일촌'을 맺느냐는 어른들의 비난도 감수하면서 찾아 들어간 사이버 세상. 그곳에서 생각과 정보 공유와 믿음(도토리)을 쌓아가는 재미에 푹 빠졌던 것이다.

　'나'를 개방하기만 하면 어느 누구와도 친구가 될 수 있는 SNS 세상은, '우정을 파는 가게'와 다름없다. 생택쥐페리Antoine de Saint-Exupéry의 『어린왕자』에서 여우가 어린왕자에게 하던 말이 생각난다. "우리는 길들인 것만을 알 수 있어. 사람들은 새로운 것을 알려고 하지 않아. 가게에서 이미 만들어진 물건을 사지."

　이제 사람들은 SNS에서 자기가 아는 것을 알리면서 즐거워하고, 많은 사람에게서 공감을 얻으면서 행복해한다. 부작용도 있겠지만, 아무리 먼 곳에서도 친구를 찾을 수 있다는 치명적인 매력 때문에 온라인 친구 맺기는 다양한 방법으로 지속될 것이다. 그렇게 남녀와 세대의 구분 없이 '우정'의 영역을 넓혀갈 수도 있으리라.

전후 사회에서 친구 맺기나 '우정'은 그들에게 어떤 의미였을까? 근대 이전까지 남성의 전유물처럼 여겨졌던 '우정'에 대해 여성들은 어떻게 생각했을까?

박경리는 수필 「여성과 우정」(『기다리는 불안』, 현암사 1967)에서 말한다. "사는 데 대한 이상이 설정되어 있었다면 여성은 반드시 같은 길을 걷는 진실한 친구를 구하였을 것이다. 그리고 이해와 노력으로 그들의 우정을 의지적인 사랑으로 지양止揚시켰을 것"이라고. "여성에게는 진정한 우정이 없다"거나 "여성보다 남성에게 우정의 지속성이 강하다"고 말하는 사회적 의미를 생각해 보라고.

박경리에 따르면 인간의 공통적 본능이라고 할 수 있는 '이기적인 감정'이 문제다. 감정이 풍부한 사람일수록 순수한 사랑을 할 수 있고, 자기 자신을 사랑할 줄 아는 사람만이 순수상태에 몰입할 수 있다. 하지만 그 감정이 순수성을 잃게 되면 이기利己가 '사랑스러운 것'에서 '불미스러운 변장'을 하여 감정의 미美와 추醜를 드러내게 된다. '순수성'을 잃고 안 잃고는 자기 자신의 '의지意志'에 달려 있다. 의지는 순수한 상태의 것이 아니며 하나의 극기적인 자세이기 때문이다. 그는 우정을 지속하려면 의지가 필요하다고 말하였다.

오랜 세월이 흐르는 동안 여성은 우리 속에 가둠을 당하여 왔고 그 속에서 시야는 늘 좁은 것이었으며 그 좁은 시야 앞에서 연정戀情만 자랐다. 그와 반대로 남성은 밖에서 넓은 세상을 바라보며 의지에다 채찍을 해 온 것이 사실이다. 여성은 좁은 우리 속에서 이상도, 자기의 정령精靈을 바칠 일도 없었다.

—「여성과 우정」(95) 부분

여성은 우정을 지킬 만한 환경을 갖지 못하였다. 근대 이전까지 남녀의 거주공간은 엄연히 달랐다. 남성은 넓은 바깥세상, 여성은 좁은 집안이 주된 활동공간이었다. 그 세상의 폭에 따라 꿈이나 이상의 크기도 달랐다. 그러다 보니 사람들과 관계를 맺는 방식에서도 차이가 있었고, 우정이 지속되거나 깊어질 수 있는 여건에도 차이가 있었다.

박경리는 우정의 문제를 전후사회풍조와 연관 지었다. 우정이 천박해지는 것은 심심풀이라든가 소일거리로 사람을 사귀는 '사교社交를 위한 우정'에서 비롯되었다고 한다. 이러한 우정은 오해와 질투로 쉽게 이어져 결렬決裂로 끝날 수 있다. 이런 관계만을 맺는 사람들은 동무가 아무리 많아도 '불순하고 추잡한 이기利己' 때문에 항상 외롭고, 이유 없이 적을 많이 만들 수도 있다.

다소 학구적이지만, 오늘날 SNS 세상에서도 한번쯤 되씹어볼 만한 대목이다. 친구가 된다는 것, 우정을 지속한다는 것은 '너'와 '나'가 '우리'가 되어 함께할 수 있다는 말이다. 심심풀이로 또는 소일거리로 사람을 사귀는 데는 우정이 생기기 어렵다. SNS 계정에서 친구나 팔로워를

늘리는 데 즐거움을 갖는다면 이는 '보여주기식 사교'를 위한 우정이 되기 쉽다. 친밀감을 키워가는 우정을 지속하지 못하면 친구는 많아도 속마음을 나눌 벗이 없게 된다.

그러나 걱정할 필요는 없다. 사람들 대다수가 진정한 우정보다, 세상과의 다양한 소통을 우선적으로 바라기 때문이다. 네트워크를 연결하여 친구 맺기를 하고, 정보를 공유하며 '좋아요'를 누르는 클릭 소리가 여기저기서 울려 퍼지고 있다.

진정한 친구를 만들고 싶다면 다음을 잠깐 주목해 보자.

첫째, 친구에게 우선순위를 내주어라. 시간과 노력을 기울여야 우정이 깊고 단단하게 뿌리내릴 수 있으니까.

둘째, 기쁨보다 슬픔을 더 적극적으로 나누어라. 기쁨은 나누면 두 배가 된다지만 슬픔을 나누면 반으로 줄어들어 만족감이 커지기 때문이다.

셋째, 감정을 자유롭게 표현하되, 생각의 차이를 인정하라. 서로를 존중하는 자세를 잃지 않기 위해서.

넷째, 드러내기와 들어주기의 균형을 유지하라. 자신의 속마음을 솔직하게 표현하고, 친구의 얘기에도 이해와 공감을 하면서 들어준다면, 우정의 기본을 지키는 것이므로.

다섯째, 지나친 관심은 금물이다. 각자의 사생활을 간섭하지 않는 것이 친구를 오랫동안 지켜주는 방법이다.

이런 팁을 지키기에는 여성이 남성보다 유리하지 않을까? 『여성의 우정에 관하여』(메릴린 옐롬·테리사 도너번, 책과 함께, 2016)라는 책에서도 "여성이 남성보다 더 남을 배려하고 더 다정하고, 더 애정이 깊으며, 따라서 우정에도 더 적합한 존재라는 생각이 자리 잡은 것이다"라고 하지 않았는가.

사실 '우정'은 중세까지만 해도 남성들의 전유물이었다. 여성들 간의 우정은 가족관계와 연관되어 이해되었을 뿐 그 자체로서는 존중받지 못하였다. 그러나 셰익스피어 William Shakespeare 는 희곡에서 여성들이 맺는 새로운 동맹관계를 표현하곤 했다. 주로 잘못된 생각을 가진 남성들에 맞서 여성들끼리 서로를 보호해주는 모습을 보여주었다. 그 예로 『헛소동』의 '헤로'와 '베아트리체', 『베니스의 상인』의 '포셔'와 '네리사' 등을 들 수 있다. 근대 이후 우정 자체가 정서적 친밀감으로 널리 인식되면서 남성 못지않게 여성의 경우도 그 가치를 인정받게 되었다.

결국 '우정'은 남녀를 떠나 정서적 친밀감에서 비롯되는 것이며, 배려와 애정의 정도가 이를 유지하는 데 큰 영향을 미친다는 점을 알 수 있다.

이와 관련하여 『어린 왕자』에서 여우가 한 말도 참고해 볼 만하다.

여우는 어린왕자에게 친구를 만드는 팁을 알려준다. 그것은 바로 '길들이는 것'이었다. 길들이기 전에는 "넌 나에게 수많은 아이 중의 하나에 불과해. 난 네가 필요하지 않고, 물론 너도 내가 필요하지 않겠지. 나도 너에게 수많은 여우 중 하나일 뿐이고." 그러나 "네가 나를 길들인다면 우리는 서로에게 필요한 존재가 될 거야. 나한테 너는 세상에 하나밖에 없는 사람이 될 것이고, 너한테 나는 세상에 하나밖에 없는 여우가 되는 거지"라고 말한다.

그리고 장미와 어린왕자의 관계에 대해 이야기하면서 여우는 하나의 팁을 일러준다. "너의 장미가 네게 그토록 중요한 것은 네가 장미에게 들인 시간이 있기 때문이야. 사람들은 이 진리를 쉽게 잊어버려. 하지만 너는 잊지 마. 네가 길들인 것에 대해서는 언제까지나 책임을 져야 한다는 것을. 너는 네 장미를 책임져야만 해."

진정한 친구를 만드는 비법秘法은, 서로를 길들인 만큼 그에 따른 책임을 지는 데 있다. 서로 길들여져 익숙해지면 소중함을 쉽게 잊기도 하고 함부로 행동하기도 한다. 친구를 곁에 오래 두고 싶은가? 그렇다면 책임 있는 말과 행동, 그리고 지속적인 '관계 맺기'After-Service를 잊지 말자.

# 강신재

## 깨어나는
## 제2의 성

규수 작가의 이름으로
올드 미쓰? 아니죠
○○○로 태어나서 할 일도 많다만
사랑이 진실하다면

# 규수작가라는 이름으로

강신재 수필집 『사랑의 아픔과 진실』

여성이 결혼을 하면 흔히 누구의 아내, 또는 누구의 어머니라고 불린다. 1960년대 소설 『젊은 느티나무』로 잘 알려진 작가 강신재康信哉는 이런 명칭을 자연스럽게 받아들였던 듯하다. 그래서일까? '규수작가'라는 명칭은 그에게 너무나 잘 어울리는 닉네임이 되었다.

'전중파戰中派'에 속하는 강신재는, 온건한 정신과 사고방식을 착실하게 실천해 왔다고 자부하는 작가이다. 제2차 세계대전 중 학창시절을 보내고 해방을 전후하여 결혼했으며 6·25전쟁의 참변을 겪으면서 미망인이 된 세대이기도 하다. 그래서 전중파 강신재는 전쟁영화를 보면 산란해지는 마음을 어찌할 수 없었다고 한다. 그는 수필에서 해방 직전 대구 시댁에 있을 때 배달부가 '학도병 징발' 소집영장을 내밀며 울상 짓던 모습을 묘사하기도 했다(「수줍은 녹의홍상의 신부」, 『사랑의 아픔과 진실』, 육문사, 1966).

강신재는 만 19세에 결혼하였다. 좀 이른 감은 있었으나 그것은 순전히 그가 택한 일이었다. 이화여전을 중퇴해야 했고, 남편은 한 달 후 전쟁터로 나가야 할 운명에 놓여 있었다. 한편으로는 인생의 모험이었지만 그는 두려움을 느끼지 않고 결정을 내렸다. '진실'이라고 생각되는 일 이외에는 돌아볼 겨를도 마음도 없었다고나 할까? '그의 무모함'은 주위의 염려와 달리 비극적인 결과를 빚지는 않았다. 보통 여성들처럼 그도 주부가 되었고 아이의 어머니가 되었던 것이다.

강신재는 상대방을 행복하게 만들어 주고 서로의 향상에 힘써주는 것이 결혼이라고 믿었다. 그래서 열성을 가지고 가정에 봉사하려 들었다. 서툴기 이를 데 없는 솜씨로 때로는 고통을 느끼면서도 가사(살림)에 익숙해지려고 했다. 살림 전문가로서의 소질이 신통치 않았던 강신재는 결국 "군소리감"만 찾아내게 되었다. 그는 생각 끝에, 살림하는 데 남의 손을 빌리고, 살 수 있는 물건은 사서 충당해 나갈 수밖에 없다는, 주부로서는 매우 비경제적인 궁리를 하게 되었다.

그러다 보니 주부로서 '나는 무엇을 하는 인간인가?' 또 '가족을 사랑하고 그것만으로 그저 가만히 앉아 있어야 할까?' 등을 고민하게 되었다. 스스로도 행복하고 남에게도 행복을 줄 수 있는, 그런 삶을 찾고 싶었다. 그래서 강신재는 자신이 잘할 수 있는 일이 무엇인지 찾기 시작했다.

그때 소설이 운명처럼 강신재를 자극했다. 소설은 여러 가지 인생을 보여 주었고, 그것을 쓴 작가의 정신과 마음은 그의 영혼을 일깨워 주었다. 그렇다 해도 처음에 강신재는 소설을 쓸 수 있으리라고 생각지 않았다. 하지만 문학소녀 아니 문학주부가 된 이상, 무언가 쓰지 않고는 견딜 수 없었다. '진정성' 있는 작품을 쓰는 작가가 되고 싶었다.

강신재는 하나의 고독한 생명체일 수밖에 없는 인간으로서 그 생명을 불태우는 방법을 제 힘으로 발견해 내야 한다고 믿었다. 그 믿음을 실천하는 방법이 그에게는 소설을 쓰는 것이었다. 그에게 소설은 무언가와 끊임없이 대결하게 하는 '혼자만의 길'이요, 누가 도와줄 수도 허물어뜨릴 수도 없는 '온전한 자신만의 세계'였다.

그는 자기 자신을 정화하고 드러낼 길을 창작 속에서 찾았다. 하지만 자신의 '문학'으로 인해 가족이 불편해 하지 않기를 바랐다. 그래서 '문학'보다 '가정 일'을 우선시하는 습관을 지켜나갔다. 그 덕분에 강신재는 '세계(문학)'에 대한 사랑을 큰 곤란이나 모순에 부딪히지 않고 분수대로 전개해 나올 수 있었다고 한다. 그래서일까, 그는 '규수작가'라는 닉네임을 오히려 고맙다고 생각하는 듯하다.

강신재에게는 「젊은 느티나무」의 작가'라는 닉네임도 따라다닌다. 그는 수많은 단편과 장편을 쓰느라 애써왔지만 유독 기억에 남는 작품은 1960년에 발표한 「젊은 느티나무」(『사상계』 1월호)라고 말한다. "그에게는 언제나 비누냄새가 난다"라는 문장을 떠올리는 독자도 있을 것이다. 이 소설을 쓸 때는 잡지사에 볶아치며 정신없이 써 내려갔기 때문에 도무지 자신이 없었다고 한다. 강신재가 이 작품을 쓰게 된 계기는 간단하다. "젊고 건강한 청년에게서 어느 순간 슬쩍 풍기는 비누내가 감각적인 것 같아 두 세줄 메모해 놓은 것"이 훗날 작품을 쓰게 된 계기였다.  그리고 이런 감각을 누구보다 강하게 느끼는 인물이 '소녀'일 거라고 생각하여 작품의 여주인공으로 삼았다. 강신재가 그려보고 싶어 했던 학창 시절의 청순한 사랑 이야기를 지금 21세기의 청년들도 읽고 있다.

강신재는 작가로서 '사랑=아픔'이라는 것을 소설로 표현하고자 했다. 모든 일에는 기쁨보다는 더 많은 고통이, 평안보다는 더 깊은 상심傷心이 따르기 쉽다. 여성이 사람을 사랑하고 청년이 사랑에 목숨을 거는 것은 자연스러운 일이다. 영원히 달라지지 않을 사람 본연의 자태라고 나 할까. 강신재는 본연의 소망에 충실한 것을 유일의 선善이라고 생각하였다. 사랑이 진실한 것인지 거짓이 섞였는지, 사랑하는 남녀가 그 아픔을 견디고 승리에 도달할 힘을 가졌는지는 진지하게 고민해야 할 문제다.

그가 보기에 '오늘을 사는 작가의 임무'는, 미학적인 성과에만 한정되지 않는다. 남녀의 집착이 빚어내는 갈등과 불가항력으로서의 죽음 등 작가가 예술의 이름으로 파헤치는 어려운 문제는, 인간관계와 일상의 삶에서 자주 대할 수 있는 것들이다. 다만 작가는 오늘 인간이 마주한 그 시점의 특유한 문제들을 남보다 먼저 지각하고 새로운 시각으로 보려고 몸부림칠 뿐이다. 강신재에게도 이러한 '작가의 생리生理'가 있었기에, 서툴고 정돈되지 않은 수법으로라도 문제의 진실에 맞서 씨름하는 것이 정당하다고 믿으며 소설을 썼던 것이다.

『여성신문』 1,380호 '문화' (2016.3.7) 수록

# 올드 미쓰? 아니죠

강신재 수필 「올드 미쓰론」

지금도 '올드 미쓰'라는 말이 유효할까?

최근 통계청 자료를 살펴보면, 남녀의 평균 결혼연령이 30대라고 한다. 결혼시기가 늦추어지거나 결혼하지 않는 사람들이 늘어나면서 2016년 12월 여성의 평균 결혼연령이 처음으로 30대에 진입했다는 것이다. 남성의 평균 결혼연령이 30대에 진입한 것은 2003년부터다. 현실이 이렇다 보니 결혼 여부와 관련하여 생긴 '올드 미쓰'나 '노처녀', '올드 미스터'나 '노총각' 같은 호칭이 더 이상 필요해 보이지 않는다.

그런데도 왜 강신재의 수필 「올드 미쓰론」(『사랑의 아픔과 진실』, 육문사, 1966)에 관심이 가는 것일까? 강신재가 이 수필을 썼던 해방 이후나 요즘에도 결혼 여부가 20대 이상의 남녀, 특히 여성의 사회생활과 경제활동에 끼치는 영향은 만만치 않아 보이기 때문이다.

강신재가 보기에 25,6세의 여성이 '소녀'에 가까운 취급을 받거나

'올드 미쓰'와 거리가 멀다고 스스로 생각하는 것은 문제되지 않는다. 그들을 '노처녀'로 대한다면 곤란해지는 것은 미혼 남성과 여성들의 가족일지도 모른다. 이런 현상은 사회 전체의 봉변으로 돌아올 것이라고 강신재는 단언한다. "연령을 구분하는 것도 사회의 작희作戱요, 그 기간을 늘였다 줄였다 하는 것도 사회 풍조의 힘"이다. 사회적 필요성에 따라 노처녀의 범주를 삼십 세 이상으로 설정해 놓는 것은 하나의 세태일 뿐이다.

해방 이전만 해도 25,6세의 처녀가 미혼인 경우 당연히 '올드 미쓰' 또는 '노처녀'라고 했다. 그런데 1960년대에 들어서서 그렇게 불렀다가는 보기 좋게 따귀를 얻어맞을 수도 있다는 것이다. 과거로 거슬러 올라갈수록 청춘 연령이 짧았다는 사실은 성춘향과 이몽룡의 예만 떠올려도 알 수 있다. 옛 문헌에 의하면 이팔청춘(16세)에 만나 혼약하는 것이 다반사였다. 그것은 옛 사람들이 육체적으로나 정신적으로 조숙하였다는 사실과 유교적 가부장제에 의한 사회적 관습을 배경으로 한다.

그렇다면 25,6세 여성이 그 옛날에 비해 소녀에 가까운 취급을 받고 있는 이유는 무엇이었을까? 강신재가 보기에 25,6세라는 나이는 학업을 겨우 마친 풋내기의 연령에 불과하기 때문이다. 그리고 학력 수준에 따라 조금 차이는 나겠지만, 인텔리 여성들이 매년 수천수만씩 사회로 진출한다는 사실을 고려하지 않을 수 없다. 옛날식으로 학교에 진학하는 것보다 좋은 신랑감 만나기를 중시한다면 모르겠지만.

강신재는 자신의 경우를 떠올리듯 말한다. "신랑감이 나서기가 무섭게 학교고 무어고 집어 치우고 신혼생활로 들어가거나, 역전마차를 갈

아타듯이 졸업식장에서 예식장으로 부랴사랴 달리지 않으면 안 될 것”
이라고. 그러나 “필연적인 그 무엇 – 연애라거나, 그 밖의 무슨 급격한
그들 자신의 내부의 요청으로 이루어지는 것이 아닌 이상, 그다지 명예
로운 일이라고는 할 수 없다”고. 이는 여성이나 남성의 사정이 대체로
비슷하다는 것이다.

　외부적 조건들로 인해 미혼여성들이 결혼을 서두르지 않게 되었고,
그런 태연함이 사회적 풍조를 조성하였다. 강신재는 이런 전후의 젊은
여성을 긍정적으로 보았다. 자기 자신에 대하여 뚜렷한 인식을 가졌기
에 쉽사리 타인의 간섭을 허용하려 들지 않지만 그만큼 책임감 있게 행
동할 줄 안다는 것이다. 더욱이 스스로 용감하게 원하는 것을 쟁취하려
준비하고, 그 일이 뜻과 같지 못하더라도 비굴해지지 않으며, 새로운 시
도도 하고 과감하게 방향도 돌릴 줄 안다고. 여기에는 기성세대가 젊은
세대에게 바라는 메시지가 담겨 있는 듯하다. 이런 여성들이 많아질수
록 ‘올드 미쓰’의 대상은 줄어들 것이라는 확신도 내비친다.

　주위 상대자들이 기대에 못 미치거나 결혼보다 중요하다고 생각하는
일이 있다면 모르겠지만, 그렇더라도 초연히 ‘씽글의 신세’를 구가
하는 것은 반대하고 싶은 게 강신재의 마음이다.

　그래서일까? 강신재는 ‘올드 미쓰’의 특질로 ‘(다른 사람보다 뒤졌다는
생각에서) 모든 일에 자신을 잃고, 정신적으로 위축되어 있다’는 점을 든
다. 그 모습은 현진건의 「B사감과 러브레터」처럼 히스테릭한 노처녀로
비추어질 수 있다. 이를 두고 성적으로 과민해져 병적으로 왜곡된 결과,
‘도를 넘친 수치심’으로 ‘완고덩어리’가 되거나 “어딜 가서나 어깨를 못

퍼는 반편 같은 외양”으로 나타난다는 것이다. 이 특질은 전후사회의 선입견으로만 볼 수는 없다. 21세기인 오늘날에도 30대 이상의 미혼 여성을 ‘골드 미스’ 아니면 ‘노처녀’라고 부르고 있으니 말이다.

지금 여성들의 젊음은 그들 자신이 젊다고 생각하는 데서 비롯된다. 설령 혼기가 늦었더라도 그렇게 생각하지 않는다면, 또 결혼을 못한 것이 아니라 ‘자기가 하지 않았다’고 생각한다면 뭐가 문제겠는가. 그럴 때 여성들은 자존심을 지키면서 독신인 것을 과시할 수 있다. 그런 여성에게서 ‘올드 미쓰적인 특질’을 볼 수 없는 것도 당연하다.

하지만 스스로 이런 처지를 민망해 하면서 신념을 잃어버리는 데 문제가 있다. 알고 보면 독신주의자나 노처녀의 히스테리니 콤플렉스니 하는 것도 그 사람이 자기의 생각과 삶에 진정성을 갖지 못했다는 증거가 될 수 있다. 이는 이성異性에 대한 미련을 초탈하지 못한 채 무리하게 외양을 가꾸다 보니 생긴 문제가 아닐는지.

강신재가 바라는 것은 “올드 미쓰라고 부르기에 합당한 사람들이 줄어 가는 일”이다. 그는 가정생활에 ‘위축된 부인’보다 ‘투쟁형의 여장부’를 만나는 것이 좋다고 말한다. 사회 풍조에 의해 만들어진 ‘올드 미쓰’라는 야유 섞인 시선에 좀 더 과감하게 대처할 필요가 있다는 말이다.

이제는 “올드 미쓰? 아니죠. 당당한 여성이죠”라고 말해야 하지 않을까?


강신재의 「올드 미쓰론」을 읽고 보니, ‘올드 미쓰’의 어원부터 궁금해진다. 이 말은 일본식 표현 ‘オールドミス’를 우리말로 옮겨 부른 것

이다. 원래 영어 표현으로는 'old maid/ spinster/ tabby' 등이 있다. 'old maid'는 '잔소리가 심하고 신경질적인 사람'을 뜻하기 때문에 '노처녀'를 히스테릭하게 보는 경우에 쓰인다. 그리고 'tabby'는 얼룩고양이를 뜻하는데 노처녀를 경멸적으로 표현할 때 쓰인다.

그렇다면 'spinster'는 어떠할까? 사전적 의미에 따르면, 'spinster'는 여성의 분류 기준을 사회와 문화, 경제(노동)라는 세 가지 측면에 두고 있다.

첫 번째 '미혼 여성'은 법적으로 결혼하지 않은 여성을 뜻한다. 제도상 서류에 결혼했다는 증명이 없어야 한다. 사회문화적 측면에서는 결혼제도에 포함되지 못한 여성을 일컫는 말이다.

두 번째 '노처녀'에는 남성 중심적 사고가 담겨 있다. 남성들의 섹슈얼리티에서 보면 젊고 아름다운 모습이 부족한 여성 즉 처녀답지 않고 나이까지 든 여성을 의미한다.

세 번째 '실 잣는 여자'는 장 프랑수아 밀레Jean François Millet의 그림 〈서서 실 잣는 여자〉(1850~1855년 작)를 연상해 보면 좋을 듯하다. 이 그림은 젊은 여성들이 서서 실 잣는 모습을 담고 있다. 인류 역사 속에서 수만 년 동안 여성들이 해오던 수공업 중의 하나가 방직이었다. 따라서 실 잣는 일 또한 여성의 몫이었다.

그리스 신화에는 베 짜기의 명인名人을 자부하는 여성 '아라크네Arachne'가 등장한다. 그는 베 짜는 여성들의 수호신 '아테나'에게 도전장을 내밀었다가 여신의 분노를 사서 실을 짜야 하는 거미가 되고 만다. 그것처럼 〈서서 실을 잣는 여자〉의 모습에서 슬픈 아라크네의 모습을 발견하게 된다.

과거 여성들은 결혼 전이나 후나 실을 잣고 베를 짜면서 살아갔다. 결혼한 여성들은 집안 살림과 육아까지 맡아가며 틈틈이 일을 해야 했다. 유럽에서는 산업혁명 이후 방적기(실 잣는 기계)와 직기(베 짜는 기계)의 등장으로 방직업이 자동화되면서 주로 결혼하지 않은 여성들이 이 일을 맡아했다. 이러한 경제구조에서 'spinster'의 범주에 '결혼 전의 여성' 뿐 아니라 '노처녀'라는 뜻까지 포함되기에 이르렀다.

아라크네의 후예들을 오늘날 '올드 미쓰'라고 할 수 있을까? 신에게 지배당하기보다 신과 겨루어 자신의 당당한 실력을 보여주려 했던 '아라크네'의 모습에서, 이 시대의 '올드 미쓰' 아니 '골드 미스'의 당당함이 보이는 듯하다. 비록 거미가 되었지만, 끊임없이 실을 자아내며 자신만의 성城을 만들어내었던 아라크네. 그는 성城에 걸려든 모든 것을 받아들이고 호불호好不好를 정해 죽이고 살리는 능력을 발휘했다. 이 시대의 아라크네들도 그런 능력을 발휘하고 있으리라.

『숙명문학』 제4호 (2016.11.11) 일부 수록

# ○○○로 태어나서 할 일도 많다만

강신재 수필 「사나이」

한때 TV 프로그램 중에서 〈리얼 입대 프로젝트-진짜 사나이〉가 화제를 모았다. 시청자들의 호불호好不好가 갈리며 논란도 많았지만, 군대만큼 리얼 버라이어티를 잘 살릴 수 있는 무대도 없다는 데 공감하는 듯했다. 생각해 보면 '사나이'이라는 명칭이 들어간 작품은 예전에도 꽤 있었다. 미국 드라마 〈육백만 불의 사나이〉와 〈두 얼굴의 사나이〉, 영화 〈진짜 사나이〉, 〈제3의 사나이〉, 〈파괴된 사나이〉 등등.

강신재는 이런 '사나이'들을 수필(「사나이」, 『사랑의 아픔과 진실』, 육문사, 1966)에서 호명하였다. '사나이와 사나이의 약속', '사나이의 눈물', '만약 사나이라면~' 등의 말을 꺼내며 사나이가 무엇이기에 그러느냐고 묻는다. 오랫동안 남성들이 주동해 온 세상이다 보니, 'ALL MAN'이라고 부르는 '사나이 속의 사나이' 혹은 '진짜 사나이'라고 할 성격 유형이 사회적으로 형성된 것 같다고 말한다.

그렇다면 1960년대에 '사나이'라는 말이 부쩍 많이 쓰였던 배경은 무엇일까? 그것은 당시의 군사정권과 결부시켜 해석할 수 있다. 그때 여성에게 '여성다움'이 요구되었고, 남성에게는 '남성다움'이 요구되었다. 그 남성다움을 보여줄 수 있는 유일무이한 무대는 바로 군대다. 의무감 반 책임감 반이기는 하지만, 대한민국 남성이라면 병역의무를 반드시 이행해야 한다.

[헌법] 제2장 국민의 권리와 의무

제39조 ① 모든 국민은 법률이 정하는 바에 의하여 국방의 의무를 진다.

② 누구든지 병역의무의 이행으로 인하여 불이익한 처우를 받지 아니한다.

[병역법] 제3조(병역의무)

① 대한민국 국민인 남성은 헌법과 이 법에서 정하는 바에 따라 병역의무를 성실히 수행하여야 한다. 여성은 지원에 의하여 현역 및 예비역으로만 복무할 수 있다. (개정 2011.5.24)

— 국가법령정보센터(http://www.law.go.kr) 제공

흥미 있는 것은 우리나라만 '사나이'를 강조하는 게 아니라는 사실이다. 서양의 경우, 'man'이라는 단어는 '사람'과 '남성'이라는 뜻으로 많이 쓰이지만 '사나이'라는 뜻으로도 쓰인다.

강신재는 전쟁참전용사들이 '사나이'로 불리는 것을 예를 들어 소개한다. 이때 약간의 오류를 범한다. 그 하나는 케네디 대통령 관련 기사에 대한 언급에서 볼 수 있다.

〈메이데이 109〉(보 플린&배질 이와닉 제작)는 제2차 세계대전 때 존 F. 케네디가 타고 있던 '어뢰정 PT-109'이 일본군함에 의해 침몰되었던 실화를 담은 영화이다. 이 영화가 제작될 무렵에 나온 승무원 대상 좌담회 기사를 찾기는 어려우나, 그와 비슷한 시기의 연설에서 "all man"을 연상케 하는 부분을 찾아볼 수 있다.

Two thousand years ago, the proudest boast was 'Civis Romanus Sum'. Today, in the world of freedom, the proudest boast is "Ich bin ein Berliner!" (······) All free men, wherever they may live, are citizens of Berlin, and therefore, as a free man, I take pride in the words "Ich bin ein Berliner!"

2천 년 전, 가장 자랑스러워하던 말은 '나는 로마 시민이다'였습니다. 오늘날, 자유세계에서 가장 자랑스러워하는 것은 단연 '나는 베를린 시민이다'일 것입니다. (…중략…) 모든 자유민은, 그 사람이 어디에 살든 그 사람은 베를린의 시민입니다. 그러므로 자유민으로서, 전 "나는 베를린 시민입니다"라는 이 말을 자랑스레 여길 겁니다.

— 1963년 6월, 미국 케네디 대통령이 서베를린 방문 때 했던 연설 부분

이 연설문에 "all free men"이라는 표현이 나온다. '모든 자유민'이라는 말이다. 케네디(John Fitzgerald Kennedy)를 두고 "all man"이라고 표현한 말은 아닐 것이다. 그는 'White Anglo-Saxon Protestant'(백인/앵글로색슨계/개신교도)이 아니라 아일랜드계 출신의 가톨릭신자였다. 약칭 J.F.K.에서 비롯된 'Jack'이라는 별명은 '사나이, 버릇없는 놈'을 의미했다. 한 마디

로 젊은 대통령에 대한 보수적 시각이 반영된 명칭으로 보인다. 이를 고려해 본다면 강신재가 말한 "all man"은 케네디를 호명한 것이 아닐 가능성이 높다.

다른 하나는 은퇴한 미국의 유명한 프로야구 선수 뮤지얼에 대한 언급에서 찾을 수 있다. 스탠 뮤지얼Stan Musial은, 1941년부터 1963년까지 22시즌을 메이저리그에서 뛴 전설적 선수이다. 강신재는 그를 두고 "The Man"이라고 불렀다고 했는데, 그 의미를 "all man"과 같은 뜻으로 보기는 어려울 듯하다. 위키백과에 의하면, 선수생활 때나 제2차 세계대전에 참전했다가 돌아왔을 때나 늘 상대팀에게 공포의 대상이 되는 뮤지얼을 두고 기자가 "그 놈이 또 나온다, 그 놈"이라고 말하면서 'Stan the Man'이라는 별명이 붙었다고 한다.

강신재가 언급한 케네디 대통령이나 뮤지얼 관련 "all man"을 '사나이 중의 사나이' 또는 '진짜 사나이'라고 할 수는 없다. 하지만 전쟁이 낳은 영웅들, 즉 서양의 처칠, 맥아더, 드골 등과 우리 이순신 장군 같은 분을 '사나이'의 전형이라고 보는 것, 또 남성적인 특색으로 용기와 강함, 특히 기사도와 무사도 등을 연관시킬 수 있다는 말에는 공감한다.

이 '사나이'의 범주에 군사정권의 인사들까지 포함시킬 수 있을까? 여기에 대해서는 강신재도 대답을 미룬다. 다만 비판적이고 냉소적인 시선을 보내고 있는 것은 확실하다. 그래서 '사나이와 사나이의 약속', '사나이의 눈물', '만약 사나이라면~' 등의 표현에서 '묘한 우스움'을 느낀다고 말하며, '사나이가 무엇이기에 그러냐?'고 되묻는다.

군사문화로 점철된 사회에서 '사나이'만의 무엇을 요구했다면, 지금 우리가 호명하는 '진짜 사나이'는 어떤 의미를 담고 있을까?

'한창 혈기가 왕성할 때의 남자'를 이르는 '사나이'는 옛 문헌에 의하면 '亽아히'에서 비롯된 말이라고 한다. '亽'은 '亽(丁=장정)'과 '亽히(人+子)'가 합쳐진 말이다. 또 다른 해석에 의하면, '亽(壯丁)+나히(生)'로 '장정으로 태어났다'는 뜻을 지닌다. 이와 대립되는 '갓나히'는 '갓(여자, 처)+나히(生)'이므로 '여자로 태어났다'는 뜻이다. 여기서 '가시내, 가시나'가 되었다는 해석이 있다.

'사나이'는 결국 '장정으로 태어났다'와 '젊은 남자'를 의미한다. 아직도 제일의 군가로 불리는 〈진짜 사나이〉에서 "사나이로 태어나서 할 일도 많다만 너와 나 나라 지키는 영광에 살았다"를 보면, '사나이'는 어디까지나 군대에 있어야 하고 나라와 나-너를 지킬 줄 알아야 한다.

그런데 얼마 전 여군들이 〈진짜 사나이〉라는 TV 프로그램에 등장했다. 그러면 '사나이'에 '가시나'를 포함시켜야 하는 것일까? 나이가 젊고 기운이 좋은 남자라는 '장정'의 의미를 사나이가 담고 있지만, 그 '장정'에 여성도 포함시켜야 할 것이다. 우리나라를 지키는 군인 중에는 여군도 적지 않기 때문이다. 따라서 "사나이로 태어나서 할 일도 많다만"은 "가사나(가시나+사나이)로 태어나서 할 일도 많다만"으로 가사를 바꾸어야 할 것이다. 더 나아가 섹슈얼리티에 갇힌 '사나이'가 아니라 사회적 성 젠더의 개념을 확장한 '사나이' 또는 '가사나'가 탄생되어도 좋겠다.

# 사랑이 진실하다면

2016년 11월 11일, 일명 '빼빼로 데이'에 영국에서는 80대 남녀 한 쌍이 결혼식을 올렸다. 19세와 21세로 만났던 두 사람이 65년이라는 세월을 보내고서야 부부가 될 수 있었다고 한다. 영국 BBC에서는 두 사람의 결혼식과 신혼여행 소식을 전했다.

헬렌 안드레와 데이비 목스는 1951년 미대생으로 만나 사랑에 빠졌다. 그러나 예술가는 생활하기 불안정하다는 이유만으로 부모의 반대에 부딪혔고, 두 사람은 결혼 약속을 지키지 못하고 2년 뒤 헤어져야 했다. 헬렌은 부모의 뜻에 따라 다른 남성과 결혼하여 자녀를 낳고 살았다. 남편과 사별한 후에도 데이비를 그리워했다. 이런 마음을 이해한 딸이 SNS에 엄마의 사연을 올려 데이비를 수소문했다. 데이비는 아내를 떠나보내고 홀로 살고 있었다. 65년 만에 두 사람은 할머니와 할아버지가 되어 만났고, 젊은 시절의 약속을 자녀와 친구들이 보는 앞에서 지킬 수 있었다.

지금으로부터 65~7년 전의 일이다. 6·25전쟁으로 대다수가 피난살이를 하던 시절, 한 젊은 부인이 시부모와 친척, 어린 아들을 이끌고 서울에서 부산으로 피난을 내려왔다. 신문기자라는 남편은 '처참한 서울'에 남아 있기를 일부러 청했다. 부인은 살림솜씨도 있고 어른 모시는 품도 정성스러웠다. 그런 부인에게는 남다른 사연이 있었다.

원래 남편은 부인과 같은 여고를 나온 K와 좋아하던 사이였다. 하지만 집안 어른들의 반대로 둘은 헤어졌고, 남편은 부인과 결혼했다. 이쯤되면 K와 남편도 달라질 만하건만, 그렇지 못했던 모양이다. 남편은 가출했다가 6개월 만에 들어오기도 했으나, 전쟁 때 서울에 남아 있다가 북한군에게 피살되었다. 한편 K는 나이 많은 영감 재취자리에 들어갔다가 전쟁 때 열성분자가 되어 월북했다는 것이다. 둘 다 자살행위와 같은 선택을 했다고 볼 수 있다.

이는 강신재가 피난지에서 만났다는 어느 젊은 부인의 이야기다. 이부인에 대해 강신재는 "감정에 빠져 자신을 이지러뜨리는 일 없이, 현실을 그대로 바라보고 감내할 뿐"이라며 이를 '훌륭한 태도'라고 평가한다. 그러면서 남편을 오히려 안쓰럽게 여긴다. "죽지 않고는 견딜 수없을 만치 괴로웠을 것"이라면서.

강신재가 보기에 사랑은 "아픔"이요 "피 흘리는 고통의 대명사"다. 그는 셰익스피어 희곡「로미오와 줄리엣」이나 괴테 소설『젊은 베르테르의 슬픔』에 그러한 죽음 같은 고통 즉 '진실한 사랑의 아픔'이 동반되어 있다고 말한다. 그런데 새로운 영화나 소설에서는 '자기희생적인 몰입'보다 '애정의 연소燃燒'만 강조할 뿐, '연속성에 대한 고려'가 결여되어 있다고 지적한다. 광고의 문구처럼 사랑의 진실, 진실한 사랑은 보통 오래도록 변치 않는 사랑, 영원한 사랑쯤으로 생각할 수 있다. "사랑이 어떻게 변하니!"라는 말과 거리가 있다. 쉽게 불타오르다가 식거나 꺼진다면, 그것을 사랑의 진실 또는 진실한 사랑이라고 할 수 없다는 말이다. 예나 지금이나 앞에서 언급한 '65년을 이어온 사랑'은 보기 드문 예일 듯싶다.

6·25전쟁을 전후한 두 여성과 한 남성의 이야기가 요즘의 막장 드라마를 연상시킨다. 부모의 반대로 첫사랑을 잃고 어쩔 수 없이 선택한 결혼생활. 그마저 평탄하지 않은 결혼생활과 사업상의 위기. 뜻하지 않게 첫사랑과 재회하면서 과거 아내의 비밀이 하나씩 밝혀지는 드라마의 시놉시스가 낯설지 않다.

강신재는 왜 한 부인의 드라마 같은 이야기를 꺼낸 것일까? 부인의 남편은 여고동창생의 첫사랑이었다. 남편은 첫사랑을 잊지 못하여 부인을 외면했다. 부인은 남녀 간의 뜨거운 사랑에 초연한 듯이, 집안과 아이만을 위해 살았다. 이런 부부 이야기를 '사랑의 아픔과 진실'이라는 말로 표현해도 되는 것일까? 의문이 드는 순간, 김광석의 「너무 아픈 사랑은 사랑이 아니었음을」이란 노래가 떠오른다.

젊은 부인은 곁을 내주지 않았던 남편 때문에 외로워했을 것이다. 한편 그 남편과 K는 못 다한 사랑 때문에 눈물을 흘리며 마음 아파했을 것이다. 그 고통은 결국 두 사람을 죽음과 월북이라는 극단적인 상황으로 몰고 갔다. 부인은 남편의 비극을 알고 어떤 심정이었을까? 세 사람 모두에게 '너무 아픈 사랑은 사랑이 아니었다'고 부정하고 싶게 만들었을 수도 있다.

강신재는 자신이 쓴 소설의 후기 중 일부를 소개하면서 여성의 삶에 사랑이 어떤 의미인지 언급한다. "대개의 여성은 평생 누군가를 생각하고, 위하고, 사랑하는 일 속에 자기 존재의 의미를 발견하며 나가는 것이다." 대상은 애인, 남편, 자식, 또는 부모나 더 먼 혈육, 타인이 될 수도 있다. 그런데 사랑이라는 게 생각보다 기쁨 대신 고통이나 상심을 동반하곤 한다. 왜냐하면 사랑의 대상은 가만히 있어 주지 않고 보답해 주지 않으며, 어떤 때는 비수로 찌르듯 날카로운 잔인함으로 되돌아오기 때문이다. '재액災厄' 또는 '배신으로 사랑을 앗아가는 경우'처럼 말이다. 그런 사랑의 비극 때문에 여성의 삶은 "애잔하고, 그 가슴은 자주 출혈하게 마련"이라고 강신재는 말한다.

슬프고 아프다고 해서 사랑을 하지 않고 살 수는 없다. 물론 결혼할 때가 되었기 때문에 의무적으로 결혼할 수도 있다. 하지만 결혼하기로 마음먹고, 그때부터 사랑을 시작한다고 해서 문제될 것은 없다. 사랑은 우연히 찾아오기도 하지만, 만들어갈 수도 있다. 사랑이 오는 것을 막는 것도, 간다고 해서 붙잡는 것도 덧없는 짓일 수 있다. 강은교 시인은 "떠나고 싶은 자 떠나게 하고" "남는 시간은 침묵"(「사랑법」, 『그대는 깊디깊은 강』)하라고, 시인 나름의 '사랑법'을 제시한다. 사랑은 붙잡으려 하면 할수록 괴로우므로, 말없이 그냥 두는 것도 좋을 것이다.

사랑받지 못하는 삶은 슬프지만 더욱더 슬픈 건 사랑할 수 없다는 것일 수 있다. 적어도 이야기 속의 젊은 부인은 가족과 떠나버린 남편에게 사랑을 주었다. 아니 주려고 노력했던 것으로 보인다. 첫사랑 때문에 가정을 외면한 남편이었지만, 부인은 그를 원망하고만 있을 수는 없었다. 부인에게 사랑의 대상은 남편만이 아니었기 때문이다. 부인은 남녀 간의 사랑보다 자기 자신을 더 소중히 여기는 에고티스트egotist였는지도 모른다. 부인은 자존심을 지키기 위해 애써 감정을 떨쳐 버리고 자신의 욕망보다는 현재적 삶에 충실하며 당당해지려 했다. 그래서 피난살림을 알뜰히 챙기며 남편 없는 집안을 이끌고, 또 가족과 이웃에게 정을 나누어주며 당당하게 살아갔다. 이를 두고 강신재처럼 '훌륭한 태도'라고 말할 수는 없겠지만, 자기 자신의 '사랑의 진실'만은 지키고 싶었던 부인의 마음을 이해할 수는 있다.

"내가 그다지 사랑하던 그대여 내 한평생에 차마 그대를 잊을 수 없소이다. 내 차례에 못 올 사랑인 줄은 알면서도 나 혼자는 꾸준히 생각하리다. 자 그러면 내내 어여쁘소서"라고 시인 이상李箱이 「이런 시」(『가톨릭청년』 1933년 7월호)에서 말한 것처럼.

강신재는 "사랑의 진실을 지키기는 괴롭고 힘들다"고 말한다. 하지만 그 고통을 이겨내는 자리에는 행복감도 있을 수 있다고 긍정적인 메시지를 전한다. 그가 이렇게 말한 데에는 이유가 따로 있다. 작품에서 여성을 제외하거나 무시하고, 기아나 전쟁, 소외감, 성욕 같은 문제만을 다루며 "애정의 문제 같은 것은 입에 담을 가치도 없는 듯"이 대하는 작가들이 있었기 때문이다. 하지만 강신재는 여성이 사람을 사랑하고 청년이 사랑에 목숨을 거는 것은 자연스러운 일이라고 생각한다. 또 그것을 인간의 본래 모습이라고 강조한다. 다만 이 사랑이 진실한지 '협잡'이 섞였는지, 또 그 아픔을 견디고 이겨낼 힘이 있는지가 중요할 뿐이라고 말한다.

사랑이 진실하다면 65년이 흘렀다 해도 이별과 배신의 아픔을 견디고 행복한 결말을 만들 수 있다. 젊은 시절의 사랑을 기억하며 살 수 있다면, 누가 아는가, 옛사랑을 다시 만나 행복할 수 있을지. 물론 '너무 아픈 사랑은 사랑이 아니었'기를 바랄 정도로 불행하게 마무리될 수도 있다. 그렇다고 사랑을 아예 포기할 수 있겠는가?

> 사랑도 사람의 일이라, 만날 때에 미리 떠날 것을 염려하고 경계하지 아니한 것은 아니지만, 이별은 뜻밖의 일이 되고 놀란 가슴은 새로운 슬픔에 터집니다.
>
> 그러나 이별을 쓸데없는 눈물의 원천을 만들고 마는 것은 스스로 사랑을 깨치는 것인 줄 아는 까닭에, 걷잡을 수 없는 슬픔의 힘을 옮겨서 새 희망의 정수박이에 들어부었습니다.
>
> 우리는 만날 때에 떠날 것을 염려한 것과 같이 떠날 때에 다시 만날 것을 믿습니다.
>
> — 한용운, 「님의 침묵」 부분(『님의 침묵』, 회동서관, 1926)

위 시에서 한용운은 "사랑"을 '회자정리會者定離'라는 인연법에 비추어 보았다. 때문에 그는 "만날 때"부터 "이별"을 예감할 수밖에 없었다고 했다. 하지만 "이별"에 의한 "슬픔" 또한 '거자필반去者必返'이라는 원리에 힘입어 "새 희망"으로 바꿀 수 있다. 삶과 죽음의 회로에서 만남과 이별에 전전긍긍하는 사람들이 새겨들어야 할 메시지가 아니겠는가.

# 이영도

# 경계를 통해
# 찾는
# 정체성

권력의 야망과 허영
여성의 행복
글을 쓰는 이유
'맛' 있는 세상

# 권력의 야망과 허영

이영도 수필집 『머나먼 사념의 길목』

이영도李永道는 수필집 『머나먼 사념思念의 길목』(중앙출판공사, 1971)에 1960년대 일상의 이야기, 자기 문학에 대한 담론, 사람들과의 관계에서 비롯되는 경험과 생각을 담고 있다. 특히 눈에 띄는 주제는 사람들과의 경계를 다룬 글이다. 자기 딸과의 세대 차이를 중심으로 하여 젊은 여성들의 변화를 서술하는 글도 있고, 이웃 간의 관계에 '정情'이 사라져가고 있음을 안타까워하는 글도 있다. 그 중에서도 권력의 야망을 좇는 사람과 그 가족들의 이야기를 다룬 「정열情熱의 배설구排泄口」는 요즘 세태에 빗대어도 다르지 않다.

선거 때가 되면 으레 출마를 하는 친지가 있다. 뚜렷한 정치 이념을 가져서가 아니라 그저 국회의원이 되기 위한 출마를 하는 사람이다. (…중략…) 자기가 번 재물, 자기 취미대로 쓸 바에야 차라리 출마에 열중하는 것이 명예

롭기도 하거니와 요행히 당선이라도 되면 그만큼 경영하는 사업에도 유익할
수 있을 것이란 말이었다.

— 수필「정열의 배설구」(113~114) 부분

'정치 이념' 없이 선거에 출마하려는 사람의 야망 뒤에는 그 가족들
의 후원이 있었다. 부인이라는 사람은 남편을 후원하면서, 큰 병을 치르
거나 이성 문제로 재물을 탕진하는 것보다는 차라리 출마를 하는 것이
더 낫다고 하였다. 그 부인의 말을 들은 이영도는 "국회의원 선거를 국
가 장래의 운명과 결부시키지는 않고, 남아 일대의 정열을 다스리는 배
출구쯤으로 여기는 분들이 있으므로 해서 그렇듯 대담하게 자기 과시
의 핏대를 올려가며 출마할 수 있는 것"이라고 생각하면서, 그동안 외
골수로만 생각했던 자신을 무력하게 여기고 있다. 이 글에는 당시 인텔
리라고 하는 사람들의 세속적인 사고방식이 잘 나타나 있다. 국회의원
에 출마하면서 '명예'와 '개인적 사업에 유익'함을 우선적으로 생각하
는 사람들에게 정치적 소신을 묻는 건 아무 의미가 없다.

1960년대는 참여와 순수의 입장에 대한 찬반이 뚜렷했던 시기이다.
그만큼 정치에 참여하려는 사람들도 많았다. 그러나 개중에는 정치인
으로서의 허영에 취해있는 사람들도 적지 않았다. 이영도가 만났던 친
구의 한 사람 역시 그러했다.「장식裝飾의 윤리倫理」에서 이영도는 친구
의 남편에 대한 이야기를 한다. "시골 면서기로 출발하여 공무원 생활
30년"을 했던 친구 남편은 승진을 거듭하여 높은 직위에 오르게 되었
다. 이영도의 친구는 남편의 직위에 맞게 집을 꾸미고 골동품과 그림,

책 등을 구비하여 문화인의 교양을 보여주고자 하였다. 그리고 친구인 이영도를 초대한 것이다. 그 친구의 집에서 비싼 그림과 골동품을 보면서 이영도는 자신이 찾아갔던 장관 집을 떠올린다. 이영도 친구의 집과 예전에 갔던 장관의 집 모습은 이영도에게 다르지 않게 보였다.

> 지난 날 자유당의 부패가 극성을 부릴 무렵 그 당시 어느 장관댁엘 갔던 일이 있었다. 화려의 극치를 다한 응접실 정면 벽에 큼직한 동양화 한 폭이 걸려 있었는데, (…중략…) 그 댁 전체의 분위기와는 엄청나게 먼 거리의 그림 앞에서 나는 옛 성대聖代의 높고 바른 정치 이념과 그 시대 선비들의 청렴하던 품격을 오늘의 사회상에 걸쳐 그려보며 감회에 젖었던 일이 있다.
>
> ─수필「장식의 윤리」(129, 130) 부분

정치인으로서의 공적 현실보다 '권력의 허영'에 자신과 환경을 맞추려 하는 사람들, "시골 면서기"로 공직 생활을 시작했던 초심을 되새기기보다는 비싼 가구와 그림들로 장식하려는 사람들을 대하면서 이영도는 옛날 선비들의 심오한 학문 탐구열을 생각한다. 그는 경서經書를 붓으로 베껴 쓰면서 천독만독千讀萬讀하던 옛 선비들의 초심을 그리워한다.

권력의 허영에 취해 있는 사람들의 모습은 이영도에게 지식인으로서 가야할 길을 생각하게 했다. 오늘날에도 권력 앞에서 무너져버리는 지식인의 모습은 빈번하게 나타난다. 그것은 지식인으로서의 소신과 책임을 망각한 때문이리라. 권력 앞에서 쉽게 무너지는 지식인의 모습은 사회적 절망을 가져올 수 있다. 때문에 지식인에게 가장 우선되어야 할 것은 도덕적 진정성이라고 할 수 있다.

『여성신문』 1,384호 '문화' (2016.4.6) 수록



『여성신문』 1,384호 '문화' (2016.4.6) 수록

# 여성의 행복

이영도 수필 「여인상」

'어떻게 사는 것이 행복일까'의 문제는 시대를 불문하고 누구에게나 중요한 화두다. 이영도는 수필 「여인상女人像」(『머나먼 사념의 길목』, 중앙출판공사, 1971)에서 친구들의 삶을 통해  여성의 행복을 이야기한다. 이영도가 바라본 두 명의 친구는 사는 방식이 너무나 달랐다. 친구 A는 가족들의 불행과 고통을 혼자 감당하려는 희생적인 삶을 살고 있었다. 그 친구는 남편에게 순종하는 것을 가장 우선으로 생각했고, 가족과 남편을 위해 헌신하기 때문에 자신의 삶에 대한 만족은 무조건 낮춰야 한다는 생각을 갖고 있었다. 반면 친구 B는 가정의 고락苦樂을 가족이 함께 나눠야 한다고 하였다. 식사를 할 때도 가족이 한 식탁에서 함께 먹고, 부부가 하는 일에 대해 부족한 부분은 서로 도와야 한다는 것이었다. 그러한 생각은 자유롭고 평등한 관계에서 비롯되었다.

이영도는 친구 A와 B의 주부로서의 삶을 비교하면서 여성의 행복에 대해 생각한다. 작가의 이런 생각은 1960년대 여성들이 추구하던 삶의 가치관에 연결되는 것이다.



> A의 이상론理想論을 들으면 여성은 언제나 높은 교양과 정서적인 취미를 마음에 가꿈으로써 남편으로 하여금 정신적인 존경에서 울어나는 애정의 향수를 갖도록 하는 것이 현처賢妻의 미덕이라 자부하는 것이다. (…중략…)
>
> B는 A와 반대다. 천진하리만큼 쾌활한 성품은, 조심성이라곤 타고 나지도 못했거니와 노여울 때는 남편도 마구 힐책하는 것이며, (…중략…) 항상 말하기를 자기의 건강은 자기의 평화인 동시에 남편의 행복이요, 자녀들의 행복이므로 더욱 자신을 소중히 한다는 결론이다.
>
> — 수필 「여인상」(381~382) 부분

이영도의 글에 나타난 두 여성의 모습은 주로 가정주부에 국한되어 있다. 때문에 당시 여성의 삶 전체를 보여준다고 할 수는 없다. 1960년대에 발간된 잡지 『여원』, 『여상』 등에서 여성은 '주부'라는 새로운 호칭으로 명명된다. 이는 당시 여성의 정체성에 주부가 우선적이었음을 의미하는 것이다.

가부장적인 전통의 삶을 사는 친구 A와 모던한 사고방식을 가진 친구 B, 그리고 친구 B의 인간적 모습에 더 호감을 갖게 된 작가, 이들 모두는 1960년대 여성들의 삶을 대변한다고 할 수 있다. 20세기 전후의 여성에게 가정은 중요한 위치를 차지하고 있었다. 그들의 행복은 주로 남편과 자녀에 의해 형성되었다.

21세기의 여성에게 이런 삶은 가깝고도 멀다. 삶의 방식과 인간관계가 달라졌기 때문에 가치관과 관습은 변화할 수밖에 없다. 이에 따라 주부의 역할보다는 개인으로서의 정체성과 삶이 중요해졌다. 이영도의 친구 A가 부정적으로 보았던 "자기주의적 동등권을 부르짖는 일부 여성"은 21세기에는 보편적인 여성의 모습이다.

21세기 여성 삶의 키워드는 자신과 가족, 일, 인간관계라고 할 수 있다. 특히 주부의 모습은 새로운 정체성을 찾아야 한다. 어머니와 아내의 역할 외에 자신의 삶에 충실한 여성들의 변화가 더해져야 할 것이다. 더불어 욕망과 고독, 경계와 소통이라는 현대적 가치관이 가족의 관계를 복잡하게 할 수 있다는 것도 주지해야 한다. 때문에 '안과 밖의 조화로 이루어지는 행복'이 중요한 의미를 갖는다. 이영도가 만났던 두 친구의 모습 중 A의 온유함과 B의 열린 사고방식은 '안과 밖의 조화'를 실천할 수 있는 길이 되지 않을까.

# 글을 쓰는 이유

이영도 수필 「책임에 대하여」

작가들이 글을 쓰는 이유는 저마다 다르다. 자신과의 대화에서 비롯될 수도 있고, 지나온 시간에 대한 회상일 수도 있으며, 세상에 대한 관찰일 수도 있다. 또는 자신과 타인, 자신과 세상, 타인과 타인의 관계를 내용으로 담을 수도 있다. 시조시인 이영도 역시 처음에는 자신과의 대화를 글로 썼다. 그러다가 외부에서 청탁이 들어오자 자기 글에 대해 여러 가지 생각을 하게 되었다. 자신의 글을 독자에게 공개한다는 것은 글과 행동에 대한 책임까지 감수해야 하기 때문이다.

무분별無分別은 곧 무책임과 통하는 것이 아닌가 생각합니다. 자기가 쓴 글 뿐 아니라 자기가 행한 행동 하나에 이르기까지 그것이 자기 혼자만이 아닌 이웃과 나라와 거레와 직결되는 것을 생각할 때, 아니 더 나아가서는 온 세계와 인류와 결부되는 사실을 생각할 때 참으로 책임에 대한 마음을 깊이 지녀야 하지 않을까 생각되는 것입니다.

—수필 「책임에 대하여」(290) 부분

　이영도는 수필 「책임에 대하여」(『머나먼 사념의 길목』, 중앙출판공사, 1971)에서 작가로서 글을 발표한다는 것의 의미를 서술하였다. 이영도와 동시대를 살았던 시인 김수영은 시 「눈」(『김수영전집』1, 민음사, 1981)에서 "젊은 시인"에게 "기침을 하자"고 하면서 작가로서의 소명을 말하고 있다. 김수영이 생각하기에 시인의 삶과 시는 외압에 눌리지 않고 자기만의 목소리를 내야 했다. 그것이 이 시에서 말하는 "젊은 시인"의 정체성이기도 했다.
　한편 1950~90년대까지 활동했던 작가 박경리는 시 「천성」을 통해 자신이 어떻게 작가가 되었는지, 글쓰기가 어떤 의미인지를 밝히고 있다.

어쩌다가 글 쓰는 세계로 들어가게 되었고
고도와도 같고 암실과도 같은 공간
그곳이 길이 되어 주었고
스승이 되어 주었고
친구가 되어 나를 지켜 주었다.

—박경리 시 「천성」(33~34) 부분

(『버리고 갈 것만 남아서 참 홀가분하다』, 마로니에북스, 2008)

이영도, 김수영, 박경리 등 1950~60년대를 체험하고 글을 쓴 작가들을 통해 알 수 있는 것은, 그들이 문학을 하면서 보다 크고 다양한 세계와 관계를 맺었으며, 그것이 자신의 새로운 길이 되었다는 것이다. 때문에 그 길을 선택할 때는 자신감과 책임을 가져야 한다. 이영도는 문학을 일컬어 "엄숙한 자기 다스림"이라 하였다. 문학은 자기반성의 길로서 글쓰기에 대한 책임은 곧 삶에 대한 책임이었다. 문학이 의미를 갖는 것은 글과 삶의 진정성에 공감하고 그것을 신뢰하기 때문이다.

여성작가의 수가 늘어나면서 여성 인텔리들이 많아졌고, 여성 인텔리들이 사회를 책임지는 범위가 확대되면서 문학의 역할도 중요해질 수밖에 없었다. 『현대문학』, 『자유문학』 등의 문학지가 창간되고, 『여원』이라는 여성잡지가 생기면서 여성 작가들이 작품을 발표할 수 있는 기회도 많아졌다. 1960년대 이후 한국의 여성작가는 급속하게 늘어났다. 뿐만 아니라 '문학동인' 활동을 하거나 단행본을 출판하여 작가로 등단하는 여성들도 많아졌다. 작가들의 수가 늘어나고 잡지나 동인지, 단행본 등이 쉽게 출판되면서 사람들의 읽을거리는 다양해졌다.

사람들은 문학작품을 읽으면서 내적으로 성숙해질 수 있었다. 전자매체가 없는 시기였기 때문에 문학작품이 실린 단행본이나 신문, 잡지 등은 사람들이 타인과 혹은 또 다른 자신과 공감할 수 있는 중요한 매체였다. 이영도 역시 이 시기에 글을 썼다. 그에게 글쓰기는 '자아'로서, '사회인'으로서 존재감을 드러낼 수 있는 공간이었다. 글에 대한 책임은 자기 삶과 사회에 대한 책임이 수반되는 것이기도 했다.

4월의 이 거리에 서면

내 귀는 소용도는 해일

(…중략…)


그 소리

네 목청에 겹쳐

이 광장을 넘친다.

— 이영도 시 「광화문 네거리에서」 부분(『외따로 열고』, 시인생각, 2013)


위의 시는 1960년대 사회 현실을 바라본 작가의 시선이 내재된 작품으로, 4·19의 생생한 기억이 "광화문"이라는 공간을 중심으로 재현된 시라 할 수 있다. 오랜 동안 광화문 거리를 돌고 돌아온 1960년대의 시는 현재도 그리 낯설지 않다.

# '맛' 있는 세상

## 이영도 수필 「먹는다는 것」

　인간은 먹거리를 찾기 위해 외부세계를 탐험하였다. 처음엔 굶주림을 채우려는 단순한 목적을 갖고 있었다면, 시간이 지나면서 먹는 일은 지적인 활동과 연결되었다. 문명이 나타나고 상업적 문화적 교류가 확대되면서 식생활은 사회의 정체성을 밝혀주는 요인이 되었다(마귈론 투생-사마, 『먹거리의 역사』). 한 사회의 문화로 자리매김하면서 먹거리는 단순히 굶주림을 채우기 위해 필요한 것이 아니라 욕망을 위한 선택적 요소가 되었다. 사람들은 맛있는 음식을 찾아 먹으면서 정신적 만족을 얻는다. 또는 가족이나 연인 등 사람들과의 만남에 필요한 과정으로 '함께 식사하기', '분위기 있는 곳에서 맛있는 음식 먹기' 등을 선택한다. 이렇듯 배고픔의 욕구를 우선적으로 채웠던 먹거리는 맛을 찾아 선택하는 음식으로 바뀐 것이다.

　작가들은 '먹을 것, 음식'을 모티프로 한 글을 많이 남겼다.

배나무접을 잘하는 주정을 하면 토방돌을 뽑는 오리치를 잘 놓는 먼 섬에

반디젓 담그려 가기를 좋아하는 삼춘 삼춘엄매 사춘 누이 사춘 동생들

이 그득히들 할머니 할아버지가 있는 안간에들 모여서 방안에서는 새옷의

내음새가 나고

또 인절미 송구떡 콩가루차떡의 내음새도 나고 끼때의 두부와 콩나물과

뽁운 잔디와 고사리와 도야지비계는 모두 선득선득하니 찬 것들이다

— 백석 시「여우난골족族」 부분(『백석 시전집』, 창작과비평사, 1987)

잠깐, 광화문 어디쯤에서 만나 밥을 먹는다

게장백반이나 소꼬리국밥이나 하다못해 자장면이라도

무얼 먹어도 아픈 저 점심상

— 허수경 시「서늘한 점심상」 부분(『혼자 가는 먼 집』, 문학과지성사, 1992)

특히 시인 백석은 먹거리로 어우러지는 사람 관계를 시로 형상화함으로써 음식문화의 문학적 콘텐츠화를 보여주고 있다. 이에 반해 시인 허수경許秀卿은 사람들과의 허망한 관계를 말하면서 그나마 잠깐의 만남을 '함께 밥 먹는 것'으로 형상화한다. 함께 밥을 먹고는 있지만 곧 헤어질 것이기에 "아픈" 시간임을 그들은 알고 있다. 이렇듯 작가들이 작품에서 음식이나 먹는다는 것에 대해 관심을 가진 이유는 그것이 인간의 삶과 어우러짐을 알기 때문이다.

이영도의 수필「먹는다는 것」은 수필집 『머나먼 사념의 길목』(중앙출

판공사, 1971)에 실려 있다. 어느 날 작가는 위장에 탈이나 밥을 먹지 못하고 미음만 먹어야 했다. 그러다보니 그는 이로 씹어 맛을 즐기는 음식을 먹고 싶었다. 할 수 없어 껌을 사다가 씹어 봤지만 '맛있는 음식'이 될 수는 없었다. 그는 평소 삼시세끼를 먹으면서 밥을 챙겨 먹는 것이 여러모로 성가시다는 생각을 했다. 그래서 먹는 것을 대신할 수 있는 알약이 나왔으면 하는 바람을 갖기도 했다. 그는 음식을 먹으면서 맛을 발견하고 재미를 느끼는 것을 알지 못했던 것이다.

요즘 TV에는 먹는 것을 주제로 한 프로그램이 너무 많아 기억할 수 없을 정도다. 음식 자체를 모티프로 하여 그것을 먹고, 만들고, 역사나 문화를 이야기하는 등 콘텐츠의 종류도 다양하다. 먹는 것을 소재로 하는 TV프로그램, 즉 '먹방'만으로도 무엇을 먹는가, 누구와 먹는가, 어디서 먹는가, 어떻게 먹는가, 언제 먹는가 등으로 프로그램의 성격이 달라진다. 그야말로 음식문화의 대중성을 잘 보여주는 것이다. 게다가 해외여행이 일반화되면서 음식의 종류와 그에 대한 문화는 각 분야의 전문성을 필요로 할 만큼 구체적이고 광범위해졌으며, 여행과 음식은 서로에게 시너지 효과를 주는 하나의 키워드가 되었다.

이영도는 인간이 맛있는 음식을 찾는 배경에 '원시原始에 대한 향수'가 있다고 말한다. 그러면서 인간의 몸에 있는 '이빨'에 대해 이야기한다. 원시 때 사람의 이빨은 동물과 마찬가지로 무기와 다름없었지만, 문명이 발전하면서 인류의 삶도 풍요로와졌고, '이빨'은 '맛있는 것' '먹는 재미'에 충실한 도구가 되었다는 것이다. 그러다 외출할 때는 장식의 한 부분이 되어 가지런히 곱게 보이는 '이빨', 그것의 양면성은 새삼 이영도를 소름끼치게 했고, 한국전쟁 때의 기억을 떠올리게 했다. 지리산에 널브러져 있던 북한군들의 시체, 거기서 보았던 두개골의 모습이었다.

전장에서 본 두개골, 그들은 같은 민족을 향해 총부리를 겨누며 싸우다 희생된 목숨들이었다. 흉물스러운 모습으로 드러난 시체들을 보면서 작가는 인간의 사후死後를 생각하였고, 죽은 뒤 자연에 귀의하지 못하고 떠돌아다닐 수밖에 없는 현실을 안타까워했다.

사후에 대한 비애는 작가로 하여금 살아있는 현실을 다시 보게 했다. 숨 쉬고 먹을 수 있으며, 열정을 에너지로 하여 자신의 삶을 가꿀 수 있는 '맛있는 세상'이 그의 앞에 있었기에 행복을 느낄 수 있었다. 그러나 그저 '살아있다는 것'만으로 세상이 행복한 건 아니다. 개인뿐 아니라 사회 공동체인 '우리'에게 공유될 수 있는 '맛'들이 필요한 것이다.

은빛 연어는 새우를 가장 좋아하지만, 산란을 위해 강을 거슬러 오를 때는 맛있는 게 있어도 과식을 하지 않는다. 즉 자신의 삶을 위해 자기 욕망의 크기를 조절하는 것이다. (안도현 소설 『연어』) 사람들은 제각기 좋아하는 일이나 취미가 있고 그에 대한 열정과 성취의 욕망이 있다. 적절한 욕망은 에너지가 되어 삶을 풍요롭게 하지만, 과한 욕망은 자신에게 독이 될 수 있다.

우리가 무엇인가를 갖는다는 것은 한편 소유를 당한다는 것이며, 그만큼 부자유해지는 것이다. 우리가 무엇인가를 가질 때 우리들의 정신은 그만큼 부담스러우며 이웃에게 시기심과 질투와 대립을 불러일으킨다. 적게 가질수록 더욱 사랑할 수 있다. 어느 날엔가는 적게 가진 그것마저도 다 버리고 갈

우리 아닌가

— 법정 『버리고 떠나기』, 샘터사, 1993(142~143)

다른 사람과 얼마나 많은 이야기를 나누었는가, 그들의 아픔에 아파한 적 있는가, 자신의 욕망이 어딜 향하고 있는지 보고 있는가, 자신의 배를 채우기 위해 남의 배를 굶주리게 하지 않았는가.

이런 생각을 나누는 '맛있는 세상', 정말 살아보고 싶다.

# 정충량

# 가족은
# 내가 살아가는
# 이유

"뼈를 깎는 작업에 나를 몽땅 투입했소"
삶과 죽음에 대한 예의
또 하나의 가족
찬란한 슬픔의 봄을

# "뼈를 깎는 작업에 나를 몽땅 투입했소"

정충량 수필집 『수문장의 변辯』

얼마 전 『기자협회보』에 실린 기사를 읽었다. "결혼정보회사 등급에서 교사는 상위권인 반면, 여기자는 바쁘고 드센 이미지 탓에 꼴찌라는 소문이 있다"(「기자라고 얘기하자 소개팅에도 나오지 않더라」, 『기자협회보』, 2016.3.15. 기사 부분)는 부분이 눈에 띄었다. 아직도 여기자를 '쎈언니'로 보고 결혼대상자로도 좋아하지 않는다는 이야기였다. 물론 팔 할 이상은 자기 멋에 취한 것이 기자라며 '기레기'라고 폄하하기도 하지만, 여기자에 대한 편견만은 예나 지금이나 달라진 게 없는 모양이다.

한국 최초의 여성논설위원 정충량鄭忠良의 회고에 따르면, "기자가 되겠다고 하였더니, 유명한 여류시인도 신문사 안에서는 만년 문화부기자요, 남자들의 입씨름에 오르내리면서 대우는 못 받고 있다면서, 시집 갈 생각이나 하라고 한다. 신문사 안에서 여자라고 대접을 못 받는다면 여자의 기자직업도 별게 없을 거라는 생각이 들었다"(「나의 기자시절」,

『신문과 방송』, 1977년 11월호)는 것이다.

그러던 그가 8·15 해방과 함께 서울로 피난 내려와서 기자가 되었다. 여자의 직업으로 좋지 않다던 '여기자' 생활로 밥벌이를 하며 매일 글을 써야 했다. 정충량은 전후에 사회·정치 문제에 당당한 목소리를 내는 『연합신문』 논설위원으로, 1960년대에는 언론학 전공 대학교수이자 여성운동가로, 1970년대 후반부터 미국행을 택할 때까지는 여성교육자로 활약하였다. 한 마디로 정충량은 언론계와 교육계에 한 획을 그은 여성지성인 중의 한 사람이었다.

정충량은 누구나 부러워할 만한 길을 걸어온 여성으로 보인다. 하지만 수필을 통해 그가 고백한 내용들을 읽어보면, 그 또한 근현대사의 역경 속을 힘겹게 견뎌낸 한 인간이었음을 알 수 있다.

그는 일제강점기에 독립운동가 집안에서 태어나 일제의 위협 속에 어려움을 겪어야 했다. 3녀 1남 중 셋째로 귀여움을 받을 법 했으나, 3·1운동 때 부친이 망명한 후부터 홀어머니 밑에서 엄격한 교육을 받으며 자랐다. 그래서인지 잔 다르크같이 우리 민족을 위해 일하는 애국혁명가가 되겠다는 꿈을 가졌고, 일인교사의 수업을 거부하는 동맹휴학에 가담하여 무기정학을 받았다가 간신히 숙명여고보를 졸업하였다. 이화여전 문과 졸업 직후 태평양전쟁으로 수탈이 심하던 때 대가족의 맏며느리로 들어가 7,8년간 시집살이도 하였다. 해방 후에는 월남하여 『경향신문』사 문화부기자로 활약하다가 6·25전쟁으로 남편이 납북되는 비극을 겪고 가장으로서 피난살이와 가난을 이겨내었다. 이때 자신을 잃지 않고 정직하고 성실하게 살게 한 데에는 '어머니의 꿋꿋하고 굽히지 않던 생활신조와 태도', 그리고 '독서'가 큰 힘이 되었다고 한다.

정충량이 입사한 『경향신문』사에는 문화부장 김광주, 조사부장 안수길, 출판국장 최영수, 사회부기자며 시인이던 박인환, 논설위원 김홍수, 취재부 박성환, 정치부장 이시호, 편집부장 박운대, 이서구 등 쟁쟁한 멤버들이 있었다. 그는 수필에서 "교정부의 안석자, 조정희, 부인경향의 박기원 기자들은 실력도 좋았지만, 젊고 발랄함으로 해서 마스코트 격으로 존경받은 여기자였다"면서 여기자로서의 자부심을 드러냈다.

가장 역할을 해야 했던 정충량은 식구를 거느리며 허덕이다 보니, 어떤 고난에도 꺾이지 않던 '굳센 의지'를 잃게 되었다. 그는 그때의 심경을 "모든 것에 자신을 잃은 것 같다. 무슨 일에든지 공포가 앞선다"고 고백했다. 그러나 그는 수필에서 자신을 잃은 데 대한 푸념만 털어놓은 것은 아니다. "10년 동안 되풀이되는 이런 생활에서 하나의 생활철학을 얻었다"고 했는데, 그것은 '여성'이자 한 '인간'으로서 자신의 생활과 학연생활을 병행시키는 방법이었다. 자칫 현실과의 타협으로 보일 수 있겠지만, 정충량은 이 길이 제일 현명한 것이라 믿었다.

그는 '여성이란 핸디캡'이 가정과 사회 어디서나 장애에 부딪치게 했다면서, 직장에서 남성들이 여성을 대하는 완고한 습성이나 여성을 사무적으로 열등하다고 보는 잠재의식이 더 큰 문제라고 보았다. 실제로 정충량은 직장생활을 하면서 이중, 삼중의 어려움에 부닥칠 때 가끔 하려던 일을 포기하려 했다며, 그것은 "육체적으로 안이한 생활" 때문이었다고 변명 섞인 푸념을 했다. 이런 그의 푸념이 아직도 여성의 현실에서 낯설지 않다는 사실이 좀 씁쓸하다.

여하튼 정충량은 여성지식인으로서 겸손한 자세를 유지하며 자기검열을 통해 언론인 생활을 지켜나가려고 노력하였다.

> 내가 사회문제 특히 여성, 아동 문제에 붓을 들게 된 연유는 언론계에 발을 들여놓은 데 있으며 글을 쓰는 동안에 나는 지도자나 혁명가가 되겠다는 것이 얼마나 나에게는 주제 넘는 생각이라는 것을 깨닫게 되었다. (…중략…) 한 공부에 뼈대 정도가 섰다면 이제부터 살을 붙여서 완성시킴으로써 나는 비로소 사회평론가라는 렛텔을 감당할 것 같다.
>
> — 수필 「청운의 꿈이 변해서」(279) 부분

그는 수필집 『수문장의 변』(학원출판사, 1977)에 기자로서 '사회의 목탁'으로 부끄럽지 않으려고 노력한 자신의 삶을, 겸손하면서도 열정적인 목소리로 담아냈다. "글을 쓸 때만은 언제나 인간의 순수한 바탕으로 돌아가는 그 즐거움 때문에 나는 글이라고 긁적거리고 지내왔는지 모른다. 그것도 뼈를 깎는 작업에 나를 몽땅 투입하면서 말이다"(「후기」) 라고.

『여성신문』 1,383호 '문화' (2016.3.28)

# 삶과 죽음에 대한 예의

정충량 수필

「내가 살아온 인생」·「자살관」

프로이트는 인간에게 두 가지 본능이 있다고 했다. 하나는 살고자 하는 본능Eros이고, 다른 하나는 죽고자 하는 본능Thanatos이다. 이순신 장군은 명량해전을 앞두고 "살고자 하면 죽고, 죽고자 하면 살 것이다生卽必死死卽必生"라는 명언을 남기기도 했다. 더욱이 열일곱 소년이었던 윤동주마저 "삶은 오늘도 죽음의 서곡을 노래하였다. 이 노래가 언제나 끝나랴"(시「삶과 죽음」, 『하늘과 바람과 별과 시』)라는 시를 남겼다. 삶과 죽음은 어느 때, 어느 곳에나 인간에게 숙제를 안겨준다. 그 앞에서 자유로울 사람은 아무도 없을 것이다.

정충량 또한 인생의 숙제 앞에서 고뇌했던 것으로 보인다.

그는 3녀 1남 형제 속에 셋째로 태어나, 홀어머니 밑에서 또래 친구들보다 몇 갑절의 엄한 교육을 받았다. "시집가서 홀어미 자식이라는 말을 듣게 되면 가문의 수치"이기 때문에 "아버지 있는 아이들보다 더 단정하고 얌전하고 여자다워야 한다"는 것이 어머니의 신조였다. 세찬 언니들과 외아들인 남동생 사이에 끼어 시달리면서도 홀어머니에게는 순종적인 아이였다. 때론 어머니의 사랑을 독차지하고 싶었지만 항상 바쁘신 어머니에게 감겨들지도 못하고 바라만 보며 '불만(감정)'을 드러내지 못하였다.

과묵한 성격 탓에 '벅찬 사실들과 반항심'을 혼자 감당하다 보니 정충량은 '생각이 많은 소녀'가 되었다. "걷잡을 수 없는 고독을 달래기 위해서 마당에 쌓인 장작더미 뒤에 앉아 온종일이라도 햇볕을 벗 삼아 꽃들과 무언의 대화를 주고받던 일, 어머니의 엄한 교육에 대한 항거심을 가라앉히기 위해서 닥치는 대로 책을 읽은 일 등이 그의 하루 일과였다. 청소년기에 가질 수 있는 '희비노애락喜悲怒哀樂의 감정'에다가 현실에서 오는 불만들을 발산하지 못하고 조용히 가라앉히려고 노력하다 보니, 그는 더욱 내성적이 되어갈 수밖에 없었다. 그러나 어른들의 눈에는 그의 모습이 순하게 보였던 모양이다.

어머니는 남동생에게는 관대하면서 딸에게는 학교와 집 이외는 바깥 출입을 하지 못하게 했고, 하나에서 열까지 여자다워야 한다고 강조했다. 정충량은 그런 어머니의 간섭에 반항심이 일었다. 하지만 수줍음이 많은 탓에 어머니에게 항거도 못한 채 감정의 출구를 밖으로 돌리고 온통 집 밖의 일에만 관심을 가졌다. 그리하여 정충량은 학교에만 가면 누구에게도 지지 않는 고집쟁이가 되었다.

남에게 이기지 않고는 못 배기는 데다가 글을 읽기 시작한 때부터 책
이란 책은 이해가 가건 안 가건 가리지 않고 읽은 탓이었던지, 정충량은
일제의 악독스러운 독재에 반감을 가질 수밖에 없었다. 하지만 읽을거
리가 많지 않던 그때, 정충량은 일본 대중작가의 작품을 비롯한 대중소
설을 밤새워 읽다 보니 '감상적인 문학소녀'가 되었다. 그저 문학작품을
읽는다는 것에 도취되어 숱한 눈물을 흘렸다. 그러는 사이에 '문장'을
알게 되었고 독서하는 습관도 기를 수 있었다. 그러나 문학작품을 읽는
과정은 진리를 찾아 방황하는 것이었을 뿐, 그의 본질적 '공허'를 메워
주지는 못했다.

이런 상태에서 일본인 교사의 수업을 거부하며 동맹휴학을 하여 무
기정학을 맞기까지 했다. 그후 복교復校가 되었지만, 졸업을 일 년 앞두
고 가정 형편이 어려워져 숙명여학교를 계속 다닐 수 있을지도 불안해
졌다. 그때 처음 자살 생각을 했다.



"왜 살아야 하는가? 왜 나는 나라를, 민족을 구할 만한 티끌만한 실력도 없
을까? 몸부림쳤댔자 당장에 실력가가 되지도 않는데 무슨 희망으로 살 것인
가? (…중략…) 차라리 깨끗이 죽어 버리는 것이 낫지 않을까? (…중략…) 젊
은이면 누구나 겪는 과정일 것이나, 그때 운동하다가 늑막염에 걸려 몸도 불
편한 탓으로 고민이 더 심각했던 것 같다.

— 수필 「내가 살아온 인생」(40~41) 부분


16세라면 꿈이 부풀대로 부푼 시대였다. (…중략…) 남이 못하는 일을 한

번 해 보고 싶어 하는 때였다. (…중략…) 꿈의 비약과 현실이 부합되지 않는 모순투성이 때 나는 동맹휴학 건으로 무기정학을 받고 그 후에 복교가 되었으나 일인 선생들의 눈총이 심하고 구박이 심하고 (…중략…) 거기에 일제의 학정虐政은 날로 더해가고, 모든 것이 비관적인 것뿐이었다. 그 위에 운동이 지나쳐 늑막염을 앓게 되고, (…중략…) 무척 센치해졌던 모양이다.

— 수필 「자살관」 (48) 부분

그때 정충량은 삶 대신 죽음을 더 많이 생각했다. 윤심덕이 "이래도 한 세상 저래도 한 세상~"하며 부른 〈사의 찬미〉가 유행하던 때였다. '어차피 압박 받는 민족, 살아 무엇 하랴' 하는 비관적인 생각을 하고 정충량이 고리밧줄을 잡는 그 순간, 시골에 계신 어머니 생각이 스쳐갔다. 3·1운동 때 일본 관헌을 피해 아버지가 블라디보스토크로 망명한 후, 4남매를 키우느라고 전 생애를 희생했던 '어머니의 모습'이 정충량의 극단적인 생각을 멈추게 한 것이다. 결국 정충량은 고리밧줄을 집어 던지고 밤새 울었다.

여기서 잠깐! 고리밧줄이란 무엇일까? 개화기 이후 일제강점기까지 유학생들은 고리짝에 짐을 싸들고 고향에서 올라왔다. 집에 갈 때는 빨래, 바느질이나 손질할 것들을 고리짝에 담아서 가져갔다가 학교로 돌아올 때 전부 손질해서 가져왔다. 이때 고리짝을 철도편으로 부치려면 반드시 밧줄로 묶어야 했다. 그래서 고리밧줄은 지방 출신이면 누구나 고리와 함께 간직하던 필수품이었다.

정충량은 고리밧줄을 던졌지만 '걷잡을 수 없는 절망'에서 헤어 나오지 못했다. '자살이라는 절대명제' 앞에 있던 여학교 졸업반 시절, 그는 교회 목사의 열변을 듣고 초조와 불만을 가라앉히는 데는 성공하였다. 그리고 "살고 볼 판"임을 깨닫고 "더 공부하고 노력하면 진리를 파악할 수 있을 것이라는 새 희망"으로 자신을 달랬다.

금녀禁女의 학원인 이화여전 법과에 들어가 억울한 사람들과 힘없는 소박데기 여성들을 변호해야겠다고 생각하였다. 그런 생각을 아는 듯 동맹휴학에 대해 무기정학을 주었던 일본인 교장선생이 정충량에게 법과 진학을 추천했다. 그러나 고마운 생각은커녕 반항심이 일어 '문과'에 가겠다는 결정을 하였다.

지금이나 그때나 '문과' 진학은 부정적으로 여겨졌던 모양이다. 전문학교에서 문과 공부를 하면서 비로소 현실이 얼마나 냉혹하고 자신의 이상이 얼마나 꿈같은 것이었는지를 느꼈다는 정충량의 말이 그것을 암시한다. 그런데도 그는 '생生의 진리'를 캐내야겠다는 생각을 버리지 못했다. 문과 공부를 하면서 자신이 기대했던 것은 찾을 수 있다고 믿었던 것이다. 하지만 공부의 보람을 찾을 새도 없이 '도도하던 꿈의 소녀'는 대가족의 맏며느리가 되어야 했다. '미일전쟁'(태평양전쟁) 막바지에 정충량은 여학교 영어교사를 잠시 하다가 원용하와 결혼하여 황해도 시댁으로 들어갔다. 해방 이후 월남하여 서울생활에 적응하던 중 6·25 전쟁을 겪었다. 그것까지는 그도 견딜 만했다고 한다.

정충량이 두 번째 자살 생각을 한 것은 6·25전쟁을 겪을 때였다. 꿈이 많은 소녀적 정열의 과잉상태와 달리 극심한 생활고가 극에 달한 상태에서 그에게 찾아온 것은 삶과 죽음 사이의 고민이었다. 전쟁으로 남편과 동생들(친가, 시댁) 그리고 가까운 친척이 납북된 후, 그는 임신한 무거운 몸으로 시부모와 아이들을 부양해야 했다. 정충량은 피난 가서 출산한 아기를 쑥밭이 된 집안에서 키울 수 있을지, 그런 상황에서 목숨은 어떻게 이어가야 할지 두려웠다. 오라는 직장도 없었지만 설사 오라고 한대도 일을 해낼 수 있을지도 걱정이었다. 이런 좌절감 속에서 그는 무능력한 자신만을 발견했다. 어려운 처지에 남에게 도움을 청할 줄도 알아야 하건만, '내성적이었고 수치심이 강한' 성격 탓에 그러지도 못했다. 정충량은 '차라리 죽어 버리는 것이 낫겠다'고 생각하였다.

아이들과 같이 수면제를 먹기로 하고 약국을 찾았다. 하지만 수면제 사들이는 일이 간단치 않았다. "수면제를 사러 다니는 나의 꼴이 얼마나 처절하였기에 몇 알의 수면제도 없다고 하는 것일까." 다섯 번째 약국에서 힘없이 돌아서 나올 무렵, 그의 등에 업혔던 아이가 숨이 넘어갈 듯 자지러지게 울었다. 아이를 얼르다가 그는 아이 얼굴을 보고 퍼뜩 정신이 들었다. 그때 그의 '집단 자살이라는 악몽의 구름'이 걷히기 시작했다.

내가 죽으면 내게 살인의 죄를 물을 사람은 없겠지만, 이 끔찍한 살인을 누가 나에게 허용할 것인가. 아니다. 내게는 아이를 죽일 자유와 권리가 없다. (…중략…) 죽어서 내가 할 사명이 완수될 것일까? 내가 조물주께 그리고 부모님께 받은 이 생명을 이렇게 소홀히 하여 될 것인가. 바보, 바보! 패배자!

— 수필 「자살관」(50) 부분

이렇게 울며 집으로 돌아오자 아이의 울음도 그쳤다. 정충량은 "부끄러워하는 것도 인생의 사치"라며 자녀들을 위해, 또 고마운 사람들을 위해 돕는 일을 해야겠다고 결심했다. '거듭나는 인생'을 위해, '치레 같은 체면'을 위해서 뒤로 물러설 필요가 없다는 용기도 갖게 되었다.

> 자식을 키우기 위해 자살하지 않았고
>
> 앞날이 어찌 될지 알고 싶어 자살하지 않았고
>
> — 신현림 시 「나는 자살하지 않았다」 부분(『현대문학』, 2016.3)

정충량이 어머니로서 삶을 포기하지 않기로 한 것처럼 위의 시에서 신현림은 자신 있게 말한다. "나는 자살하지 않았다"고. 무엇을 위해서? 자식을 키우고, 알 수 없는 앞날을 알고 싶어서 — 쓸쓸한 몸과 닮은 너를 찾고, 슬픔의 끝이 어떻게 되는지 궁금해서 — 오늘도 살아가고 있다고.

누구나 삶과 죽음 사이에서 한번쯤은 아니, 수없이 갈등할 때가 있다. 그 시기가 정충량처럼 청소년기에, 또는 어른이 되어 살기 힘들 때 찾아올 수 있다. 혹시라도 찾아올 그때 우리는 자살 생각을 어떻게 대해야 할까?

# 또 하나의 가족

정충량 수필 「수문장의 변」· 「증견의 변」

　지금도 커다란 대문 앞에 붉은 글씨로 '개조심'이라고 써 붙여 놓은 집들이 있다. 옛날에는 사나운 개가 있으니 출입할 때 조심하라는 뜻이 많았지만, 최근에는 개가 예민하니 사람이 조심 또는 조용히 해달라는 뜻이 더 많다고 한다. 집주인의 배려가 이렇게 달리 쓰이는 것처럼, '애완견' 또는 '애견'이라는 말 대신 '반려견'이라는 말이 더 친숙하게 들린다.

　동요 〈강아지〉(김태오 작사, 정동순 작곡)에서 "꼬리치고 반갑다고 멍멍멍"하는 강아지가 이제는 '또 하나의 가족'이자 없어서는 안 될 존재가 되어 있다.

　정충량도 반려견과 함께 살았다. 원래는 사냥을 즐기시던 시아버지를 위해 사냥개 포인터를 키웠다. '포인터'는 날씬하고 깨끗한 풍채가 돋보였는데, 주인이 사는 판잣집과는 어울리지 않아 보였다고 한다. 마치 퇴색된 양복에 외래특제의 새 넥타이를 한 격이었다고.

하지만 포인터는 사냥개인지라 사람의 두 배를 먹었다. 그래서 강아지 백구로 대체하여 기르게 되었다.

"생후 두 달 만에 오만환정의 정가표가 붙어온 백구白鷗"는 온몸이 희고 귀에 차색반점이 약간 있는 귀여운 강아지였다. 이름은 '돼지'였다. 사람을 잘 따르는 "재롱둥이"로, 가족에게는 최고의 재산 목록이 되었다고 한다.

하지만 주인 정충량에게 개 키우는 일은 여전히 사치스러웠다. 아침이면 꼬리를 치고 뛰어와 엎드리며 재롱을 떠는 백구. 주인은 그런 백구를 쓰다듬어줄 생각도 하지 않았다. 하지만 정충량은 생활을 걱정하며 살아가야 하는 고단함 때문에 백구에게 애정을 주지 못하는 것이 미안하기도 했다.



산다는 것이 사치가 아니라는 긍정 밑에 매일 산다는 것이 전쟁과 같은 나에게는 인생과 사랑과 생활의 꿈을 몽땅 버리는 실존 앞에 삶의 윤택을 잊어가는 자신을 안타까워하고 엄연한 현실에 어두운 낡은 세대를 미워하고 번민하는 이율배반의 감정이 처리되지 못한 채 증견憎犬의 변辨을 쓰는 심경을 증오하면서 나는 또 하루를 보낸다.

—수필 「증견의 변」(236) 부분

그래서 정충량은 '돼지'의 입장이 되어 보기로 했다. 그래서 「수문장의 변」이라는 수필을 통해 애견愛犬의 변辯을 털어놓았다.

요새 '돼지'가 한 주일째 밥을 안 먹는다. 그 좋아하는 고기를 주어도 시큰 둥해한다. 우리 집의 애교덩이고 수문장인 '돼지'가 이유 없이 먹지 않으니까 슬그머니 걱정이 된다. 7년 동안 우리 한 식구인 '돼지'를 그의 주관적인 입장 에서 말을 시켜 보는 편이 훨씬 그를 아는 데 도움이 될 것 같다.

—「수문장의 변」 (127) 부분

정충량은 '돼지'를 화자로 하여 반려견이 밥을 먹지 못하는 이유를 이해하려 한다. '돼지'는 마당에 출몰하는 시커먼 물체를 혼내주려다가 주인과 아가씨의 개입으로 그만두어야 했다. 그때부터 '돼지'가 밥맛을 잃은 듯했다.

주인은 "역시 개는 사나와야지"라고 말하며 가끔 칭찬해 주었다. 하 지만 주인은 대부분 글을 쓰거나 책을 읽는 일에 열중할 뿐이었다. '돼 지'는 주인이 자신을 의식하지 못하면 섭섭했다. 그래도 "어쩌다 한 마 디 건네주는 사랑의 말과 자애로운 눈초리" 때문에 주인에 대한 충심을 결심하곤 했다. '돼지'는 주인집 큰 딸이 시집간 후 작은 아가씨와 주인 마님이 처량해 보일수록 책임이 무거워지는 것 같다며 늙어가는 주인 마님을 걱정한다. "눈에는 전에 없이 고독이 서리고 패기도 줄어드는 느 낌인데 주인마님은 되레 나더러 너도 이제 늙어가는구나 하시면서 섭 섭해 하신다"는 '돼지'의 목소리에서 정충량의 서글픈 마음을 느낄 수 있다.

어느 날 주인이 '돼지'의 마음을 몰라주는 사건이 벌어졌다. '대문으 로 올라오는 층층다리'에 들어와 놀던 아이들이 '돼지'에게 돌을 던졌다. '돼지'가 참다못해 한 계집아이의 허벅다리를 물었는데, 그게 큰 사건이 될 줄이야. '돼지'는 그 일로 주인에게 혼날 것이라고 생각했다. 그런데 주인은 그 아이와 부모에게 조용히 사과하며 아이 치료비를 대고 나중에는 과자까지 사다주었다. '돼지'는 그런 주인의 행동이 마음에 걸렸는지 밥을 잘 먹지 못했다. "인간의 세계는 참 이상하다. 못된 놈은 응당 징벌 받아야 하는데 반대로 사과를 하다니." 이는 '돼지'의 말인 동시에 정충량의 생각으로 보인다. 정충량은 '사람이기 때문에 동물에게는 어떻게 대해도 상관없다'는 생각은 잘못되었으며 이는 고쳐야 한다고 말한다.

정충량은 '돼지'의 입을 통해 주인의 마음도 고백한다. 밖에 데리고 나가 함께 산책해주지 못해서 미안하다고. 그런 주인에게 꼬리를 흔들어주어서 고맙다고. "내 일에 성실하고 정직하게 임하는 내 현재의 삶에 불만은 없다. 다만 나를 사랑하는 주인이 건강해야 나도 보람이 있을 것"이라는 '돼지'의 생각과 함께 건강하게 살고 싶은 개 주인의 마음을 표현했다.

이제는 '개조심'이라고 써 붙은 대문을 볼 때면, 출입하는 사람이나 그 집에 사는 주인, 또 반려견 모두를 서로 존중하며 살아가자는 뜻으로 이해하고 싶다. "우리 집 강아지는 반려견이자 또 하나의 가족!"이기에.

# 찬란한 슬픔의 봄을

정충량 수필 「신춘新春」

　겨울이 가면 봄이 찾아온다. 해마다 봄은 찾아오건만, 그때마다 우리는 봄을 '새봄', '신춘新春'이라고 부르며 새롭게 받아들인다. 꽁꽁 언 땅에서, 나뭇가지 사이에서 돋아나는 싹을 '보며' 느끼는 탓일까? 찬 기운만 느끼다가 어느새 찾아온 따뜻한 '볕'을 깨닫고 놀라기 때문에 그러는 것일까?

　우리말에서 '봄'은 모습을 '보다'라는 뜻의 명사형이고, 한자 '春(봄춘)'은 햇볕을 받아 풀이 돋아 나오는 모양을 나타낸 글자이다. 영어 'spring(봄)'은 동물이 겨울잠에서 깨어 튀어나오고, 식물이 새 움을 틔우는 것이 마치 옹달샘처럼 솟아나오는 듯하다는 비유에서 만들어졌다.

　'봄'은 한마디로 '자연의 아름다운 생명력을 담은 계절'이라고 할 수 있다. 그러나 정충량은 '봄'을 그렇게 받아들이지 못하였다. 화가 N여사를 보면서, 또 자신의 처지를 생각하고 봄을 봄답게 즐기지 못하는 안타까움을 수필 「신춘<sup>新春</sup>」(『수문장의 변』, 학원출판사, 1977)에 옮겨놓았다.

봄이 왔지만 정충량은 이렇다 할 감정을 느끼지 못했다. 그러던 차에 S다방에서 만난 지인에게서 화가 N여사 이야기를 듣는다. N여사는 납북된 남편이 병으로 신음한다는 소식을 전해 듣고 이틀 동안 울며 지냈다고 한다. KNA(해군사관학교) 비행기를 타고 납북되었다가 어렵게 돌아온 Y씨로부터 전해들은 것이다. 주위 친구들은 직접 본 것도 아닌데 어찌 믿겠냐고 하면서 춘원<sup>春園</sup> 이광수도 세상을 떠났다고 위로하였다. 그 말이 N여사에게 위로가 되었다.

정충량은 N여사와 같은 입장이었지만 아무 소식도 들을 수 없었기에 낙망할 기회조차 없었다. 그것을 요행<sup>僥倖</sup>으로 생각하는 자신이 우습기도 했지만, 인생이란 "울다가도 웃고, 웃다가도 울화가 치미는 것"이 아니겠는가. 힘겨운 삶이지만, 화사한 햇볕에 마음이 따스해지고 봄기운에 만물도 소생하는 시간에 희망을 걸어보려 했다. 그것이 봄을 고대하고 즐기려는 심정일 것이라면서.

정충량은 사실 "봄다운 희망을 가지고 봄을 즐기려는 것과는 거리가 먼 존재"였다. 여학교 시절부터 앓게 된 늑막염(가슴막염)이 그 원인이었는데, 늑막을 좀먹는 병마가 '새싹이 파릇파릇 움틀 때'면 영락없이 고개를 들었다고 한다. 건강에 신경 쓰지 못한 부주의 탓도 있겠지만, 봄만 되면 지병이 악화되니 봄이 오는 것이 반가울 리 없었다. 그렇다고 새봄을 마냥 미워할 수만은 없었다. 늑막염이 재발하면 직장생활에 지장은 있어도, 휴식을 취하면서 자신을 가다듬어 보는 시간의 여유를 가질 수 있기 때문이었다. 이런 점에서 그는 늑막염을 '공간을 즐길

수 있도록' 하는 '하이칼라 병'이라고 부른다. 여기서 '하이칼라high-collar'
는 '양복에 입는 와이셔츠의 운두가 높은 깃'과 같은 서양식 유행을 따
르던 멋쟁이를 비꼬는 말이다. 늑막염은 영양 부족과 비위생적인 환경
에서 발생한 세균성 폐렴, 결핵균이나 독감바이러스로 인해 가슴막에
염증이 생기는 경우가 많다. 폐렴이나 결핵에 걸려 죽은 예술가나 지식
인이 많다 보니 '낭만적인 병' 또는 '지식인의 병'이라고 불릴 정도였다.
하지만 실제로 병에 걸린 사람들에게는 결코 '낭만병'이 아니었다.

정충량의 경우, 여학생 시절부터 가난한 생활 속에서 영양 부족으로
앓게 된 늑막염이 기자생활의 과로와 영양 부족으로 재발되었던 것으
로 보인다. 전쟁 같은 생활을 하던 그에게 늑막염은 오히려 쉴 수 있는
시간을 주었다. 그 덕분에 자신을 되돌아보며 잃었던 꿈을 가져보게 되
었다니 아이러니하다.

정충량은 거리를 오가는 사람들을 보며 봄의 정감을 느꼈다.



— 수필 「신춘」(221) 부분

여성의 옷차림에 봄이 먼저 찾아온다고 하지 않는가. 아지랑이가 피
어오르고 봄볕이 따스하다며 직장에서는 무거운 옷을 벗고 와이셔츠
바람으로 일하는 사람들도 눈에 뜨였다. 모두 명랑하게 웃으며 화사한

미소를 머금고 있었다.

이와 달리 정충량은 휴양 중에 절망에 휘둘려서 봄을 즐기지 못하고, 사람들을 미소로 대하지 못한다. 더욱이 '야들야들한 신춘新春의 감각' 이 무뎌진 채 기자이자 평론가로서 글을 쓴다는 것이 잘못된 듯했다. 그 는 "희망이 깃들고 빛이 담겨질 수 있는 공간을 마련하지 못하는 문장" 이 '허세虛勢'에서 나온 것만 같고, 공허한 머릿속에는 어떤 여유나 아름 다운 꿈도 깃들 수 없기에 절망스럽다고 말한다.

절망에 자신을 얽매어놓고 희로애락이 파고들 수 없도록 목석같은 생활이 누적되는 가운데 아련히 심장의 균열이 보임으로써 여성을 자각할 때가 있 는 감정의 무풍지대에 봄은 봄일 뿐이다.

—수필「신춘」(222) 부분

그는 병마로 인해 '심장의 균열'에서 '여성을 자각할 때' 느낄 수 있는 게 봄이라고 말한다. '감정의 무풍지대' 즉 바람이 없는 것처럼 감정에 변화가 없고 평화로워야만 봄을 올곧이 즐길 수 있다는 것이다. 자신과 같이 스스로 절망을 만들어 놓고 산다면, 봄이 되었다고 무슨 희열喜悅 이나 희망 같은 것을 느낄 수 있겠냐면서.

봄을 맞아 자신의 절망적인 처지를 글로 쓰면서, 정충량은 오히려 소용돌이치는 정념情念, 즉 감정에 따라 일어나 억누르기 어려운 생각 들을 털어놓는다. 그러다가 소용돌이를 견디기 힘들었는지, '천치' 또 는 '천재'가 되고 싶다고 말한다. 인정人情이나 세상을 온통 거부하고 독선獨善으로 살아가는 '천치', 아니면 총명과 지혜, 상식의 불균형 속에서 자학의 독선을 누리거나 현실과 현명하게 타협하여 하늘까지 솟을 명예와 영광 속에 사는 '천재', 그 어느 쪽이어야 현실을 배겨낼 것 같다는 것이다.

그날이 그날 같은 삶의 권태 속에서 예지叡智와 요행僥倖을 기다리며 사는 보통사람의 망상妄想, 얼토당토않은 생각이 그 자신을 엄습해 오는 것도 봄이 온 탓이라고 말한다.

봄은 절망 속에서 피어나 꽃과 함께 절정에 다다를 것이다. 시간은 시간대로 가고 그는 그대로 살아갈 것이다. 그렇지만 정충량은 내일을 기다린다. 고독이 세균같이 침범해가는 서글픔 속에 짙어질지라도 또 다시 내일은 오기 때문이다. 그가 기다리는 내일은 '새봄'일지도 모른다.

정충량의 수필에서 아이러니한 봄을 맛보고 나니, 그와 다른 정감을 주는 김영랑의 시「모란이 피기까지는」이 연상된다.

모란이 피기까지는

나는 아직 나의 봄을 기다리고 있을 테요

모란이 뚝뚝 떨어져버린 날

나는 비로소 봄을 여읜 설움에 잠길 테요

오월 어느 날 그 하루 무덥던 날

떨어져 누운 꽃잎마저 시들어버리고는

천지에 모란은 자취도 없어지고

뻗쳐오르던 내 보람 서운케 무너졌느니

모란이 지고 말면 그뿐 내 한해는 다 가고 말아

삼백 예순 날 하냥 섭섭해 우옵내다

모란이 피기까지는

나는 아직 기다리고 있을 테요, 찬란한 슬픔의 봄을.

— 김영랑 시 「모란이 피기까지는」 전문(『영랑시집』, 시문학사, 1935)

봄다운 봄을 느끼지 못한다는 정충량과 달리, 모란이 피고 지는 모습에서 봄이 왔다가 질 것을 알면서도 "찬란한 슬픔의 봄"을 기다리는 마음이 더 친근하게 느껴진다. 봄이 오고 꽃이 피기 시작하면 왜 자꾸만 목이 메어오고 가슴이 두근거리는지 모르겠다. 더욱이 봄의 절정이라 할 수 있는 '4월'로 달력을 넘길 때면 "4월은 잔인한 달"이라고 한 T.S. 엘리엇의 「황무지」를 떠올리게 된다.

그리고 도종환都鐘煥 시인처럼 "하지만 해마다 맑은 빛을 거느리고 봄은 오지만, 올해도 그대들은 돌아오지 않는군요"(「해마다 봄이 오지만」, 시집 『접시꽃 당신 2』)라는 안타까운 마음에 눈시울을 적시기도 한다. 부정한 나라를 바로세우기 위해 나섰다가 총탄에 쓰러진 사람들, 푸르른 제주도에서 지낼 며칠을 그리다가 차가운 바다에서 참사를 당한 '세월호'의 희생자들이 자꾸만 떠오른다.

이상화李相和 시인처럼 현실적 맥락에서 "빼앗긴 들에도 봄은 오는가?"(「빼앗긴 들에도 봄은 오는가」, 『개벽』 1926년 6월호)라고 외치며 절망하기도 하지만, 조병화趙炳華 시인의 말처럼 "해마다 봄이 되면 어린 시절 그분의 말씀 항상 봄처럼 부지런해라"(「해마다 봄이 되면」, 시집 『어머니』)

라는 희망고문을 받아들이며 오늘도 '찬란한 슬픔의 봄'과 마주한다.

# 조경희

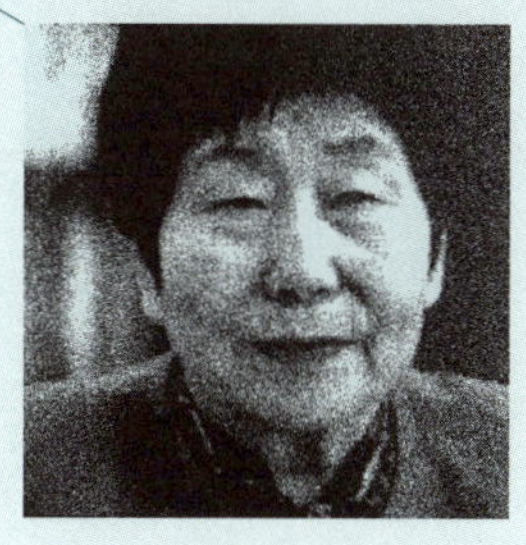

## 수필에서
## 삶을 그리다

수필 안에 꿈틀거리는 봄
얼굴보다 표정이 아름다워야
태양을 피하고 싶어서
이제 내가 바라는 것은

# 수필 안에 꿈틀거리는 봄

조경희 수필집 『우화寓話』

교과서에 실린 수필 「얼굴」을 읽고 작가와 내 주위 사람들의 외모를 상상했던 기억이 난다. 한참 후에야 '조경희趙敬嬉'라는 분이 유명한 언론인이고 수필가라는 것을 알게 되었다.

사실 문학 장르에서 수필은 시나 소설만큼 주목을 받는 분야가 아니다. 그런데도 작가들 가운데 수필집 한 권 내보지 않은 사람이 거의 없다는 것은 무엇을 의미하는 것일까? 1950~60년대 한국문단에서 여성 수필가는 활동과 업적에 비해 문학적 평가에서 주변화되어 있었다. 조경희와 같이 언론생활이나 예술계 활동을 하면서 수필집을 꾸준히 발표하여 '수필가'로서 자리매김한 작가가 적지 않았음에도 말이다.

조경희의 수필집 가운데 「얼굴」이라는 작품이 실려 있는 『우화』(중앙문화사, 1955)를 읽었다. 작가는 이 수필집 후기에 "좋은 글을 쓰리라"는 생각에서 출발하여 수필형식을 취하게 되었다고 말한다. 또한 작가는 수필隨筆에 대해 '문학적인 영역에서 귀여운 존재'라며 애정을 표현한다.

조경희는 나이를 먹는 자신과 지난 시절, 즉 해방 후, 전쟁과 피난, 전후사회에 대해 감각적으로 사색하며 글을 써나갔다. 특히 그는 봄이 다가오는 시기의 서울과 한강에 주목했다. 한강철교를 지나며 기억한 추운 겨울과 달리, 시원하고 경쾌한 소리를 내는 봄의 물결을 보면서 '자유를 잃고 지낸 가혹한 계절'을 생각한다. 그리고 물이 얼음 속에서 풀려나오듯 모든 허위와 구속 속에서 벗어나려고 꿈틀거리는 자기 자신을 발견한다.

조경희에게 자신을 '얽어매는 모든 허위와 구속'은 시대적 아픔에서 비롯된 것이었다. 8·15 해방의 기쁨은 곧 6·25 전쟁의 슬픔으로 바뀌었고, 전쟁은 보잘것없는 생활마저 여지없이 망가뜨렸다. 전쟁 속에서 인간이 견딜 수 없는 '최하의 생활'을 이미 겪었다는 조경희는, 생명을 건졌기 때문에 생활이 고생스러우니 어떠니 이야기할 수도 있는 것이라며 스스로를 위로한다. 차갑고 안타까운 상황에서 벗어나면서부터 봄의 감각을 찾게 되어 자유를 향한 꿈틀거리는 의지도 갖게 되었다고.

그렇다면 조경희는 전쟁 때 피난과 환도를 어떻게 경험하였을까? 「환도의 매력」에서 그는 6·25전쟁에 의한 피난과 서울 귀환(환도) 때의 분위기를 이야기한다. 서울을 떠날 때 한마디 말없이 내려왔으니 다시 환도할 때에도 아무 말 없이 들어가는 것이 예의로 되어있는 모양이라며, 서울로 돌아갈 수밖에 없는 이유를 말한다. 오랜 세월이 지나도록 살았던 서울에 대한 애정이 크고, 전쟁으로 인해 서울이 폐허가 되었지만 여성을 대하는 남성의 세련된 태도나 다방의 미덕, 시내를 걷는 여유 등은 그대로였다면서, 서울에 와서 살아갈 수 있는 기반을 찾고 그대로 주저앉고 싶은 마음이라고 고백한다.

하지만 휴전이 되고 환도를 눈앞에 두었을 때 그는 망설였다. 부산에 대한 익숙함도 있었지만, '환도還都'가 복구를 위해 옛것으로 돌아가는 것을 의미했기 때문이다. 그냥 돌아가면 되는 것이 아니라, 옛것을 돌이키고 소생蘇生시켜야 하기 때문에, 환도가 두려운 것이다. 부산에 있든 서울에 가든 "대차大差없는 생활"인 것을 잘 알기에, 조경희는 '모든 빈곤한 것들에서 헤어날 수 있는 자연스러운 생활이 온다면' 환도를 서두를 것 같다고 했다. 손상된 일상을 되돌려야 한다는 부담감을 솔직하게 고백한 것이다.

조경희는 해방과 전쟁을 겪으며 사회적 빈곤과 자신의 일상에 대해 환멸을 느끼고 고뇌한다. 하지만 생명의 봄을 되찾으려는 간절한 소망만은 놓지 않는다.

봄, 물이여, 추운 겨울, 그리고 무서운 형벌인 얼음 속에서 튀어나듯이 나를 어지러운 속에서 벗어나게 해 달라고 애원하고 싶다. 그리고 물은 더러운 것을 깨끗이 씻는다. 오물이라고 생각키우는 모든 것들을 깨끗이 씻어 주소사 빌고 싶은 마음이다.

—수필 「봄물」(16~17) 부분

조경희는 수필집 『우화』를 통해 차가운 전쟁에서 벗어나 꿈틀거리는

자신의 감각과 의식을 다양한 주제와 연결시킨다. 달라진 사회와 여성
의 삶, 자신의 현실과 대인관계, 도시(서울)와 농촌의 변화 등이 그것이
다. 또 서구의 영향으로 인한 사치풍조, '박인수 사건'으로 커진 성 모럴
과 남녀 애정관 등에 대한 우려의 목소리를 내기도 한다. 이와 함께 전후
사회의 사교문화와 패션, 정서적 분위기와 사회적 가치 등을 경험담 위
주로 재치 있게 형상화한다. 오늘날의 사회인식이나 문화현상과 비교하
여 이 부분을 읽는다면 조경희 수필의 재미를 발견할 수 있을 것이다.

『여성신문』 1,382호 '문화' (2016.3.21)

# 얼굴보다 표정이 아름다워야

조경희 수필 「얼굴」

사람마다 얼굴의 생김새는 가지각색이다. 둥근 얼굴, 길쭉한 얼굴, 넓적한 얼굴, 쪼뺏한 얼굴 등 모양도 각기 다르고, 검은 얼굴, 누런 얼굴, 하얀 얼굴, 붉은 얼굴 등 빛깔도 조금씩 다르다. 사람들은 그런 얼굴을 종합하여 잘생긴 얼굴과 못생긴 얼굴 또는 표정에 따라 좋은 인상과 나쁜 인상으로 나누기도 한다. 그게 정말 타당할까? 사실 자신의 얼굴에 대해 불만이 없는 사람은 많지 않을 것 같다. 나르시스<sup>Narcissus</sup>처럼 자신의 얼굴에 마음을 빼앗긴 사람이 아니라면 말이다. 보면 볼수록 좋아지는 얼굴이 있는가 하면 반대로 싫어지는 얼굴도 있다. 그 이유를 단지 얼굴 생김새와 표정의 좋고 나쁨 탓이라고 말할 수 있을까?

조경희는 말한다. "얼굴의 아름답고 미운 생김새로 운명이 결정되는 것이 아니라 마음 쓰기에 달려 운명이 결정된다"고. 그러나 그도 이런 말을 '귀띔'으로도 듣지 않았던 때가 있었다. 여학생 시절, 친하던 상급생 언니가 자기 친구와 더 가깝게 지내는 것을 보고 섭섭했을 때였다. 그는 모든 게 자기 얼굴이 보기 싫기 때문이라고 생각했다. 그래서 한때는 아버지를 원망했다. 하지만 뒤늦게 후회했다. "얼굴 외양이 미운 모습은 영원히 가다듬기 어려워도 마음씨란 수양이나 교양으로서 선善을 궁지로 삼을 수 있었기" 때문이다. 그는 예쁘지 못한 얼굴이지만 "별 구애 없이" 살아왔고, 또 "왜 당신은 그렇게 못났소?" 하고 누가 놀려도 태연자약할 수 있을 만큼 여유도 지니게 되었다. 더구나 애인이 "당신은 과실로 치면 배梨와 같은 사람이요" 라고 찬사도 해주고, 귀엽다고 하는 선배들도 생겼으니, 조경희로서는 더 이상 얼굴에 불만을 가질 필요가 없게 되었다.

조경희가 「얼굴」(『신천지』, 1949.5·6)을 발표하던 1949년은 해방 이후 미군정하에서 38선을 사이에 두고 남·북의 긴장이 고조되던 무렵이었다. 따라서 국론을 모아 당시 대통령이던 이승만의 북진통일론에 힘을 실어야 하였기에, 국민국가의 교양과 애국심이 무엇보다 강조되었다. 이와 더불어 여성에게는 얼굴 못지않게 마음의 아름다움이 무엇보다 강조되었다. 1960년대 후반에 이르러 여성의 아름다움에 대한 노랫말도 유행하였다. "마음이 고와야 여자지 얼굴만 예쁘다고 여자냐!"하던 가수 남진의 〈마음이 고와야지〉라는 노래가 그 중 하나다. 아름다운 외모에다 한번 마음을 주면 변하지 않는 마음(일편단심)까지 갖추어야 아름다운 여성이라는 남성들의 로망이 강조되기 시작했다. 조경희 또한 "사람은 외양의 아름다움보다도 마음이 고와야 하느니라"던 아버지 말씀을 진리로 생각할 만큼 이런 로망에서 자유롭지 못했던 듯하다.

6·25전쟁 이후 남성들은 가장을 대신하여 가정을 지키려고 생활력을 발휘한 여성들에게 요구 한 가지를 덧붙인다. 아름다운 얼굴이나 외모도 중요하지만, 정조 즉 정절을 지키라고. 아무리 근대 이후 자유연애가 허락되었다 하더라도 여성에게 중요한 것은 정절이라고. 그래서 1960년대에는 남성가수를 내세워 "오 그대여 변치 마오." "마음이 고와야 여자지"라고 외치게 했던 것으로 보인다.

오디세우스Odysseus가 트로이전쟁에서 고향으로 돌아왔을 때, 그의 마음을 가장 울렸던 것은, 아내 페넬로페Penelope가 구혼자들의 위협 속에서도 지혜를 발휘하여 정조를 지켰다는 사실이었다. 그러한 로망을 남성들은 노래나 이야기로 표현해 왔다.

1950년대 중반 이후 전장戰場에서 가정으로 돌아온 남성들은 가족과 생계를 책임져온 여성들에게 칭찬 대신 정조貞操를 입증하라며 가장의 권위를 먼저 내세웠다. 1955년 박인수朴仁秀 사건에 대하여 "법은 정숙한 여인의 건전하고 순결한 정조만을 보호할 수 있다"던 판결문의 일부가 떠오른다. 처녀가 아닌 여성의 간음 피해에 대해서는 법적으로 보호할 수 없다는 내용이었다. 이렇듯 남성은 여성에게 예쁜 얼굴만이 아니라 순결한 몸(정조)까지도 요구해 왔던 것이다.

남성들의 미인에 대한 로망과 관련하여 조경희가 언급한 '미인박명美人薄命'을 한번 생각해 볼 필요가 있다. 이 말은 미인을 쟁취하기 위해 벌인 남성들의 폭력성 때문에 생겼다고 한다. 옛날에는 지금보다 인구가 훨씬 적었기 때문에 미인 또한 많지 않았을 것이다.

고대 문헌을 종합해 보면, '미인美人'은 공통적으로 여섯 가지 조건을 갖춰야 한다. 첫째 눈썹은 검으면서 둥글게 다듬어져 있을 것, 둘째 살빛은 희고 고울 것, 셋째 눈[목目]은 별빛처럼 맑고 젖어 있으면서 가느다랗게 생길 것, 넷째 입술은 탐스럽고 붉으면서 자그마할 것, 다섯째 뺨은 적당히 둥글고 불그레할 것, 여섯째 이[치齒]는 희고 고를 것 등 얼굴 중심으로 조건을 갖춰야 한다. 여기에 신체 조건을 덧붙인다면 피부는 희고 고와야 하며, 손과 목, 허리는 가늘어야 한다.

하지만 미인의 조건을 만족스럽게 갖춘 여성이 얼마나 있었을까? 그러니 미인이 나타났다 하면 남성들의 경쟁 또한 심했을 것이다. 반면에 마음이 고운 미인을 찾아내려고 애쓰는 인사人士의 수도 극히 적었다고 한다. 이런 현상은 예나 지금이나 마찬가지인 듯싶다.

전후 여성들은 '현모양처賢母良妻' 이데올로기와 '신여성新女性'이라는 인식 사이에서 갈등하며 진화하고자 했다. 1930년대 경성(서울)을 활보하던 신여성인 '모던 걸modern girls'에서 1950년대 전후파戰後派 여성인 '아프레 걸Apres-girls' 또는 '유한有限마담'이라는 부정적 시선에도 불구하고. 그들은 전쟁 이후 자본화되어가는 한국 사회에서 현실에 적응해가는 방식을 배웠다. 아름다운 얼굴과 건강한 몸 특히 남성이 요구하는 정조가 얼마나 큰 자본이 되는지도 깨달았다.

21세기, 오늘날의 여성들은 그 사실을 잘 알기에 아름다운 외모와 건강한 몸을 지키기 위해 아낌없이 투자한다. 한편에서는 외모지상주의를 비판한다. 그러나 자본주의 사회에서 여성은 물론 남성에게도 잘생긴 외모는 크나큰 자본이 된다. 예쁘면 무엇이든 용서가 될 정도로 외모는 스펙이요 무기가 되어버렸다. '얼짱'에 이어 '몸짱'이라는 말이 유행

할 정도로, 아름다운 얼굴과 몸은 현대사회를 살아가는 큰 자본임에는 틀림없어 보인다.

하지만 "호화찬란하게 포장한 상품 속에서 진짜와 가짜를 분별하기 곤란하듯, 최신식으로 '메이크·업'한 얼굴들 가운데 누가 진정 좋은 사람인가를 발견하기"는 힘들지 않은가? "옆길의 물 깊이는 알아도 한 사람의 속은 모른다"는 옛말이 있듯이. 그래서 조경희도 말한다. "캄캄한 어둠만 있는가 하면 밝은 태양과 광명이 있듯이, 천차만별의 얼굴들 중에서도 사랑할 수 있는 얼굴을 생각할 수 있다. 그 사랑할 수 있는 얼굴이 지닌 표정의 색깔이란 막연하나마 좋은 것이라고 부르고 싶다"라고.

그래서 "얼굴의 아름답고 미운 생김새로 운명이 결정되는 것이 아니라 마음 쓰기에 달려 운명이 결정된다"는 말이 마음에 더 와 닿는다.

# 태양을 피하고 싶어서

조경희 수필 「양산」

　‘세상을 바꾼 발명품’ 중에 ‘우산’이 들어간다. 세상을 바꾼 발명품들은 인간이 편리함을 위하여 자연에 도전한 결과물이다. 그런 점에서 우산은 인간이 자연에 도전하여 만든 물건 중의 하나라고 할 수 있다. 우산의 영어표기인 ‘umbrella’는 라틴어 ‘umbra(그늘)’에서 비롯된 단어라고 한다. 즉 그늘을 만드는 도구로 발명된 것이 바로 ‘엄브렐러’다. 우산은 1차적으로 그늘을 만들면서 햇빛을 막아야 할 것이고 2차적으로는 비를 피하는 데 사용되었을 것이다.

　고대 기록에 의하면 중국에서는 종이나 비단 위에, 이집트는 가죽이나 천에 왁스나 기름을 발라 비 피하는 도구로 사용했다. 그때 남성들은 우산으로 비 피하는 것을 남자답지 못한 행동이라고 여겨 모자를 썼다. 하지만 여성들은 지위와 부富를 상징하는 액세서리로 우산을 애용하였다. 이처럼 고대의 발명품 ‘우산’은 비와 햇빛을 피하는 생활용품에서

부와 권력을 표시하는 액세서리로 변신하였다. 18세기 중반부터 서양에서 엄브렐러와 파라솔을 구분하였는데, 이때부터 '우산'이 여성들의 전유물로 대중화되었다.

우리나라에는 개화기 선교사들이 소개하면서 들어왔으나 일제치하에는 우산보다 양산陽傘(파라솔)이 사치품으로 받아들여졌다. 신여성들은 양장 차림에 어울리는 양산을 받혀야만 패션의 완성이라고 여겼다. 햇빛 가리는 사치품 '양산'이 대중화된 것은 1960년대부터다.

조경희는 수필에서 양산에 대한 애착을 보여주었다.(「양산」, 『우화』, 중앙문화사, 1955) '여름 내내 무던히 고생을 하는 양산'을 두고 "일 많은 집 며느리인가 머슴으로 태어난 격"이라면서 남다른 애정을 표현하였다. "뜨거운 햇빛에 턱 바치고 나갈라치면 무서울 것이 하나도 없다. 양산 대를 마음의 기둥같이 힘 있게 느끼기도 한다"면서 양산을 든든하게 생각하였다.

양산의 프랑스 표기인 '파라솔parasol'의 어원에서 'para'는 '저항한다', 'sol'은 '태양'을 뜻한다. 여기서 'para'는 라틴어 'pro'에서 비롯되었는데, '옆에', '넘어', '반대' 등의 3가지 뜻을 담고 있다. 태양 옆에 있을 수 있고, 태양을 넘어설 수 있다면 결국 태양에 맞서서 저항할 수 있다는 의미로 해석할 수 있다. 태양은 절대적인 존재로 인식되어 왔다. 자연의 절대 지존인 태양에 인간이 도전하겠다면서 파라솔을 내민 것이다.

그런 도전장 '파라솔'에 대해 조경희는 "여름에 태양을 막아내기 위한 하나의 무기"라면서 "아름다운 무기"라고 정의 내린다. 옛날에는 여성에게 양산(파라솔)이 지위와 부를 상징하는 액세서리였다면, 오늘날 양산은 여성의 생활도구가 되었다. 또 파라솔이 수공업적일 때는 지위와 부를 나타내는 사치품으로 대접을 받다가 대량생산되면서 생활용품으로 취급받게 되었다고 볼 수 있다. 이와 함께 여성들의 위치도 바뀌어 남자들과 함께 생활전선에서 싸우는 여성들의 '파라솔'이 되었다. 남성들에게 사치품이던 '넥타이'가 직장생활에서 필수품이 되었듯이 여성들에게 '양산'도 그와 같다.

유명 화가의 그림 중에 파라솔(양산)을 화폭에 담은 작품이 있다. '검은 그림들Pinturas negras'이라는 연작으로 더 알려진 스페인 화가 프란시스코 고야Francisco José de Goya y Lucientes, 1746~1828의 〈파라솔〉이라는 초기 작품이 그것이다.

고야는 원래 귀족층의 후원을 받으며 후기 로코코시대 왕조풍의 화려함과 환락의 덧없음을 그렸던 서구의 낭만주의 화가였다. 그러던 그가 '이성이 잠들면 괴물이 나타난다'는 생각을 그림으로 표현하기 시작한 것은 스페인이 프랑스의 나폴레옹에게 점령당하고 그가 청각을 잃으면서부터였다. 태양 아래 반짝이던 고야에게 어두운 그림자가 드리워진 것이다. 그는 조국의 고통스런 현실을 피해 프랑스에 숨어 살았다고 한다.

고야의 〈파라솔〉은 그의 현실과는 느낌이 전혀 다른 그림이다. 로코코풍의 화려함을 보여주는 이 그림은, 제후들의 거실을 장식하던 태피스트리tapestry를 제작하기 위해 그린 밑그림 46점 중의 하나라고 한다. 화창한 날 태양 아래서 사랑하는 여성을 위해 파라솔을 들어주는 남성의 친절한 미소가 표현되어 있다. 사랑을 키워가던 청춘남녀가 어느 날 서로에게 실망하거나 헤어져야 한다면 어떤 마음일까? 문득 비의 노래 〈태양을 피하는 방법〉에서 "태양이 싫어, 태양을 피하고 싶었어"하는 후렴구가 떠오른다.

변해버린 사랑 때문에 울고 있다가 남들의 시선을 느낀다면, 얼마나 피하고 싶을까? 그래서 가수 비는 이 노래를 부르며 선글라스를 벗지 않는다. 하지만 사랑하는 이와 함께 태양 아래에 함께 있다면 오히려 뜨거운 햇볕이 반갑고 고마울 것이다. 햇볕이 따가운 것을 핑계로 양산을 펴들고 다른 사람들의 시선을 피해 주고받던 눈빛과 입술들. 하지만 이제는 헤어진 연인 때문에 울고 있기에 태양 아래 있다는 게 괴롭기만 한 것이다. 그래서 "태양을 피하고 싶어!"라고 외쳐본다.

태양을 피하고 싶어서 발명한 양산이 여성의 전유물이 되면서부터 양장에 어울리는 액세서리로 사용되기도 하였다. 여성이 타인에게 얼굴을 내보이는 것이 금기시되던 시대에는 양산이 얼굴을 가리기 위한 도구로 사용되었다. 가수 비의 노래와 같은 상황에서 양산은 태양을 가린다는 핑계로 자신의 울고 있는 모습도 감출 수 있는 훌륭한 액세서리가 되었을 것이다.

조경희는 양산에 얽힌 핑크빛 감성보다는 생활을 이야기한다. 그리고 양산이 그 주인을 닮아 "오색이 영롱한 아롱진 바탕, 배색의 조화가 알맞은 은은한 바탕"에 가지각색의 문양이 그려져 있으면 한다는 생각도 내비친다. 그는 1960년대 거리에서 볼 수 있는 양산들이 개성이 뚜렷하지 못해 마음에 들지 않는다고 말한다.

양산은 '자외선을 막아내는 무기'로, 의상은 '인간의 피부를 보호'하기 위하여 입게 되었다. 하지만 '아름다운 요소'를 잊어서는 안 된다. 여성들 옷에 달려있는 단추 하나하나가 의상의 색깔과 어울려야 하듯이, 양산도 이를 쓰는 여성의 옷차림과 조화되어야 한다는 것이다. 그리고 무엇보다 "여러 사람의 의상과 개성에 따라서 맵시와 색깔이 달라져야" 한다는 것이 조경희의 생각이다. 더욱이 "일본여성들의 옷을 연상시키는 양산을 전부 들고 다니게 하는 것"만은 피하자고 덧붙인다. 그러려면 여성 개개인의 패션 감각이 중요할 듯하다. 하지만 조경희는 이에 대하여 강조하지 않는다. 양산을 국내에서 생산하지 못하는데다 여러 가지 양산을 마련할 만큼 그때 우리의 삶이 넉넉하지 못하다는 것을 잘 알고 있었기 때문이리라.

조경희는 낡은 자신의 양산을 무척 애지중지愛之重之한다. 그러면서도 다방이고 음식점에다 놓고 오기 일쑤라면서, 양산을 되찾았을 때의 기쁨을 "양산 손잡이를 다시 꼭 쥐면서 적이 안심하는 마음", "양산과 나와 얽히는 심정"이라고 표현한다. "보잘 것 없고 망측한 양산"이지만, 아스팔트가 지글지글 끓을 정도로 뜨거운 여름에도 거리낌 없이 다닐 수 있게 해주기 때문에 양산이 정말 소중하다는 것이다.

누구에게나 소중한 사물이 있다. 그것이 조경희에게는 '양산'이다. 세상을 바꾸는 발명품으로 거론되기도 하지만, 무엇보다 '양산'이 세상에서 자신을 위해 존재하고 또 늘 곁에 있어주기 때문에 더없이 소중한 것이다.

# 이제 내가 바라는 것은

조경희 수필 「이제 내가 바라는 것은」

    기원전 323년 두 사람이 세상을 떠났다. 한 사람은 '고대 마케도니아'와 '세계 정복자'를 연결하면 알 수 있는 인물이고, 다른 한 사람은 '고대 그리스'와 '견유학犬儒學, Cynics파 철학자'를 관련시키면 검색할 수 있는 인물이다. 그 중 한 사람은 알렉산더Alexandros the Great, BC 356~323이고, 다른 한 사람은 시노페의 디오게네스Sinope's Diogenes, BC 412~323이다. 그들이 같은 날 죽어서 하늘나라에 갔다면 어떤 이야기를 주고받았을까? 이러한 이야기가 전해진다.

    알렉산더가 "저승이란 곳은 참 불공평한가 봐. 황제와 거지가 같은 대접을 받으니"라고 하자, 디오게네스가 대꾸했다. "착각 마쇼. 억울하게 죽은 사람은 정작 나요. 당신은 평생 세상을 구걸하며 떠돌았던 거지였지만, 나는 내 고향에서 통 속에 들어가 황제처럼 편히 살았단 말이오."

    두 사람의 신경전은 생전生前에도 있었다고 한다.

스무 살에 왕위에 오른 알렉산더는 마케도니아를 세계 최고의 나라로 만들겠다고 결심하고 그리스, 페르시아, 인도 등으로 정복전쟁에 나섰다. 그가 그리스를 정복하고 코린토스에 머물렀을 때, 정치가나 학자, 예술가들이 그에게 문안인사를 하러 왔다. 그러나 괴짜 철학자로 유명했던 디오게네스만은 찾아오지 않았다. 그때 디오게네스는 작은 통나무를 집 삼아 개들과 함께 살고 있었다. 디오게네스는 흑해 연안의 시노페(현재 터키의 항구도시 시노프)에서 나고 자랐다. 젊은 시절 위조화폐를 만들다가 발각되어 아테네로 망명하기도 했다. 그러한 디오게네스가 견유학Kynikos or Cynics파를 만든 안티테네스Antisthenes, BC 445~365의 제자가 되어 문명을 반대하며 자연적인 생활을 실천한 것이다.

알렉산더는 호기심이 발동하여 직접 그를 만나러 갔다. 소문대로 디오게네스는 입은 옷 한 벌과 지팡이 한 개, 두타대頭陀袋(옷을 넣어 목에 걸고 다니는 자루) 외에는 아무것도 몸에 걸치지 않은 채 통 속에서 살고 있었다. 알렉산더가 디오게네스에게 직접 물었다. "그대가 바라는 것은 무엇이오?" 디오게네스가 귀찮다는 듯이 대답했다. "내 앞에서 비켜주시오. 지금 볕을 즐기고 있는 중이니 태양을 가리지 말아 달라는 게 내 소원이오."

디오게네스의 이런 소원을 듣고 알렉산더는 어떻게 말했을까? '감히 대왕인 나를 무시해'라고 했을까? 아니면 전해오는 이야기처럼 "아무 걱정 없이 햇빛 한 줄기만으로도 즐길 수 있다니, 참으로 부럽군"이라고 했을까? 이야기에 따르면, 무례한 디오게네스를 보고 부하들이 당장 처형해야 한다고 하자, 알렉산더는 "내가 만약 알렉산더가 아니었다면,

디오게네스가 되고 싶었을 것이다"라고 말하며 오히려 신하들을 말렸다고 한다.

여기서 한 가지 재미있는 것은, 디오게네스의 고향 시노페Sinope가 그리스 신화에 나오는 아름다운 '님프'에서 이름을 땄다는 사실이다. 아소포스(강의 신)의 딸 시노페에게 반한 제우스가 그에게 무슨 소원이든 다 들어주겠다며 접근했다. 그러자 시노페는 처녀로 남고 싶다는 소원을 말했고, 이에 제우스가 실망했으나 약속은 약속인지라 그의 처녀성을 지켜주었다. 그렇게 처녀로 남은 시노페가 아폴론과는 함께했고, 파플라고니아의 한 도시에서 아들 시로스를 낳았다. 그 도시의 이름이 바로 '시노페'다. '시로스Syrus'는 키클라데스 제도에 있는 섬 이름이 되었고, 또 시리아의 왕이 되었다. 천문학에서는 '목성'이 제우스(주피터)를 의미하고, '시노페'는 목성의 위성 중 하나로 불린다.


조경희는 수필 「이제 내가 바라는 것은」(『우화』, 중앙문화사, 1955)에서 누군가 자신에게 "무엇을 바라느냐?"라고 묻는다면 작은 '바람' 하나는 말할 수 있을 것이라고 한다. 그는 자신의 '바람'을 이야기하기에 앞서 '디오게네와 알렉산더의 이야기'를 전한다. 그리고 디오게네스의 태도를 "인간 욕망의 극치인 현대 물질문명의 혜택 속에서 살고 있는 현대인의 선망羨望이며 향수"라고 풀이한다. 우리들 대부분이 '더 많은 것'을 바라는 것과 달리, 디오게네스는 "손으로 물을 움켜먹을 수 있는 것을 깨달았을 때 물 떠먹던 그릇까지 버린 무욕주의자"였다면서, 그를 따라할 수 없는 현실을 안타까워한다. 그리스도와 석가모니 같은 성현이 위

대한 이상理想 실현을 욕망한 실천자였다면, 인간 디오게네스는 욕심 없이 살아갈 수 있는 힘의 전형을 보여주었다는 것이다. 조경희는 자신이 그렇게 살 수 없다는 것을 잘 알기에 아쉬웠던 모양이다.

그는 "소원을 말해봐!"라고 하면 "평범한 여자가 되는 거요"라고 말하던 때도 있었다고 한다. 그것은 "어떻게 하면 이름 없는 풀과 같이 아무도 몰라주는 평범한 여자가 될 수 있느냐?"는 바람이었다. 한 예로 땡볕에 땀을 쭐쭐 흘리며 길을 걷게 되면 태양의 광선을 간접적이나마 막을 수 있는 그 무엇을 갖고 싶은 욕망이 자연발생적으로 일어난다면서, 그런 자신을 아무도 책망할 수 없고, '생리적인 바람'을 부끄러워할 필요도 없다고 말한다. 조경희는 소박한 일상인으로서 품게 되는 '바람'들을 아래와 같이 열거한다.

저녁 때 집을 향해 쓸쓸히 걸어가면서 출출한 생각이 들어 마음 맞는 친구들과 한잔쯤 기울이고 싶다.

자기의 일을 마음대로 할 수 있는 조용한 방의 책상이 필요하다.

도서관에 가지 않고도 좋은 책을 많이 읽을 수 있는 자기의 전용 장서藏書가 필요하다.

신사숙녀의 위신을 깨끗이 유지할 수 있는 조촐한 외출복 한두 벌이 있었으면 한다.

현대인의 아름다움을 지닐 수 있는 품 있는 화장품 일습을 갖추고 싶어 한다.

주인의 성격과 취미를 완전히 이해하고 살림의 뒷배를 보살펴 주는 나이 지긋한 아주머니와 여생을 함께 살고 싶어 한다.

특히 남성들은 요리를, 음식 솜씨가 훌륭한 아내를 자랑하고 싶어 한다.

정치와 문학 이야기도 할 수 있고 품 없는 농弄도 지껄이면서 즐겁게 담화할 수 있는 친구가 꼭 있어야 한다.

남성은 여자가 여성은 남자가 늘 남몰래 자기만을 사랑하고 있다는 비밀 하나쯤을 가지고 싶어 한다.

그리고 모든 사람들은 늘 자기가 좋아하는 일을 힘껏 하고 싶어 하고 또 자유로이 일에서 해방이 되었을 때에 지장支障을 받지 않았으면 하는 생활의 보장을 진실로 바라고 있다.

— 수필「이제 내가 바라는 것은」(174~175) 일부

위의 글에서처럼 일상인이 바라는 것은 개인의 작은 소망에서부터 사회적 욕망까지 헤아릴 수 없이 많을 것이다. 이 바람들은 우리 인생에 도움이 될 수 있는 것들이다. 물론 그것이 지나치면 '전복위화轉福爲禍'를 면치 못할 수도 있다. 그래서 조경희는 세계 정복자 알렉산더를 감복感服 시킨 디오게네스보다 지금 살아있는 한국의 디오게네스가 진정 필요하다고 강조한다.

디오게네스는 왜 통 속에서 도를 닦듯이 살아간 것일까? 우리 사회에 이러한 디오게네스가 필요한 이유는 무엇일까? 이에 대해 조경희는 "진정 무엇을 바라는지 생활의 목적도 없이 그냥 살아가는 불쌍한 사람들보다 (현실과) 너무 동떨어지게 살아가는 사람들"에게 필요하기 때문이라고 말한다. 현실적으로 디오게네스를 닮기는 어렵다. 하지만 현실 속에서 가끔 속된 욕망을 버리고 자기만족을 찾으며 살아갈 수 있다면 디

오게네스적 삶을 만날 수 있지 않을까?

잘 생각해 보면 디오게네스가 대단한 사람은 아니다. 오히려 작은 소망 하나를 품고 살면서 행복을 느낄 수 있다면 그것으로 족한 것이 아닐까? 지금 여기에서, 나 자신의 모습을 부끄러워하지 않고, 자신의 삶을 긍정적으로 바라볼 수 있다면 그것으로 디오게네스가 될 수 있을 것이다. "바람"이란 '마음속으로 기대하는 것'을 뜻한다. 그것이 지나치면 문제가 되겠지만, 지금 여기에 적당하다면 아무런 문제가 되지 않는다.

이해인李海仁 수녀가 시에서 "한 톨의 詩가, 사나운 눈길을 순하게 만드는 작은 기도는 될 수 있겠지"(이해인 시「작은 소망」, 『작은 기쁨』)하던 마음이 가슴에 와 닿는다. '이제 내가 바라는 것은' 나의 글 한 편이 누군가의 마음에 닿아 공감을 일으키는 것뿐이다.

여 성 · 산 문 살 롱

# 전숙희

## '다름'을 대하는 자세

해외여행, 생활이 되다
화장하는 여자
4·19의 울림 앞에서
젊은 날의 상처, 뒤돌아보면 그까짓 거

# 해외여행, 생활이 되다

전숙희 수필집 『밀실의 문을 열고』

1960년대 들어 한국문단에는 해외여행을 제재로 한 문학작품들이 빈번하게 발표되었다. 그것은 당시 미국·유럽 등으로 유학이나 이민을 가는 한국 사람들이 늘어나면서, 다양한 분야에서 국제 교류가 이루어지고 변화의 조짐을 보였던 상황과 연결된다. 전숙희田淑禧의 수필집 『밀실密室의 문門을 열고』(국민문고사, 1969)에는 해외여행의 경험들이 적지 않게 실려 있다. 전숙희가 해외로 여행을 하게 된 배경은 개인적 견문을 넓히기 위함도 있었지만, '국제펜클럽대회'나 유학생들을 위한 강연 등에 참석하기 위해서였다. 그 여행에는 당시 한국의 여성 작가들과 동행하는 경우가 많았다. 전숙희의 해외여행지는 미국을 비롯해 독일, 영국, 홍콩 등으로 다양했다. 그곳에서 그는 낯선 경험을 하면서 인간과 삶의 '다름'에 대해 많은 생각을 했다.

수필 「독일의 인상印象」, 「미국을 다녀와서」, 「생활한다는 것」 등의 글에는 작가의 해외여행과 낯선 체험, 생각의 변화 등이 잘 나타나 있다. 그는 여러 나라를 다니고 다양한 사람들을 만나면서, 한국 사람들이 살아가는 모습과 비교하기도 한다. 특히 독일 사람들의 인간성과 삶의 태도, 미국 사람들의 자유로움과 능률적인 생활태도, 영국 사람들의 역사의식 등은 전숙희에게 깊은 인상을 남기기도 했다.

독일 사람들은 우선 인간성이 야하지 않아 좋다. 즉 간사하지 않고 말수가 적은 소박한 서민들이다. 그래서 꼭 할 말만 조용조용히 하고 곁눈을 팔지 않고 자기 할 일만 착착 해 나가는 민족이다. 그러기 때문에 집안도 조용하고 거리도 조용해 모든 일이 능률적이다.

— 수필 「독일의 인상印象」(69) 부분

전숙희는 독일 사람들의 생활방식과 정신을 주목하면서, '2차 세계대전'으로 파괴된 도시가 제 모습을 찾을 수 있었던 힘과 연결하였다. 그러한 생활방식은 독일 사람들의 일상 옷차림에도 나타난다고 하면서, "남자들은 무명이나 린네르 바지에 무명 노우타이"를 입었고, "여자들은 무명 원피스에 하나같이 걷기 좋은 단화나 샌들을 신었다"(「독일의 인상」)고 하여, 그들의 옷이 "일하기 쉽고 세탁하기 좋은 활동복"임을 강조하였다. 또한 그런 옷차림은 독일 사람들의 검소하고 부지런한 생활 태도를 보여준다고 했다.

작가는 독일 여행을 하면서 자녀들에게 편지를 쓴다. "한국도 속히 부흥하려면 독일 사람들처럼 말을 아끼고 부지런히 일만 하되, 우선 식전에 일찍 일어나는 습관"(「독일의 인상」)을 실천해야 한다고. 전숙희가 독일에서 가장 인상 깊게 본 것은 전쟁을 겪은 독일 사람들이 일상을 복구하는 삶의 태도였다. 작가는 독일 사람들의 모습을 보면서 한국 전후 현실의 문제들을 해결할 수 있는 지침서가 될 수 있다고 생각하였다.

독일에서와는 달리 미국에서는 자유로움과 독립적인 삶의 태도를 인상 깊게 본다. 부모가 부농이라 해도 자식들은 새벽부터 일어나 제각기 분업을 한다. 규칙적인 생활과 노동을 하면서 자신의 가치를 스스로 보여주는 것이다. 그러면서 주말이면 이웃들과 파티를 즐기고 사회봉사에도 빠지지 않았다.

전숙희는 'CIT 공대'에 다니는 한국 유학생을 통해 미국인들의 사고방식과 다른 한국 유학생들의 면면에 대해 듣는다. 한국 유학생들이 경제적으로 부모에 의존하는 경향이 많으며, 자기 자신보다 집안에 대해 먼저 이야기한다는 것이다. 그 유학생은 한국 젊은이들의 나약한 정신 상태를 지적하였고 전숙희 역시 공감하였다.

당시 해외여행을 소재로 한 글을 보면 여행지나 그곳 사람들에 대한 새로운 시선이 우선적으로 나타난다. 짧은 기간 동안 낯선 체험을 하기 때문에 작가가 진술하는 내용은 여행지에 대한 비판보다는 새로움에 대한 동경이 많은 부분을 차지할 수밖에 없다.

전숙희는 「생활한다는 것」에서 '생존'과 '생활'은 다르다고 말한다. 그에 의하면 생존은 살아있는 그 자체고, 생활은 생존을 빛내줄 수 있는 욕망이 더해진 것이다. 그는 여행을 보다 나은 생활을 위한 방법이라고 했다. 여행의 낯선 체험은 전숙희에게 '다름'에 대한 시선을 갖게 하였

다. 미국인과 독일인 등 타국 사람과 한국인이 다른 것뿐 아니라, 같은
공간에 사는 사람들끼리도 다르다는 생각을 하게 된 것이다.

생활이란 천층만층千層萬層이다. 동서양을 구별해 볼 때 그렇고, 지식인과
무지식인을 구별해 볼 때 그렇다. 민족과 민족 사이의 색다른 풍습과 생활들,
한 민족끼리도 각기 그 고장에 따라 색다른 생활이 있고, 한 서울 안에서도
각 개인의 경제 상태와 그 지식 정도, 취미 등에 따라 각자의 생활은 제각기
다른 형태와 개성을 지니게 마련이다. 그래서 각 가정에는 가풍이란 것이 있
고 각 개인의 생활에도 특징이 있는 법이다.

— 수필 「생활한다는 것」(121) 부분

'어떻게 생활해야 하는지'를 중요하게 생각했던 전숙희는 그에 대한
대답으로 '외적인 조건보다 마음가짐'이 우선이라고 말한다. 같은 환경
에 살면서도 마음가짐에 따라 생활이 달라지기 때문이다. 여행에서의
깨달음은 전숙희로 하여금 인간의 삶과 차이를 생각하게 했고, 그것은
'어떤 글을 써야 하는지'에 대해 길을 만들어주었다.

# 화장하는 여자

전숙희 수필 「어느 창녀의 죽음」

전숙희는 수필 「어느 창녀娼女의 죽음」(『밀실의 문을 열고』, 국민문고사, 1969)을 통해 사회에서 소외되고 주변적 삶을 살아야 했던 '창녀娼女'에게 관심을 갖는다. 그 배경에는 작가 자신의 집이 낙원동 시장을 지나 파고다공원 뒷담의 '종삼鐘三'이라 불리는 골목 한복판에 있었기 때문이었다. 작가는 골목을 지날 때마다 짙은 화장을 하고 남자들을 유혹하는 여인들을 만나야 했다.

나는 아침저녁 이러한 시장 부근을 오고가며 단돈 10환에 살인이라도 날 것처럼 싸우고 덤비는 무리들, 영양실조 된 어린 것을 등에 업고 팔리지도 않는 야채나 썩은 생선 광우리를 앞에 놓고 어둠이 짙어 오는 파장터에 시름없이 앉아있는 여인네의 시들은 얼굴들, 연지 곤지에 횟되박을 쓴 얼굴로 부끄럼도 모르고 시시덕거리는 술집 색시들, 온갖 서글픈 인간의 이야기들을 읽어야 하는 것이다.

— 수필 「어느 창녀의 죽음」(185) 부분

전숙희가 시장을 지나면서 봐야 했던 여인들은 "10대의 계집애"부터 "사오십대 여인들"까지 있었으며, 생계를 위해 "습습하고 소란한" 현실에 자신을 던져야만 했다. 삶을 위해 자신을 던졌던 여인들, "매음부賣淫婦"들의 모습을 1930년대 시인 오장환은 "괴로운 분노를 숨기"며 "파충류처럼 포복한다"(오장환 시 「매음부」)고 형상화하였다.

오장환吳章煥은 시 「매음부」를 통해 그들의 절망적인 환경을 묘사하였고, 시인 최승호崔勝鎬는 "매춘부"를 욕망의 뒤편에서 상업적으로 이용당하는 "자동판매기"에 비유(최승호 시 「자동판매기」)하여, 자본주의의 희생양이 되고 있는 매춘부의 모습을 그려내었다. 분명한 것은 '몸을 파는 여인'들이 인간다운 삶을 살지 못한다는 것이다. 때문에 그들의 삶은 비극적으로 끝나는 경우가 많았다.

전숙희는 골목의 여인들에게서 그런 모습을 보았다. 어린 아이 둘을 먹여 살리느라 몸을 팔았던 '창녀' 한 명이 길가에 쓰러져 죽은 것이다. 아이들은 죽은 엄마 앞에서 울고, 포주는 그들을 귀찮아하고, 동네 사람들은 강아지 구경하듯 술집 앞에 몰려드는 풍경……. 작가는 그 모습을 보고 집으로 돌아와 두 아이를 위해 몸을 팔아야했던 모성母性을 생각한다.

큰 소리도 내지 못하고 담 밑에 웅크리고 앉아 흐느끼는 그 오누이의 울

음소리가 나는 견딜 수 없이 슬퍼 창문을 닫고 기독교방송국의 때마침 들려
오는 성가聖歌를 틀어 놓았다. 이 착잡한 분위기 속에서, 이 슬프고 괴롭고 억
울한 세상에서 나는 창문을 닫고 귀를 가리고 또 마음 문마저 닫아 버리고,
내가 만든 분위기 속에서만 살아 보려는 이기주의자가 되지 않을 수 없는가
한다.

―수필 「어느 창녀의 죽음」(186) 부분

사회적 약자를 바라보며 연민을 갖지만 현실적으로는 '이기주의자'
가 될 수밖에 없다고 타당성을 얘기하는 작가, 그에게서 무수한 경계를
합당하다면서 공론화시키는 우리들의 모습을 본다.

# 4·19의 울림 앞에서

전숙희 수필「시선視線 닿는 곳」

1950년대 대한민국은 정치인들의 비리와 욕망으로 인해 국가적 위기를 맞게 된다. 대통령 이승만과 자유당 정권은 종신집권을 위해 헌법을 개헌하려 했으며, 정부를 비판하던 『경향신문』을 폐간하기도 하였다. 뿐만 아니라 이승만의 4선을 위해 부정 선거를 진행하였다. 이에 분개한 국민들은 전국 곳곳에서 부정선거에 대한 규탄대회와 민주주의를 지키기 위한 시위를 하였다.

1960년 4월 19일, 서울 시내 대학생들과 고등학생들은 총궐기 선언문을 발표하고, "1인 독재 물러가라" "대통령은 하야하라"를 외치며 중앙청으로 행진하였다. 이 과정에서 학생들과 경찰, 정치폭력배들이 부딪쳤고 부상자가 속출하였다. 이날의 시위에서는 100여 명의 사망자와 450여 명의 사상자가 희생되었다. 이후 이승만은 4월 26일 하야를 선언하였고, 5월 29일 하와이로 도피하였다.

당시의 상황에 대해 작가들은 나름의 생각을 피력하였고, 그 글들은 지금까지도 민주주의 사회를 인식하는 본보기가 되고 있다. 전숙희는 수필 「시선視線 닿는 곳」(『밀실의 문을 열고』, 국민문고사, 1969)에서 1960년 4·19혁명에 대해 체험하고 느끼고 생각한 것을 말했다.

> 4·19의거는 이 나라의 썩어지고 무너진 것을 속속들이 바로잡고 파헤칠 뿐 아니라 우리 마음속에 언젠가 어렴풋이 깃들어가고 있는 불의와 욕심과 허식의 뿌리마저 뽑을 기회를 만들어준 것이다.

— 수필 「시선 닿는 곳」(62~63) 부분

작가는 현실에 절망하고 분노하면서도 4·19의 상황을 쇄신과 변화의 기회로 보았다. 그러면서 작가인 자신을 비롯한 사회적 인텔리들이 어떻게 처신해야 하는지 인지하는 동시에 부정한 정치인의 행위를 비판한다. 정치인의 자격을 비판하고, 그들에 의해 만들어진 법과 경제를 우려하고, 국민을 걱정한다.

작가는 4·19의 실질적인 주체를 젊은이라고 한다. 개인의 욕심을 버리고 민주주의와 국민을 생각했던 젊은이들의 힘이 시대적 위기를 기회로 만들 수 있었다고 했다. 같은 시기에 시를 썼던 시인 신동엽은 시 「아사녀」에서 4·19에 대한 역사적 인식을 보여준다.

아침 맑은 나라 거리와 거리

광화문 앞마당, 효자동 종점에서

항거처럼 일어난 이 새피 뿜는 불기둥의

항거 ……

충천沖天하는 자유에의 의지 ……

— 신동엽 시「아사녀」 부분(『아사녀』, 문학사, 1963)

일제강점기 3·1운동에도 4·19에도 그리고 2016년 11월에도 자유와 민주주의를 외치는 국민의 거대한 목소리는 다르지 않았다. 그 힘의 중심에는 학생을 위시한 젊은이들이 있었고, 그들이 모이는 곳은 '광화문'이었다. 그렇게 오래전부터 '광화문'은 자유와 민주주의의 목소리가 살아있는 상징적 공간이었다.

3·1운동이나 4·19를 직접 경험한 사람들은 시간이 지나면 만날 수 없다. 하지만 작가들이 쓴 글과 역사는 사람들 곁에서 떠나지 않는다. 작가들이 쓴 글에서 우리는 역사를 만난다. 그곳에는 부끄러움도 있고 절망도 있다. 하지만 비극적 역사를 극복하려는 새로운 힘이 있기에 변화가 수반되고 있음을 볼 수 있다. 그렇게 역사는 오늘날을 살아가는 사람들에게 또 다른 길이 되는 것이다.

# 젊은 날의 상처, 뒤돌아보면 그까짓 거

전숙희 수필 「상처투성이의 청춘」

세상 사람들에게는 많은 경계가 있다. 역사, 인종, 언어, 문화, 이데올로기 등에 의해 경계가 만들어지고 그에 의해 소통이 힘들어진다. '다르다'는 것은 다양성의 측면에선 풍성하지만 보이지 않는 벽을 만들기도 한다. 그런 사람들에게 '젊음'은 함께 공유할 수 있는 시간이다. 짧지만 무한한 잠재력이 내재된 질풍노도의 시간, 사람들은 내적 욕망에 도전하다가 때론 상처를 입고 아쉬워하며 젊음을 보낸다. 오히려 내적 욕망에 도전하다 상처를 입고 경험부족인 자신의 모습을 아쉬워한다. 상처에 아파하고, 살아야하기에 견뎌내고, 그렇게 살아가는 것이 인생이다.

젊음은 그냥 그렇게 찾아와 어느새 가버리지만, 그 시간을 보내는 방법은 사람들마다 다르다. 시인 윤동주尹東柱는 일제강점의 현실에서 '젊은 나이에 부끄런 고백'으로 참회의 글을 쓰는 자신을 아파했고, 시인 기형도奇亨度는 1980년대라는 시대의 '안개'(기형도 시 「안개」) 속에서 유약했던 자신의 청춘에 절망하고 외로워했다. 두 시인 모두 이십대의 젊은 나이에 세상을 떠났지만, 그들의 청춘을 기록한 시와 수필들은 후대 인들에게 커다란 위로가 되고 있다. 그렇게 '젊은 날의 상처'는 아픔이자 공감인 것이다.

전숙희는 자신의 젊은 날에 일제강점기, 6·25전쟁, 4·19민주혁명 등을 경험하면서, 자유의 부재와 경제적 곤란 등을 맞아야 했다. 개인의 바람이나 자유, 고민 등을 쏟아내기에 사회는 너무나 불안하였다. 사람들이 일본인에게 발길에 차이고 밥 먹듯 욕을 먹는 것을 자주 볼 수 있었다.

전숙희의 청춘 이야기는 수필집 『밀실의 문을 열고』(국민문고사, 1969)에 실린 글 「상처투성이의 청춘」에 담겨있다. 전숙희의 고민은 "일본 사람들에게 '고라, 빠가!' 하는 욕지거리를 밥 먹듯 들으며 살아야하는 사람들 사이에서 자신은 하이칼라를 하고 영어를 배우고 시나 소설을 읽는다"는 것이었다. 대부분의 사람들이 학대를 받으면서 먹고살기 바쁜데 자신은 예비 인텔리로서 공부하고 있다는 사실을 용납할 수 없을 정도였다. 결국 전숙희는 퇴학을 결심하여 학교에 가지 않았고, 담임이었던 '박마리아 선생'이 가정방문을 와서 설득까지 하였다. 그럼에도 불구하고 전숙희는 '자살'이라는 극단적인 생각을 하게 되었다. 이때의 나이가 열일곱 살이었다.

전숙희가 극단적인 생각까지 하게 된 이유는 비참한 현실에 비해 자신의 상황이 너무 다르기 때문이었다. 현실에 대한 인식과 여린 감성이 조합된 생각들은 급기야 살려고 허덕이는 인간의 모습이 구차스럽다는 페시미즘적 태도로 옮겨간다. 그런 태도는 전숙희로 하여금 극단적인 생각을 갖게 하였고, 죽음을 매혹적으로 느끼게 하였다.

그렇다면 전숙희는 이런 생각에서 어떻게 벗어났을까. 요즘도 젊은 이들 중에는 자기만의 고독에 빠져 힘들어하는 경우가 많다. 그 이유는 달라도 시대에 관계없이 젊음은 아프다. 내재된 힘과 열정이 아픔을 느낄 만큼 쏟아지기 때문이다. 그래서일까, 전숙희는 나이 들어 자신의 생애를 돌아보면서 극단적인 생각을 하던 학창시절을 기쁨과 영광의 시기라고 말한다. 또한 그는 방황과 번뇌의 시기에서 동시에 희망을 보았다고 고백하였다.

전숙희는 "젊은 날의 애정편력"을 상처라고 하였다. 그는 여학교 시절, 이성에 관심을 갖기 시작했다. 전숙희가 좋아했던 사람은 의과전문학생으로 교회에서 찬양대의 지휘를 맡고 있었다. 그 사람에게 편지를 받기도 했지만 아버지가 목사로 있는 교회에서 자신이 연애를 하는 건 비방거리가 된다고 생각하였다. 아버지가 알면 두 사람 모두 쫓겨날 수도 있었기에 전숙희는 편지를 준 남자와 만날 수 없었다. 남녀가 만나는 걸 부끄러움과 수치로 생각하면서 그는 자기가 좋아했던 남자를 멀리하게 되었다. 그러면서도 남몰래 그 남자를 훔쳐보는 이중적 태도를 보였다. 결국 전숙희는 자신을 좋아하는 사람은 멀리하고 자신을 싫어하고 피하는 사람과 인연을 맺을 수밖에 없었고, 그것은 상처투성이로 새겨졌다.

마음의 상처는 전숙희를 더욱 방황하게 했다. 죽음까지 생각하였지만 쉽게 이루어지지 않았다. 아픈 시간을 견뎌내면서 전숙희는 장편소설을 쓰고, 영화제작도 시도하였다.

결혼은 전숙희를 방황과 상처에서 빠져나오게 한 통과의례가 되었다. 결혼 이후 전숙희는 인생에 대해 생각한다. '인생이란 손해 보지 않고 살았다고 해서 행복하지는 않다'고. '때로는 손해를 보고 아픔을 참으며 쓰러지더라도 다시 털고 일어나 살아가는 데 삶의 묘미가 있다'고.

그렇게 전숙희는 젊음에 대해 다시 성찰하였고 깨달음을 얻게 되었다. 실수를 많이 하고 넘어지기도 하지만 젊은 날은 그 자체로 아름다웠다.

남녀의 만남을 부끄러움과 수치로 생각하는 사고방식은 요즘 사람들에게는 공감할 수 없는 부분이기도 하다. 또한 젊음의 상처를 결혼으로 치료하는 것 역시 여성의 정체성이라는 측면에서 보았을 때, 여성 개인의 바람이나 생각이라기보다는 그렇게 살아야하는 시대적 관습이 반영된 경우가 많다. 때문에 이 시대 여성 작가들의 수필을 읽다보면 거의 모든 작가들의 생각과 삶이 비슷하고 상투적으로 나타난다. 그럼에도 불구하고 자신의 삶에 나타난 상처와 갈등과 고독을 외면하려 하지 않은 점은 의미를 두고 읽을 만하다.

전숙희가 자신의 아픔에서 고개를 돌리지 않는 태도는 요즘의 젊은 이들, 특히 상처에 눌려 자기 인생의 주인이 되지 못하는 청춘들에게 지침서가 될 수 있다.

시인 정호승은 「상처는 스승이다」(시집 『사랑하다가 죽어버려라』)라는 시에서 "상처에서 흐른 피가 뿌리를 적신다"고 하였다. 청춘의 상처들은 아픔과 눈물을 주지만 그로 인해 삶에는 여러 갈래의 길이 만들어진다. 지긋이 나이 들어 그 길을 산책하다 뒤를 돌아보았을 때 젊은 날 만들어진 상처는 어느새 자신의 그림자가 되어있음을 발견하게 될 것이다.

# 임옥인

## 여성의
## 현실과 미래에
## 대한 관심

여성의 매력
여성살롱
대학생에게 전하는 말
만년필 이야기

# 여성의 매력

임옥인 수필집 『문학과 생활의 탐구』

1960년대 여성의 변화는 외적인 모습에서 가장 뚜렷하게 나타났다. 복잡한 무늬의 옷을 즐기는 여성들이 많아졌고, "나이롱, 옥당목, 모직, 포푸린, 비로도, 우단 등의 포목들"(「여성과 복장」)이 쇼윈도에 범람하였다. 한복에서 양장으로 옷의 재질과 미관이 다양하게 바뀌기 시작했고, 사람들은 자신의 기호에 맞춰 옷을 골라 입었다. 거리에는 전통 복장을 입은 사람들과 양장을 입은 사람들이 뒤섞여 있었다. 또한 하이힐과 미니스커트를 입는 여성들이 늘어났고, 몸에 맞는 옷을 입기보다 멋진 옷에 자신을 맞춰 가며 옷을 입는 사람들이 많아졌다. 이러한 외적 변화를 위해 여성들은 일상생활의 불편함을 감수해야 했다. 임옥인林玉仁은 작위적인 '미美'를 비판하면서 여성들에게 필요한 매력을 이야기한다. 특히 수필집 『문학과 생활의 탐구』(대한기독교교육협회, 1966)에서 그는 여성의 외모와 내면의 아름다움을 연결한다.

나의 교원 시절 동배인 그는 옛날 미혼 시절에도 소위 멋을 아는 새로운 감각의 주인공이었다. 그의 몸차림의 특색은 각선과 신발 사치에 있었다. 자기의 특징을 살리는 것이 멋을 아는 현명한 방법이라 들었는데 그는 뽑은 듯한 자기의 체격과 가냘프면서도 혈색 좋은 얼굴을 살리기 위해서 오히려 치중의 중점을 그 미끈한 다리에 두는 듯싶었다. 짙은 살빛의 실크양말에 최신식의 중힐의 구두. 그의 걸음걸이는 언제나 유쾌한 율동이었다. 뒤에서 보는 경쾌함, 앞으로 보는 기품! 수수한 옷감으로 조화된 몸차림은 드물게 보는 교양미를 나타냈던 것이다.

— 수필 「여성과 매력」(49) 부분

작가는 "교원 시절 동배"의 "짙은 살빛의 실크양말에 최신식의 중힐의 구두"를 신은 경쾌한 걸음걸이와 "수수한 옷차림"을 보면서 교양미를 보았다고 했다. 임옥인은 여성이 나이에 따라 나타내는 아름다움이 다르다고 했으며, 그것은 육체적인 조건보다 정신력과 생활에 연관이 있다고 하였다. 특히 여성의 아름다움은 표정과 미소에 드러난다고 하면서, 낯선 외국 여성이 보여주었던 미소를 언급한다.

"가슴이 다 훈훈해집디다. 거 여성의 미소란 참 좋은 거더군요. (…중략…) 그게 그 사람들의 에티켓이거든요. 모르는 사람과도 시선이 마주치면 알은 체를 하는 것, 미소 짓는 것 말씀이에요." (…중략…) 나는 속으로 생각했다. 한국의 남성은 여성의 부드러운 미소에 굶주리고 있다는 것을. (…중략…) 미소를 지을 수 있는 표정이란 따뜻한 심정에서만 우러나올 수 있거니와 또한 생활의 습성 다시 말하면 훈련에서도 빚어질 수 있는 것이다.


— 수필 「여성과 미소」(47~48) 부분

　어떤 화려한 장식보다 여성을 아름답게 만드는 것이 '미소'라고 작가는 생각한다. 그것은 짧은 미소에서도 긍정정인 생각이나 기쁨을 표현할 수 있기 때문이었다.

　천상병千祥炳 시인은 시에서 기쁘다는 게 무엇인지 물어보면서, "허나 난 웃을 뿐"(천상병 시 「기쁨」)이라고 하였다. 이유나 조건 없는 웃음, 그저 좋아서 웃는 마음, 그것이 천상병 시인의 "기쁨"이었다. 천상병 시인의 삶에는 '웃으니까 기쁘다'는 말이 우선되었던 것이다.

　인간관계가 복잡해지고 매체가 늘어날수록 '자연스런 웃음'이 궁색해질 수 있다. 마음 그대로 서로를 대하는 것이 아니라 온갖 조건과 욕망들이 복잡한 관계를 만들기 때문이다. 임옥인이 "여성의 매력"으로 "미소"를 강조한 것은 여성뿐 아니라 모든 사람들의 자연스러운 모습을 보고 싶다는 바람이기도 하다.

# 여성 살롱

임옥인 수필 「알뜰한 공감의 광장」

임옥인은 『동아일보』의 코너인 '여성살롱' 애독자였다. 1961년에 여성을 위해 기획되었던 『동아일보』의 인기 코너 '여성살롱'에는 일반인들의 살아가는 이야기가 실렸으며, 글을 올리는 사람들은 대개 주부들이었다. 기사 내용들은 일상적이고 구체적이었는데, 교통사고가 난 이야기를 비롯해 잃어버린 가방을 다시 찾게 된 사정, 아픈 아이 이야기, 실직한 아버지와 우울해하는 어머니의 이야기 등이 그 실례였다. 요즘의 TV 프로그램인 〈아침마당〉(KBS)에 일반인들이 출연해서 살아가는 이야기를 하는 것과 크게 다르지 않다.

이 글은 『동아일보』의 '여성살롱'을 애독하던 임옥인이 기사들에 대한 감상을 게재한 것이다. '여성살롱'에 글을 올린 주부들이나 구독하는 여성들에게 작가 임옥인의 글은 새롭고 반가웠을 것이다. 다음 글은 임옥인이 1963년 12월 26일 『동아일보』 '여성살롱'에 게재한 글이다.

투고자의 종별로 보면 주부 미혼 여성 직업여성들이며 그 다루어온 내용을 살펴보면 가정 살림의 애환을 엮은 것이 가장 많다. 가난한 살림의 딱한 하소연과 의견을 제시한 물질면과 부부간의 내면생활을 파헤쳐 보인 감정면이 그것이다. 그 중에는 「새삼스러워지는 공부의 목적」, 「행복은 걸맞는 부부라야」, 「눈뜨고 속는 저울」 등등 각 방면으로 독자의 절실한 공감을 불러일으키는 글이 많았다. (…중략…) 이런 주부들의 기록을 통하여 서로 경험과 의견을 나눌 수 있으며 또한 남성들에게는 여성을 이해하는 데 큰 도움이 되리라고 믿는다.

— 수필 「알뜰한 공감의 광장 – 일 년 동안 여성살롱을 읽고」(190) 부분

위의 글에서 임옥인은 '여성살롱' 독자의 성향을 분류하면서 인상 깊었던 글에 대해 말하고 있다. 자신은 주부들의 글에 공감하였으며, 여성들의 글쓰기가 발전할 가능성이 있다고 언급한다. 실제로 『동아일보』에서는 1966년부터 '주부백일장'을 개최하여 여성들의 글쓰기를 진작시키는 데 앞장서기도 했다. 이런 측면에서 '여성살롱'은 신문의 작은 코너지만 여성의 글쓰기 열정을 돋우는 데 일조했다고 할 수 있다. 또한 1975년부터 MBC 라디오에는 〈임국희의 여성살롱〉(이후 '여성시대'로 바뀜)이라는 프로그램이 생겼다. 이는 각종 매체들에서 여성의 일상에 귀를 기울였다는 것을 의미한다.

임옥인은 '여성살롱'에 실렸던 글에 대해 공감하는 점과 자신이 얻은 것들을 적고 있다. 그것은 동시대 여성들의 목소리를 듣는 방법이었으며, 여성들과 소통에 필요한 부분이기도 했다.

'사고하는 여성은 생활을 창조한다' 나는 이들의 모습에서 이러한 결론을 얻을 수가 있었다. 그동안 특히 독자들의 관심을 모았던 「웃어볼 수도 없구나」는 만인에게 공감을 가져왔던 것이다. 그러기에 글이란 인간의 모습이요, 진리의 표현이라야 하는 것임을 입증한 셈이다. 솔직 대담하면서도 절도를 넘지 않고 찬찬하고 알뜰하면서도 저속하지 않은 모습을 느낀다.

— 수필 「알뜰한 공감의 광장」(191) 부분

임옥인의 수필집 『문학과 생활의 탐구』(대한기독교교육협회, 1966)에는 의식주에 관한 이야기나 무심코 지나칠 수 있는 일상을 서술한 글도 여러 편이다. 그 중에 흥미로운 글이 있어 소개한다. 긴 머리카락을 자른 순간의 심리적 변화와 잘라낸 머리털에 대한 고향의 풍습, 자신의 "두발관" 등을 담고 있는 글이다. 아래 글에서 작가는 개화기 선구적 여성들의 단발머리를 '인습 타파'와 연결하면서 자신의 짧은 머리에 대한 아쉬움을 덜어내기도 한다.

남달리 머리털을 가꾸며 길러오던 내가 오랜 병석에서 용단을 내어 잘라 버렸다. 자른 머리털은 뭉쳐보니 꽤 묵직한 큰 다발이다. 그것을 바라보면서 나는 나의 분신分身을 느꼈다. 어릴 때 배냇머리가 유난히 노랗기 때문에 어머니께서 자주 자주 깎아주시며 좀 더 검은 머리, 좀 더 숱 많은 머리털이 나주기를 기다리시던 일을 기억한다. (…중략…) 이십 대에 머리털의 숱을 쳐서 다리 꼭지를 만들었는데 그것을 '젖먹은 값'으로 어머니께 드렸다. (…중략…) 개화기의 선구 여성 몇 분이 과감하게 단발했던 일은 지금 생각해도

통쾌하다. 일체의 인습을 떨쳐 버리고 간편한 길을 택했던 것은 그만큼 용단
이 필요했을 것이라고 생각하고 감탄을 금치 못한다.

— 수필 「장발長髮을 자르고」(63~64) 부분

'여성살롱'의 이야기를 들으면서 소통했던 사람들, 그들에게 중요한
건 누구에겐가 '내 이야기를 할 수 있다', '나와 같은 삶을 사는 사람이
있다' 등을 확인하고 공감하는 것이었다. 그것은 거대한 이벤트를 필요
로 하는 게 아니었다. 소소한 일상의 나눔, 그 공간이 필요할 뿐이었다.

세상의 힘든 일에 대한 위로를 일상의 삶에서 찾고자 했던 사람들,
1980년대 이후 한국여성문학에 확대되었던 '일상성'이라는 키워드는
1960년대 여성들의 작은 이야기에서 이미 형성되고 있었던 것이다.

# 대학생에게 전하는 말

임옥인 수필 「이상을 품으라 ─ 첫 걸음」

'대학생이란 무엇인가'라고 질문했을 때 선뜻 답할 수 있는 사람들은 많지 않다. 단순하게 대답하면 대학생은 '대학교에 진학한 사람'이다. 하지만 그 대답은 일차적일 뿐, 대학생의 정체성에 대해 충분히 설명하지 못한다. 대학생들 스스로도 '대학생으로서……'라는 선택 조항과 자신을 연결하다 보면 대답에 잠시 주저하게 된다.

역사를 돌아볼 때 불의에 저항하고 개혁에 앞장섰던 사람들은 늘 젊은이였다. 다수의 젊은이들이 통과의례로 대학을 선택하는 경우가 있기에 대학생에 대한 이야기는 젊음에 대한 정체성과 크게 다르지 않다.

임옥인은 「이상理想을 품으라」(『문학과 생활의 탐구』, 대한 기독교 교육협회, 1966)에서 특별히 여대생들을 향해 많은 조언을 하고 있다. 작가의 조언과 충고는 다섯 가지 부문으로 나누어진다.

첫째, 자기가 선택한 학과에 대해 이미 선택한 것이므로 그 토대를 쌓아야 한다. 현실적으로나 심적으로 어려운 일이 있겠지만 극복해야 한다. 자신이 방황하는 동안 다른 사람들은 여러 가지 노력을 하고 있을 것이다.

둘째, 대학생은 무엇보다 진지하게 공부하여 내적으로 성숙해지는 것이 필요하다. 한국 사회에서 여대생이라 하면 그것만으로도 행복한 생활을 할 수 있는 위치에 있다. 때문에 겉모습에 취하기보다는 지성의 미를 쌓는 노력이 중요하다.

> 퀴리부인 전에서 인상에 남는 대목이 여러 군데 있지만 가난하고 외로우면서도 다시 없이 청초한 지성知性의 멋이 있었던 것을 기억합니다. 다양다채한 화려한 멋보다 아카데믹한 멋을 지니게 된다는 것은 대학 사회의 여성미가 아닐까 합니다.

—수필 「이상理想을 품으라 – 첫 걸음」(243) 부분

셋째, 4년의 세월은 빠르게 흘러간다. 공부하는 즐거움뿐 아니라, 친구들과의 교제, 주말 데이트, 클럽활동, 취미생활, 방학 등을 유익하게 하고, 강렬한 취미를 만들어 즐거운 생활을 가져야 한다. 캠퍼스의 행사에도 적극적으로 참여하면서 새로운 기회를 만들다 보면 대학생 이후의 생활에서도 자신감을 갖는 토대가 될 것이다.

넷째, 무엇보다 이상理想의 등불을 켜야 한다. 현재의 어려운 일은 그 것을 이겨내겠다는 용기가 있을 때 힘을 갖게 된다. "내가 무엇을 하고 싶고 무엇을 해야 한다"는 목적의식이 뚜렷해야 하는 것이다.

이상을 안고 매일 매 시간을 항상 처음의 결심 처음의 겸손으로 탑을 쌓아 올릴 수 있다면 인생은 당신의 것입니다. 무거운 짐이라도 가볍게 질 수 있는 의기를 가질 수 있다면 인생은 내 것입니다. 프랑스의 국보라고 불리어지는 말그리트 론 부인은 팔십 평생을 살아 세계적인 피아니스트로 명성을 날렸 으면서도 성공한 비결에 대해서 이렇게 대답하고 있는 것입니다. "항상 지금 이 스타트라고 생각하고 있는 것이겠지요. 그렇게 생각하기 위해서는 성실 하고 겸허해야 되겠지만 이건 어려운 일이 아닐 수 없습니다."

— 수필 「이상을 품으라 − 첫 걸음」(245~246) 부분

다섯째, 무슨 일이든 처음에는 조심스럽고 힘이 든다. 그러다 어느 정 도의 궤도에 이르면 만심慢心이 생겨 게으르기 쉽고 팽개치는 경우가 허 다하다. 영원한 청춘을 갖기 위해서는 자신의 목적에 대한 끊임없는 의 욕과 매진이 필요하다.

글의 마무리에서 임옥인은 여대생의 바람직한 미래를 "알뜰한 아내, 어진 어머니"로 귀결시킨다. 여성으로서 고등교육을 받는 것이 '현모양 처賢母良妻'로 마무리되는 한계는 21세기 여성들에겐 낯설기도 한 것이 사실이다. 하지만 당시 사회 정서와 여성들의 인식은 '현모양처'라는 결

론에 크게 반기를 들지 않았다. 임옥인뿐 아니라 대부분의 여성작가들이 여성의 새로운 변화를 바라다가도 결론은 가정에 충실한 여인이었다. 아내와 어머니의 역할에 한정시켜두는 사회적 의식이 당시 여성작가들 글의 일관된 결론이었다.

1980년대에 이르러 유교적 가부장제에 대항하는 '페미니즘'이 여성운동으로 등장하면서 여성인식이 새롭게 형성되었다. '현모양처인 여성'에서 '사회활동을 하는 개인'으로 여성의 정체성이 변화한 것이다. 1996년 출간된 신현림申鉉林 시인의 시집 『세기말 블루스』에는 여성의식의 변화가 확연하게 나타난다. 다음의 시를 보면 임옥인의 글에 나타난 생각과 차이가 있음을 알 수 있다.


여류가 뭐야? 이쑤시개야, 악세사리야?

여류는 화류란 말의 사촌 같으니

여자라는 울타리에 가두지 마 폄하하지 마

— 신현림 시 「나의 시」 부분(『세기말 블루스』, 창작과비평사, 1996)


임옥인이 여대생에게 바라는 것은 '지성'이었고, 그것은 '현모양처'가 되기 위함이었다. 반면 신현림은 한국 사회의 유교적 가부장제를 탈피하여 여성들에게 '개인'으로서의 정체성이 우선되어야함을 강조하고 있다. 이렇듯 한국 여성작가의 인식 변화는 한국 사회의 여성 정체성에 대한 변화와 흐름으로 나타나고 있다.

# 만년필 이야기

임옥인 수필 「만년필 이야기」

문화文化는 '글자로 된 세계'를 수용하면서 형성된다. 그런 관점에서 볼 때 어린 아이들이 글자를 배우기 위해 손에 쥐는 연필은 문화적 존재가 되는 과정에서 만나는 중요한 사물이라고 할 수 있다(함돈균, 『사물의 철학』). 아이가 잡았던 연필은 성장하면서 글자를 쓰기 위한 다른 도구로 바뀐다. 만년필은 그 중의 하나로 비교적 성인이 되면서 갖는 경우가 많다. 특히 작가들은 만년필로 글 쓰는 것을 좋아한다. 시인 박인환, 시인 김지하, 소설가 황석영, 소설가 박완서 등의 작가가 만년필로 작품 쓰기를 즐겼다는 것은 잘 알려진 이야기다. 뿐만 아니라 컴퓨터가 등장하기 전, 작가들의 글에는 만년필을 제목이나 소재로 한 글들이 빈번하게 등장한다. 물론 시대가 변하면서 글을 쓸 수 있는 도구는 타자기에서 컴퓨터로, 스마트폰으로 바뀌었다.

어쩌다 시인이나 소설가가 만년필로 필사筆寫한 작품들이 시집이나 소설집에 실리는 경우가 있다. 요즘 사람들에게 그 작품은 작가의 직접적인 분위기를 전달할 수 있을지는 몰라도 낯설게 느껴질 수도 있다. 그렇게 글도 도구도 작가도 과거의 시간 속에 묻혀 사라지는 것이 인생이고 문학이다.

임옥인의 수필집 『문학과 생활의 탐구』(대한기독교교육협회, 1966)에도 「만년필 이야기」라는 글이 있다. 임옥인은 만년필을 아끼는 마음을 피력하고 있다. 자신이 만년필을 좋아하게 된 것은 문학 작품을 쓰면서 비롯되었다고 한다.

> 우리의 어머니들이 바늘과 실을 손에서 놓지 않고 소중히 다루었듯이 한글 첫 자를 배우기 시작한 그날부터 내 손에는 종이와 연필이 놓일 사이가 없었다. 그 동안 가사에 골몰한 시절에도, 교편을 잡던 시절에도 항상 만년필은 나의 소중한 연장이요 벗이 되어 왔다.
>
> — 수필 「만년필 이야기」 (282) 일부

임옥인의 글 중에 「바늘」(『문학과 생활의 탐구』)이라는 수필에서는 대부분 여성의 취미로 바느질을 언급했다. 바느질을 통해 '어지러운 영혼'을 정화시킬 수 있다고 하면서, 우리 여성들의 '감정과 생활'이 바느질과 함께했음을 말했다. 그러나 바느질의 생활은 어머니 대(代)와 달리 임옥인에 이르면서 공부하는 생활로 변화가 있었다. 때문에 그의 손에는 연필이 더 많이 쥐어졌다.

요즘 여성들에게 바느질을 취미로 하느냐고 물어보면, 대부분은 관심을 두지 않는다 할 것이다. 옷 수선이 필요하면 수선 집에 맡기면 되고, 직업이 아니라면 바느질 하는 시간에 자기 나름의 보다 생산적인 일을 하겠다고 대답하는 경우가 많다. 임옥인이 자신의 어머니와 다름을 느꼈듯, 요즘 사람들에게 바느질은 할머니가 담가주신 된장처럼 되었다. 이렇게 여성의 주위에 있는 사물들은 그 쓰임새와 더불어 의미도 바뀌고 있다.

임옥인은 자신의 만년필을 "생계와 취미"를 위한 연장이며 일꾼이라고 하였다. 작가로서 원고를 쓰고 그것으로 벌이가 되는 사실은 임옥인에게 기쁨이었고 즐거움이었다. 이로 인해 글을 쓰고자 하는 욕망은 더 커질 수밖에 없었다.

임옥인이 무엇보다 아끼던 만년필을 두어 번 분실한 일도 있었다. 다방이나 학교에서 만년필을 잃어버리고 허겁지겁 찾아다니기도 했고, 잠시나마 남의 손에 쥐여지는 것도 싫은 까닭에 예민해지기도 하였다. 그 만년필은 '문학콩쿨 심사' 때 이름을 조각해 받은 선사품이었던 것이다. 임옥인은 만년필에서 나오는 잉크 한 방울을 자신의 땀과 피라고 하며 어떤 장신구보다 아꼈다.

글을 쓰기 위해 우선적으로 챙겼던 연필과 만년필은 디지털 시대가 되면서 '컴퓨터'라는 도구로 바뀐다. '쓰다'는 말보다 '클릭한다'는 말이 익숙해진 세상에서 시인 이원은 소리 낸다, "나는 클릭한다 고로 나는 존재한다"(이원 시집 『야후!의 강물에 천 개의 달이 뜬다』)라고. 컴퓨터는 다시 휴대폰으로 스마트폰으로 바뀌었으며, 달라지는 스마트폰의 운영 체제에 적응하느라 사람들은 한층 수동적인 존재가 되어가고 있다.

　도구가 빠르게 움직이고 변화함에 따라, 사람들은 한편의 글에 자신을 담는 일에서 멀어지고 있다. 때로는 글을 쓰며 자신을 찾고 싶다고 여행을 떠나지만 정작 일상의 풍경과 살아있는 냄새와 느낌을 놓쳐버리는 사람들, 자연의 풍경을 스마트폰에 담으면서 환호를 지르는 사람들 앞에서 문학은 의미를 상실하고 있다.

　앞으로는 손을 필요로 하지 않고 음성 인식에 의한 스마트폰과 운전자 없는 전기 자동차가 보편화될 것이라 한다. 태어나고 죽는 자연의 본질을 지닌 사람이 문명에 적응하고 편리함에 도취되다 보면 '일상'과 '자연'은 더욱 특별한 의미를 지니게 될 것이다. 아직까지는 소유할 수 있고 쉽게 볼 수 있지만 곧 낯설어질 수 있는 대상들, 그때 김소월과 윤동주와 김수영의 시는 어떻게 다가올까.

　프랑스의 철학자 장그르니에는 '냄새'와 '향수'를 구분하면서 냄새는 의도적이지 않지만 향수는 의도적이라고 말했다. 냄새는 "적응하기와 방향 짚기에 도움이 되는 어떤 반응을 불러일으킨다"고 하였고, 향수는 "의도적이고 개인적인 매력으로 문명국의 전유물"이라고 하였다.(장 그르니에『일상적인 삶』)

　냄새를 우리 주변에 있는 자연과 풍경, 사람들의 일상에 비유한다면, '향수'는 냄새를 맡고 자기만의 방식으로 쓴 글에 비유할 수 있다. 향수는 자연물이 있어야 만들어진다. 즉 자연물을 인공적으로 만든 것이다. 사람들이 쓰는 글 역시 사람에 의한 것이어야 한다. 그들의 냄새가 살아 있는 것이어야 한다.

　임옥인은 한 자루의 만년필을 애지중지했다. 그것은 만년필로 쓴 자기 글에 대한 애정이었다. 그는 글이 만들어질 수 있는 이야기와 사람, 사물, 사소한 일상의 풍경 등을 세심하게 관찰하였다. 어머니가 생활화했던 바느질, 길거리 여성들의 변화하는 모습, 하물며 버스 안에서 자신이 들었던 욕지거리까지 버리지 않고 글의 모티프로 챙겼다.

문명의 발전과 더불어 사라지는 사람 냄새, 그럴수록 비대해지는 욕망들, 그것들 속에서 견뎌내야 할 삶과 문학, 그 본질이 어디에 있는지는 우리들 자신이 끊임없이 묻고 답해야 할 것이다.

# 노천명

## 일상과의 만남, 치유되는 상처

명동 나들이
이름 없는 여인이 되지 못하여
슬프고 정겹고 향기가 나는 글

# 명동 나들이

노천명 수필집 『나의생활백서』

1950년 한국전쟁이 휴전협정(1953년 7월 27일)으로 마무리되자 타지로 피난했던 사람들은 제 고향을 찾아갔다. 노천명盧天命은 부산으로 피난하였다가 서울로 귀경하였다. 황해도 장연이 고향이었던 노천명에게 서울은 학교를 다니고 작가로 활동하면서 시인으로 이름을 알린 제2의 고향이었다. 노천명은 수필집 『나의생활백서』(대조사, 1954)에 실린 「서울 체류기」, 「서울에 와서」, 「서울은 이러난다」, 「서울은 멀리서」 등의 글에서 한국전쟁의 체험부터 서울로 돌아온 이후의 생활과 심경을 서술했다.

부산 피난지에서 지하실 합숙소의 힘겨운 생활을 하기도 했지만, 노천명은 글을 쓰는 것으로 육체적 고통을 이겨낼 수 있었다. 얼마 지나지 않아 지인의 도움으로 판잣집을 얻었고, 그곳에서 노천명은 절박했던 글을 쓸 수 있었다. 전쟁이 일단락되자 노천명은 서울로 돌아가 친했던 사람들을 만나고 싶었다. 그 중에는 글을 쓰는 작가들이 많았다.

기대와 함께 돌아온 서울에서 노천명이 처음 본 것은 폐허의 풍경이었다. 사람들은 대부분 없어졌고 남아있는 집들에는 음산함만 가득했다. 그때 얼마 지나지 않은 한 편의 기억이 그의 뇌리를 스쳤다. 흩어진 가족끼리 목청 높여 서로를 찾아 헤매던 모습, 총탄이 터지는 건물 옆에서 팔다리를 잃거나 목숨을 잃은 사람들, 그들은 끔찍한 현실에 던져진 채 넋을 잃고 있었다.

노천명은 「서울 체류기」에서 서울을 '유정有情한 곳'이라 했다. 그것은 사람들이 있기에 가능했다. 전쟁으로 부서진 건물들은 복구하면 되겠지만, 사라진 사람들의 빈자리는 쓸쓸함만 가득했다. 폐허인 서울이 예전의 모습을 찾으려면 국수장수에서부터 말썽을 부리던 사람들까지 돌아와야 했다. 그렇게 일상의 모습들이 회복되어야만 했다. 상실의 아픔이 가득한 폐허에서 사람들은 사소한 것들까지 기억하고 그리워하였다. 그저 살아야했기에 만신창이가 된 도시에서 사람들은 전쟁의 상흔을 짊어지고 안간힘을 쓰고 있었다.

노천명은 낯선 공간으로 바뀐 서울에 적응하려 노력하였고, 일과처럼 명동에 있는 '문 다방'에 나갔다. 그는 자신이 가는 다방에 대해 "개인의 '팔라palla'(그리스풍의 대형 숄) 비슷한 감感"(「서울체류기」)을 준다고 했다. 당시 서울의 빈터에는 '다방'이 무수히 생겨났다. 다방은 피난 갔다 돌아온 사람들이 모이는 대표적인 장소였다. 아는 사람 없는 도시에서 다방은 자신만의 시공간을 만들 수 있는 곳이었으며, 더불어 소통의 공간이었다. 전쟁으로 인해 끊어졌던 사람들의 소식을 들을 수 있었고,

부산 피난지를 떠나 귀경한 사람을 만날 수도 있었다. 사람들은 다방에서 만나 "어제 왔습니다, 내일 내려가겠습니다." 라는 인사말들을 나누기도 했고, 그런 중에 귀경한 사람들에게서 피난지였던 부산의 소식을 듣기도 했다.

노천명은 다방에 가서 주로 차 한 잔을 시켜놓고 창밖을 내다보았다. 폐허뿐인 바깥을 보면서 전쟁으로 날아가 버린 추억들을 떠올리다 보면, 그의 이웃과 친구들이 생각나곤 하였다. 그들이 없기 때문에 노천명의 서울 생활은 적적할 수밖에 없었다. 노천명이 기억하는 예전의 다방은 사람들이 "정답게 마주 앉아 한 잔의 따끈한 커피를 마시며 무겁지도 않고 나쁠 것도 없는 얘기들을 주고받던"(「서울은 멀리서」) 공간이었다. 그 풍경을 그리워하며 매일 다방을 찾아가지만 그곳 역시 전쟁의 흔적을 지울 수 없었다. 노천명은 서울의 빈터에 가득한 황량함과 공포감을 느끼기도 했다. 그러한 공포는 때때로 피난지였던 부산으로 돌아가고 싶다는 생각을 갖게 할 정도였다. 하지만 이런 시간은 노천명을 비롯해 전쟁을 겪었던 모든 사람들에게 통과의례처럼 지나고 있었다.

깨진 건물들은 복구되었고, 물건을 파는 장사들의 목소리와 물건 값을 흥정하는 부인네들의 목소리도 골목을 채워갔다. 서울은 다시 북적이기 시작했고 사람들은 활기를 찾아갔다. 노천명은 사람들이 일상을 되찾아가는 모습을 보며 깊은 곳에 담겨있던 '희망'이라는 말을 꺼냈다. 그가 쉽게 지나치고 있었던 사소한 것들이 전쟁의 상처를 치유하는 힘이 될 수 있음을 깨달은 것이다.

사람들은 공산오랑캐가 두 번씩이나 달려들었어도 언제 그랬냐는 듯이 북악산 모양 태연하게 오늘 또 이 거리에서 조용히 인생을 말리고들 있는 것이다. (…중략…) 하늘의 별처럼 자녀들을 많이 낳고 이 땅에 퍼져서 깊이 뿌리를 내리며 살면 되는 것이다. (…중략…) 수도 서울의 아침이 이처럼 맑지 않으냐 할아버지는 비를 들고 나와 마당을 쓸고 지나가는 청년은 아름답게 인사를 하지 않느냐.

— 수필 「서울은 이러난다」(70) 부분

서울의 모습은 빠르게 변했고, 그 변화에 맞춰가는 사람들의 삶은 욕망으로 인해 다시 일상의 소중함을 잊어 갔지만, 노천명의 일과인 명동 나들이는 계속되었다. 명동 다방에서 자신만의 시간을 갖고 세상을 바라보았던 노천명, 그의 일상은 작가였다.

# 이름 없는 여인이 되지 못하여

황해도 장연, 북간도의 용정·이두구·연길, 부산의 동대신동·서대신동·대청동, 서울의 체부동과 현저동·누하동, 이곳에는 한 여성 시인의 자취가 배어있다. 그 시인의 이름을 떠올리면 "모가지가 길어서 슬픈 짐승이여"라는 시 「사슴」의 첫 구절이 생각난다. 일제강점기와 한국전쟁의 역사적 소용돌이를 겪으면서 '친일'과 '부역'에서 자유롭지 못했던 그는 "어느 조그만 산골로 들어가 이름 없는 여인이 되고" 싶다고 했다. 그가 바로 노천명盧天命이다.

5천 1촌 5푼 키에 2촌이 부족한 불만이 있다. 부얼부얼한 맛은 전혀 잊어버린 얼굴이다. 몹시 차 보여서 좀체로 가까이하기 어려워한다.

그린 듯 숱한 눈썹도 큼직한 눈에는 어울리는 듯도 싶다마는……. 

전시대前時代 같으면 환영을 받았을 삼단 같은 머리는 클럼지clumsy한(어설

픈) 속에 예술품답지 않게 얹혀져 가냘픈 몸에 무게를 준다. 조그마한 거리 낌에도 밤잠을 못자고 괴로워하는 성격은 살이 머물지 못하게 학대를 했을 게다.

꼭 다문 입은 괴로움을 내뿜기보다 흔히는 혼자 삼켜버리는 서글픈 버릇이 있다. 삼 온스의 살만 더 있어도 무척이나 생색나게 내 얼굴에 쓸 데가 있는 것을 잘 알건만 무디지 못한 성격과는 타협하기가 어렵다.

처신을 하는 데는 산도야지처럼 대담하지 못하고 조그만 유언비어에도 비겁하게 삼간다. 대⟨竹⟩처럼 꺾어는 질지언정

구리모양 휘어지며 꾸부러지기가 어려운 성격은 가끔 자신을 괴롭힌다.

— 시 「자화상」 전문(『산호림』, 한성도서주식회사, 1938)

시 「자화상」에 비친 노천명은 자기 자신에 엄격한 이성적 모던여성이다. 하지만 시 「사슴」이나 「이름 없는 여인이 되어」 등에서 그는 현실타협적이고 서정적인 자신의 나약함과 나르시스적 성격을 고백한다.

수필 「나의 20대」에서 그는 "이 나라엔 하나밖에 없었던 여자 최고 학부를 나오자 모 신문사에서 금방 데려갔고 여기서 일을 하는 한편 나는 나이팅게일이 노래로 토하듯이 쉴 새 없이 시를 토했"다고 기자 겸 시인으로서의 자부심을 밝혔다. 당시 이화여전을 나와 기자와 시인으로 활동했다는 점에서 그는 분명 지성을 겸비한 모던여성이었다. 노천명은 『조선중앙일보』 학예부 기자에 이어 『여성』 잡지와 『매일신보』, 『부녀신문』 등에서 언론인으로 활동하였다. 전쟁 때는 부역혐의로 투옥

되었다가 1951년 특별 사면을 받았고, 이후 공보실 중앙방송국에서 일하며 생을 마감하는 날까지 글을 썼다.

모던여성 노천명의 '마음의 소리'는 수필들에서 친근하게 읽을 수 있다.

비록 깡통일망정 꽃을 꽂아놓아야만 견디겠다. 사람은 이렇게 가진 것도 없이 채릴 것도 없이 오늘 있다 내일 버리고 떠나가도 아깝지 않게 하고 사는 것도 또 나쁘지 않겠다. (전쟁을 겪으면서) 정말 살림하는 식이 사변 이후엔 간편해졌다.

보고 싶은 사람도 없어졌다. 가고 싶은 데도 보고 싶은 사람도 없어졌다는 일은 기막힌 일일는지도 모르나 실은 지극히 편한 일이다. 모두들 와보는 사람마다 이거 적적해서 어떻게 견디겠느냐고 하나같이 첫마디에 이런 인사들을 해주는데 사실 나는 한 번도 적적해서 걱정이 된 적은 이 집에 와서 아직 한 번도 없었다. 나는 적적한 것과 잘 사귄다. 또 좋아도 질 수가 있다.

스승이나 선배도 찾아가 뵙지를 못하고, 친구들도 좀체 찾지 못하며 그저 숨이 차게 그날그날에 쫓기고 있다. 이렇게 단거리선수 같은 절박한 삶에서 뒤를 돌아본다든가 옆을 바라본다든가 하는 일이 있을 수 없다.

사람은 누구에게나 한번은 닥쳐와서 지나가야만 한다는 이 터널을 내가 지금 지나가는 모양인데 아무리 가도 가도 왜 이렇게 내 터널은 길고 끝이 안 나는지 모르겠다.

언제나 이 캄캄하고 답답한 터널 속에서 내 인생기차는 빠져나가게 될 것이냐.

이 어둠과 연기를 훌훌 털어버리게 어서 좀 환해지고 푸른 하늘이 나오너라.

— 수필 「나의 생활백서」 (87~88) 부분

이렇게 객지생활을 하고 나이를 차츰 먹고 보니 어머니가 계셨드라면―하는 헌데 세상 사람이 흔히 부모를 여의고 나서야 어버이가 귀한 줄을 통절히 느낀다는 것은 이 무슨 안타까운 일이랴!

잠이 안 오는 밤이면 동화 같은 옛일들이 머릿속에 피어오른다. 겨울밤은 길고 내 마음은 구성진데, 비를 머금은 날이 밤새도록 기차바퀴 소리를 들려주면 실로 나는 어떻게 해야 좋을지를 모르고 츠아라 리엔더가 「남녘의 유혹」에서 느끼던 것 같은 향수에 내가 한없이 빠져 들어간다. 이런 시간이란 어찌 보면 청승스럽게도 보이나, 실은 그 위에 가는 사치가 다시 없을지도 모른다.

진실로 잔인하게 나는 이것을 즐긴다. 어떠한 다른 환경을 가져본다 치더라도, 내 가슴에 지니는 향낭香囊은 없이도 견딜 수 있으나, 일종의 이 페이소스가 없이는 견디지 못할 것 같다. 실상 일생 생활에 이 비애가 없다면 도대체 심심해서 어떻게 배겨 내랴. 언제나 마음 한구석에다 고독을 지니고 다니는 하이칼라는 없는가?

이런 친구를 만난다면 내가 아끼는 신비로운 이 긴 밤들을 그 친구와 함께 화롯가에서 얘기를 뿌리며 밝혀도 좋겠다. 늙은 시계 소리를 들으며 나는 이 밤이 한없이 아깝다.

— 수필 「겨울밤의 얘기」 (201~202) 부분

노천명은 황해도 장연에서 어린 시절을 보내다가 아버지가 사망하자 경성(서울) 이모 집(서울 체부동)으로 이주하여 진명보통학교와 진명여고를 마치고 이화여전 영문과를 졸업했다. 한국전쟁 때 노천명은 좌익문학운동 단체였던 〈조선문학가동맹〉에 참가하여 활동하였고, 이로 인해 부역 혐의로 20년의 실형을 선고받았다. 그러나 대통령 비서실장이었던 김광섭을 비롯해 이건혁, 이헌구 등의 구명운동 덕분에 1951년 4월, 6개월 만에 사면되었다. 이후 공보실 중앙방송국에서 작가생활을 한 노천명은, 1957년 6월 재생불능성 뇌빈혈로 쓰러져 46년간의 생을 마감했다. 그의 시「고별」은 세상과 절연하고 내적 고독을 선택하는 모습을 형상화한다.

어제 나에게 찬사의 꽃다발을 던지고
우뢰같은 박수를 보내주던 인사들
오늘은 멸시의 눈초리로 혹은 무심히
내 앞을 지나쳐 버린다.

청춘을 바친 이 땅
오늘 내 머리에는 용수가 씌어졌다.

고도에라도 좋으니 차라리 머언 곳으로
나를 보내다오.

뱃사공은 나와 방언이 달라도 좋다.

배가 떠나면
정든 책상은 고물상이 업어갈 것이고
아끼던 책들은 천덕꾼이가 되어 장터로 나갈 게다.

나와 친하던 이들, 또 나를 시기하던 이들
잔을 들어라, 그대들과 나 사이에
마지막인 작별의 잔을 높이 들자.

우정이라는 것, 또 신의라는 것,
이것은 다 어디 있느냐
생쥐에게나 뜯어 먹게 던져 주어라.

온갖 화근이었던 이름 석 자를
갈기갈기 찢어서 바다에 던져버리련다.
나를 어디 떨어진 섬으로 멀리멀리 보내다오.

눈물 어린 얼굴을 돌이키고
나는 이곳을 떠나련다.
개 짖는 마을들아
닭이 새벽을 알리는 촌가村家들아

잘 있거라.


별이 있고

하늘이 있고

거기 자유가 닫혀지지 않는 곳이라면

— 노천명, 「고별」 전문(1951.3.1 작)


노천명이 세상을 떠나자 주위의 많은 작가들이 추도의 글을 썼다. 그 중에서도 여성작가 정충량, 전숙희, 최정희 등이 쓴 수필을 읽어보면 추도追悼의 정을 절절히 느낄 수 있다.

정충량은 수필 「천명 언니 영전靈前에」(1957.6.17)에서 노천명의 마지막 시 「나에게 레몬을 –!」을 인용하며 그리움을 표한다.


꿈 대신 무서운 심판審判이 얼른거리는데

좋은 말 해 줄 친구도 안 보이고!

할머니 내게 레몬을 좀 주시지

없음 향취있는 아무거고

곧 질식하게 생겼오!

— 노천명, 「나에게 레몬을 –!」 부분(『노천명전집』, 이우사, 1960)


정충량은 "언니! 이제 이것이 언니의 절필絶筆이 되셨읍니다그려"라며 외로이 떠나간 노천명의 명복을 빌었다. 한편으로는 출감 후 천주교에 입교하여 '베로니카'로 6년여를 살았던 노천명을 생각하며 "주님 옆에서 사파의 모든 시름과 잡념과 괴롬도 아랑곳없이 영원한 세계 속에 안주하실 언니를 생각하면 한결 마음이 편해"진다고 했다. 생전에 "일어나면 좋은 소설도 쓰고 인제는 너희들과 같이 다니면서 영양도 보충시키겠노라고 하시던 말씀"이 기억난다고 하면서, 정충량은 선후배 작가들과 함께 노천명의 영전 앞에서 더 이상 외로워하지 말라는 위로의 말을 전한다.

전숙희는 수필 「고별告別 – 노천명 언니의 입관入棺을 마치고」(『밀실의 문을 열고』)에서 하관下棺을 마치고 난 뒤의 안타까운 심경을 전하면서, 노천명의 병환 중에 만났던 때를 기억한다.

노천명이 처음 빈혈로 위독했던 것은 1957년 3월 초순이었다. 전숙희가 병 문환을 간 것은 노천명이 청량리 위생병원에서 퇴원하여 두 달 이상 집에서 정양靜養하던 때였다. 모윤숙毛允淑과 함께 남한산성에 드라이브 갔던 이야기를 하면서, 걸어 다니게 되면 제일 먼저 명동을 찾아 그리운 얼굴들을 보고 싶다고 하였다. 그러나 노천명은 끝내 명동 나들이를 하지 못하였다.

"김기창金基昶 화백 그림에 자작시自作詩 「五月의 노래」가 벽에 걸리고, 조그마한 책장과 화분과 병풍이 둘린 조촐한 방안. 그 안에 언제나 조그만 밥상을 책상삼아 호젓이 앉아 시작詩作에 몰두하던 언니는, 이제 그 고독을 영원히 안은 채 가 버리셨나이까!" 라고 전숙희는 안타까워했다. 더욱이 "일찍이 어버이를 여의고 부모의 사랑도 모르는 채 미혼未婚

의 몸으로 남편이나 자식들의 애정조차 모르는 채 그렇게도 외로이 떠나" 버린 것 같고, "함부로 친구조차 사귀지 않던 까다로운 성격, 너무나 높고 깔끔한 그 성격 때문에" 노천명의 삶이 더욱 적막했을 것이라고 말하였다.

"외로운 사슴처럼, 깊은 산속의 산딸기처럼" 고고孤高한 시인의 운명을 타고난 노천명, 그는 자기 몸을 위해서는 먹고 입는 것도 아꼈고, 사람을 대할 때면 함부로 정情을 쏟지 않는 쌀쌀한 성격이었다. 그러나 한번 정을 주면 살이라도 깎아 먹일 듯 알뜰하고 거짓 없던 사람이었다.

건강이 회복되면 다시는 자기 자신을 미워하지도 탓하지도 않을 것이며, 작품도 더 많이 쓰고, 해외여행海外旅行도 해야겠다던 노천명은 "이번 일어나면 시집부터 가야겠어"라며 농담도 하곤 했다. 그 말이 생각났던 것일까? 전숙희는 관 속에 누워 있는 노천명의 모습이 "이제 막 결혼식장을 나서는 곱디고운 신부新婦"와 닮아 보인다고 했다.

최정희는 수필 「칠월의 아침 ─ 시인 천명을 생각하다」(『젊은 날의 증언』)에서 자신의 꿈 이야기를 한다. 건강문제로 노천명의 묘지를 찾아가지 않은 미안함 탓일까? 최정희는 꿈에서 노천명이 하얀 소복을 입고 누워 있는 모습을 보았던 것이다. 강 건너에서 최정희를 향해 오라고 손짓하는 모습, 전쟁 후에도 쉽게 배우지 못했던 노래를 천천히 부르는 모습도 보았다. 꿈에서 최정희는 노천명과 함께 큰 소리로 노래를 불렀다. 꿈에서 깨어난 최정희는 노천명과 같이 부르던 그 노래를 자기도 모르게 읊조리고 있었다.

노천명, 그가 그토록 바랐으나 그렇게 살지 못했던 '이름 없는 여인'

은 어떤 모습이었을까.

어느 조그만 산골로 들어가

나는 이름없는 여인이 되고 싶소

초가 지붕에 박넝쿨 올리고

삼밭엔 오이랑 호박을 놓고

들장미로 울타리를 엮어

마당엔 하늘을 욕심껏 들여놓고

밤이면 실컷 별을 안고


부엉이가 우는 밤도 내사 외롭지 않겠소

기차가 지나가 버리는 마을

놋양푼에 수수엿을 녹여 먹으며

내 좋은 사람과 밤이 늦도록

여우 나는 산골 얘기를 하면

삽살개는 달을 짖고

나는 여왕보다 더 행복하겠소

— 노천명, 「이름 없는 여인이 되어」 전문(『노천명전집』, 이우출판사, 1960)

# 슬프고 정겹고 향기가 나는 글

노천명 수필 「이기는 사람들의 얼굴」, 「하나의 역설」

2016년 12월 10일은 무슨 날이었을까? '세계 인권 선언일'이었던 그 날, 광화문에서는 '7차 촛불집회'가 있었고, 스웨덴 한림원에서는 '노벨상 시상식'이 열렸다. 그리고 몇몇 문인들은 사후 60주기를 맞이한 '이름 없는 여인'을 기억하는 시간을 가졌다. '이름 없는 여인'은 바로 시인 노천명이다.

그를 기억하는 사람들에 의해 국립중앙도서관 보존문서 서고에서 잠자고 있던 미공개 수필 15편이 『노천명 전집』(스타북스) 3권 중 『이기는 사람들의 얼굴─노천명 수필전집』(제2권)에 포함되어 발간되었다. 미공개 수필 15편은 「이기는 사람들의 얼굴」, 「작별은 아름다운 것」, 「책을 내놓고」, 「진달래」, 「마리 로랑상과 그 친구들」, 「내 한 가지 소원이 있으니」, 「노변야화」, 「오월의 색깔」, 「결혼? 직업?」, 「정야」, 「교장과 원고」, 「피아노와 가야금」, 「화초」, 「예규 공청」, 「선경 묘향산」 등(신동립,

「시인 노천명 미공개 수필 15편 발굴 '이기는 사람들의 얼굴'」, 뉴시스, 2016.11.25)

이다. 이 중에서 「이기는 사람들의 얼굴」과 「작별의 아름다운 것」은 『나의 생활백서』(대조사, 1954)에 실려 있는 수필이다.

『이기는 사람들의 얼굴』(노천명의 수필, 『노천명 전집(종결판)』, 2016.11.25)을 발간한 김상철 스타북스 출판사 대표는 노천명에 대해 이렇게 말했다. "여성이 정당하게 대접받는 세상을 위해 가부장적 담론에 빠져 있는 남성 중심 사회를 향해 당당하고 용기 있는 주장을 펴"면서도 "연둣빛 수채화 같은 글 솜씨로 슬픔, 눈물, 고통, 외로움, 저항을 행간마다 촉촉하게 적어 놓았다"고. 더욱이 정지용 시인은 노천명의 수필을 '슬프고 정겹고 향기가 나는 글'이라고까지 했다. 이와 관련하여 노천명의 수필을 직접 읽어보는 것도 의미 있는 일일 듯싶다.

먼저 백화점보다는 시장에 가는 속사정을 궁금하게 만든 수필 「이기는 사람들의 얼굴」부터 읽어보자.

## 「이기는 사람들의 얼굴」

잘 차라버린 여편네들이 백화점에서 손쉽게 이것저것 물건을 달래가지고 들고 나오는 것을 보면 나는 괜히 좋은 눈치로 보아지지가 않는다.

그 여자가 내 오라범댁도 아닐 게고 상관없는 일인데 그렇다.

분을 한 갑 사는데도 시장으로 가야하고 양말 한 켤레를 살려도 시장까지 가야만 직성이 풀리는 것은 무슨 내가 거기를 가기가 좋아서 그런 것이 아니다.

그런 속사정까지를 얘기할 필요는 없는 것이고 ―

이래서 나는 가끔 남대문장이니 동대문장엘 가는데 갈 때마다 나는 참 좋은 교훈을 받어 가지고 온다.

특히 그것은 샤쓰니 군복바지니 이런 것들을 한사람 앞에 조곰씩 놓고 파는 골목에서다. 대개가 그들은 황평양여인黃平壤女人네들인데 무엇이 그처럼 즐거운지 그저 열여덜(열여덟) 처녀들 모낭 히히덕거리며 작난(장난)들을 치고 좋아한다.

지나가는 손님을 끌어댕겨 물건을 하나라도 팔려는 기색은 안 보이고 보다도 노는데 더 정신을 팔고 있어 샷쓰(셔츠)라도 한 가지 물어보려면 한창 불러야만 그제서야 와서

"네 아주머니 뭘 디릴까요(드릴까요)?"

하군 그때부터서야 물건을 팔려고 슬슬 녹여댄다.

손님이 발만 옮겨놓으면 금방에 여학교 처녀들처럼 또 떠들어대고 웃어대고 수다스러워지는 것이다.

"오늘 냉면 좀 사라우요"

"사지 뭐 까짓것 냉면쯤야 날마단들 못 사리."

그 쾌쾌하고 시원시원한 맛은 사람이 또 반하게 한다.

그들은 하나같이 미군 독구리샷쓰(셔츠)에다 누렁 담요 바지들을 제복같이 입고 있다. 파는 물건들이래야 별로 많지도 못하다.

그들이 장사를 하고 있는 바로 그 옆 골목에서는 양단이며 비로드며 나일론들을 수십 필씩 쌓아놓고서는 분세수를 곱게 하고 자질을 할 때마다 팔목의 순금 팔지가 신누렇게 내다보이는 포목상부인네들에게다 비기면 그들의 자본이란 아무것도 아니다.

그 얼굴엔 한사람도 궁끼라든가 수심이라든가 근심하는 빛을 찾을 수 없다. 가슴팩이에서 자루같은 젖을 내서 아이에게 물려주는 중년부인의 얼굴에도 싱싱한 기운으로 가득 차 있음을 본다.

따져본다면 그들에게 유달리 늘상 이렇게 즐거워 있어야할 일은 아무것도 없다.

보나마나 그들은 저 평안도나 황해도서 공산당에게 집을 빼앗기고 재물을 빼앗기고 아마 그중의 심한사람은 남편이나 혹은 자식까지도 빼앗기고 홀몸으로 거지가 되다시피 되어 이리로 넘어온 사람들이다. 그리고 또 지금의 그들의 처지란 남의 집 협호(본채와 떨어져 있는 집채)에가 들어서 잘해야 방을 하나 둘 빌려 살고 있을 것이 뻔하다.

그렇다면 그 주인집에 아니꼬운 것을 당할 때마다 이북에 두고 온 자기 집을 가지고 살던 사람들은 얼마나 속이 상할 것이랴. 또 잘 입고 잘살아본 그 마음이 어디로 가서 그들이 손님들의 사라 버티고 바로 자기 앞을 몸을 사리며 지나가는 꼴을 볼 제 내장이 얼마나 뒤틀릴 것이냐.

그런데 그들은 즐겁게 웃으며 산다. 아침이면 일어나는 길로 미군 종이 상자에다 물건을 넣어가지고 눈을 비비며 남부여대 집을 나와 가지고 이렇게 장사를 하다가는 또 그 굴속같은 방으로 물건을 가지고 기어들어가는 ― 이런 생활에서도 그들은 저 벼슬아치들이 부럽잖게 재미나게 즐겁게 사는 것이다.

공산당들이 맨몸뚱이로 내쫓았으나 이들은 이것을 이기고 살아나와 오늘 또 이렇게 명랑하고 즐겁게 살아나간다. 이들에게는 훌륭한 내일이 반드시 또 있다. 승리자의 얼굴을 나는 이 여인들에게서 발견한다. 웃으며 즐겁게 사라가는 사람들 ― 이들은 곧 또 이겨나가는 사람들이다. 나는 기운이 없이 장엘 나갔다가도 여기를 한번 휘돌아 나오는 동안 번번이 말없는 큰 교훈을 받게 된다.

*

백화점이나 시장이나 다양한 물건을 판매하기는 매한가지다. 그런데 노천명은 백화점에 가면 좀 사치스러운 것 같고, 시장에 가서 물건을 사야 직성이 풀린다고 했다. 백화점에 가면 물건을 정가대로 주고 사야 하지만, 재래시장에선 흥정만 잘하면 생각보다 싸게 물건을 살 수 있기 때문이다.

또한 시장에 가면 전쟁 통에 북쪽에서 월남하여 장사를 하는 사람들이 많았다. 하루 벌어 하루 먹고 살기 힘들지만 서로 정을 나누면서 활기차게 살아가는 모습들을 보면서, 고향이 북쪽인 노천명은 자신도 모르게 힘을 얻을 수 있었다. 고향을 떠나 객지에 살면서도 가난하고 어려운 생활을 이겨나가는 그들에게서 노천명은 어린 시절 즐거웠던 고향의 추억을 떠올렸을 것이다. 시 「장날」에는 추석을 앞둔 고향집의 풍경들이 그려져 있다. 노천명 역시 어린 시절에는 "막내딸 이쁜이"처럼 '삽살개'와 함께 장보러 간 어른들을 기다렸을 것이다. 어른이 된 노천명은 재래시장에 가서 물건을 사면서 묻어두었던 어린 날의 추억을 떠올리고 싶었던 것은 아닐까.


대추 밤을 돈사야 추석을 차렸다.
이십 리를 걸어서 열하룻장을 보러 떠나는 새벽,
막내딸 이쁜이는 대추를 안 준다고 울었다.

송편 같은 반달이 싸리문 위로 돋고
건너편 성황당 사시나무 그림자가 무시무시한 저녁,
나귀 방울에 지껄이는 소리가 고개를 넘어 가까워지면,
이쁜이보다 삽살개가 먼저 나갔다.

— 노천명, 「장날」 전문(『산호림』, 한성도서주식회사, 1938)

대추를 안 준다고 울던 "이쁜이", 장터에서 나귀 타고 돌아올 아버지를 기다리던 어린 마음은 세월과 함께 먼 기억으로 물러나고 있다. 그 대신 젊음을 부러워하고 붙잡으려는 나이가 된다.

노천명은 「하나의 역설」이라는 수필에서 청춘을 보내고 나이를 먹는 어른의 마음을 털어놓았다.

「하나의 역설逆說」

하얀 눈 속에서도 새파란 빛을 해가지고 윤이 잘잘 흐르는 동백나무 잎사귀 모양 늘 젊어있고 싶어 하는 것은 인생 누구나의 본망本望일 게다.

진시황이 불로초를 캐러 보낸 것이나 클레오파트라가 우유에다 목욕까지 하게 된 것이 모두가 청춘을 놓치지 않고 붙들어 보려는 데서 나온 안타까운 심사에서였다. 지금도 돈푼이나 있는 중년신사들은 열심히 보약을 장복하는 것이나 중년부인들이 젊어진다는 일에 대한 관심을 많이 갖는 것이 또한 이와 같은 심경에서인데 젊음이 반드시 육체에만 깃들이는 것은 아니다. 영원한 청춘이란 진실로 마음의 청춘에 있는 것이 아닐까 한다.

며칠 전까지도 젊은 나이에 어울리지 않게 윤택함을 잃은 피부를 하고 그 눈은 시선의 초점을 잃은 듯이 기운 없이 보이던 한 젊은 여성이 갑자기 그 눈엔 영롱한 구슬 같은 빛을 가져오고 살결은 튀어오를 듯이 탄력이 있어지고 그의 행동거지엔 오월 창공의 종달이 같은 데가 있게 되었을 때 며칠 후면 반드시 그에게는 연애가 시작되었다는 스캔들을 듣게 되는 수가 있다. 실로 마음의 즐거움이란 사람의 생리까지를 좌우하는 것이다.

그야 몸과 마음이 같이 갈 수만 있다면 더할 나위 없는 일이겠지만 몸이 차츰 나이를 먹는다고 해서 과히 일찌감치 먼 산을 바라보며 슬픈 표정을 짓는 성급한 일은 안 해도 좋을 것이다.

오히려 나이를 먹음으로써 인생은 정말 더 호화판으로 들어가는 것이다. 남을 용서할 수 있는 아름다운 가슴이 생기는 것도 나이를 먹어서요 인생의 모든 면에 있어 귀한 것을 알아보고 중한 것이 분별되고 이리하여 정말 사랑도 할 줄 알게 되는 것은 모두가 젊어서는 감당하기 어려운 일들이다.

단 과자 부스러기를 즐기다가 그 씁쓸한 술에다 맛을 드리는 거 마찬가지로 20대 청춘에 나는 아무 매력도 느끼지 않는다. 마치 꽃철에 한 쌍의 남녀가 행복스러운 듯이 봄동산에 거니는 것을 보면 싱겁기 짝이 없다. 월 전에 소설가 H씨를 만났을 때 이런 얘기를 했더니 H씨 역시

"그럼요 인생은 나이를 먹을수록 좋은 거예요."

하고 공명을 했거니와 이것이 틀림없는 생의 철학일 게다.

나이란 열여섯 스물 스물다섯 살까지는 먹어가는 것이 괜찮고 스물다섯이 넘어서면서부터는 한 살씩 더해가는 것에 신경질이 될 수 있고 스물아홉에서 갓 서른으로 넘어설 때는 스물 자를 놓기가 정 싫은 것이 사실이다.

그러나 서른을 넘어서 놓고 보면 그때부터는 한 살을 더 먹거나 말거나 거의 무신경이 되어버릴 수 있는 것이다. 스무 살도 다시금 돌아갔으면 하는 친구들을 가끔 보는데 나는 여기에 별로 찬동하는 편이 아니다 왜냐하면 내가 만일 이십대로 뒷걸음질을 쳐 가본댔자 그 스물이라는 나이로는 또 인생이 싱겁기가 마찬가지지 결코 오늘의 이 나이를 가지고 맛보는 인생을 맛보는 재주는 없을 것이 뻔한 때문이다. 역시 스물다섯 살 때에는 스물다섯 살에 해당하는 인생밖엔 알 도리가 없는 것이오, 삼십대에는 또 고만큼밖엔 인생을 모르는 법이다.

그리고 보면 이십대로 다시 돌아가 본댔자 내가 멋지게 인생을 써볼 재주

는 없을 것이고 나이를 먹을수록 그만큼씩 사람은 더 익어가고 또 귀해지는 것이 아닌가 한다.

마치 떡이 한 함지박 있는 때는 든든한 것이 별로 먹고 싶지도 않다가 떡이 차차 없어져 들어가고 굳어지고 마침내 떡 함지 밑에 가 얼마 남지 않을 때 떡은 비로소 맛이 있어지고 밑창의 팥고물을 손으로 움켜서 먹는 맛이란 희한한 거와 마찬가지로 나이를 먹어 피부의 탄력이 차츰 없어지고 무도장엘 가도 꽃망울 같은 처녀들한테만 연상 '파티나' 들이와서 허리를 굽히고 분명히 아주머니로서의 경의를 받게 될 때쯤 되어야 여인도 인생의 맛을 알아낼 때가 되는 것이다. 이때야말로 정신이 번쩍 나는 때요 하루하루는 다이아몬드 같이 귀한 것을 알게 된다. 중년기에 들어 청춘에 지게 되니까 하는 억지의 소리가 아니라 진정한 의미의 청춘은 진실로 마음에 있을 것이고 육체만이 지녔다고 볼 수는 없을 것이다. 나는 한 번도 정말 마음에서 내가 늙었다고 생각이 된 적은 없다.

그래서 나는 반회장 연두저고리며 무색옷들을 그대로 다 간직하고 아직도 조카딸에게 내어줄 생각은 없으며 청춘이 가질 수 있는 앰비숀ambition을 아직 하나도 버리지 않고 있다.

웬일인지 나는 나이를 더할수록 공부는 더하고 싶어지고 치장도 부쩍 더 내고 싶어지는 것은 일찍이 내가 이십대에도 삼십대에도 느껴보지 못한 감정이다. 생의 쓴맛과 단맛 그리고 모든 고뇌를 마셔본 뒤에 오는 마음의 바탕이야말로 가장 잘 인생을 받아들일 수 있는 경지가 아닐까.

청춘을 가지고만 인생을 마름질 하러 들 것이 아니라 몇 살이 됐던지 그때 그때 그 나이게 맞게 우리는 즐거운 재단을 할 줄 알아야 할 것이다.

*

이 수필을 읽으면서 미국 시인이자 유대교 랍비였다는 사무엘 울만 Samuel Ullman, 1840~1924의 「청춘The Youth」이라는 시가 생각났다. 이 시에서 "나이를 먹는다고 누구나 늙는 것은 아니"라면서, '이상理想이나 열정'이 젊음과 늙음을 판단하는 기준이라고 제시한다. 그러기에 "머리를 드높여 희망이란 파도를 잡고 있는 한" "청춘의 이름"으로 죽을 수 있다.

이 시는 "노병은 죽지 않는다. 다만 사라질 뿐이다"라는 명언으로 유명한 맥아더Douglas MacArthur 장군이 특별히 좋아했다고 한다. 맥아더는 군인으로서 나이 들어 죽는 것보다 다른 사람들이 군인이었던 자신의 존재를 잊는 것이 더 두려웠는지도 모른다. 그러나 대다수의 사람들은 나이를 먹는다고 의식하는 순간, 청춘이 가는 것을 아쉬워하면서 붙잡으려 든다. 노천명 또한 그런 마음이 들었던 것일까? 그는 나이 먹는 것에 의미를 더 부여하면서, "진정한 의미의 청춘은 진실로 마음에 있을 것"이라고 한다. 그러면서 자신이 나이 들지 않았다고 단언한다. 나이에 맞는 즐거움을 찾으라고 덧붙이고는 있지만, 노천명은 실제로 자신의 나이를 의식하고 있었으며, 한편으로는 그런 자신을 경계하였다. 그래서 수필의 제목을 '하나의 역설'이라고 붙였는지도 모르겠다. "청춘靑春! 이는 듣기만 하여도 가슴이 설레는 말"(민태원, 「청춘 예찬」)이다. 때문에 청춘은 어떤 예술작품에서나 강력한 힘을 내재한 소중한 시간으로 나타나는 것이다.

# 최정희

## 세상과 만나
## 살며 사랑하다

어머니는 적막한 것
속아 사는 것도 풍류인가?
추억이 되어버린 그대를
연애, 예전에 미처 몰랐어요

# 어머니는 적막한 것

최정희 수필 「4·19의 교훈」

매년 4월이면 전국곳곳에서 벚꽃축제와 봄축제가 한창이다. "꽃들 가득한 사월의 길목에 살고 있음이 감동입니다"(「4월의 시」) 라는 이해인 수녀의 시구에 깊이 공감하게 된다. 하지만 화려한 봄기운의 뒤편에서는 "4월은 가장 잔인한 달"이라고 했던 T.S. 엘리엇Eliot의 「황무지」 첫 구절이 들린다. 1차 세계대전 이후 황폐해진 유럽의 서구문명과 인간사회의 궁핍함을 '잔인한 4월'에 빗대어 표현했다는데, 지금까지도 자주 인용된다.

우리 현대사의 '잔인한 4월'을 민주화의 열망으로 채웠던 4·19 혁명, 그 증언 하나를 최정희崔貞熙 수필집 『젊은 날의 증언』(육민사, 1962)에서 발견할 수 있다.

그날(4월 19일) 최정희의 딸이 학교에 가면서 엄마에게 말했다. "엄마 내가 돌아오지 않더라도 슬퍼하지 말어." 이 말에 최정희는 말없이 딸의 손을 잡아 주었다. 그러면서도 그는 그렇게 온통 다 일어날 줄은 전혀 몰랐다. 그날도 최정희는 평소처럼 늘 나가던 다방에 들렀다. 그런데 천지가 떠나갈 듯한 소리가 들려오는 게 아닌가. 그는 자신도 모르게 들고 있던 핸드백을 동댕이치고 밖으로 뛰쳐나왔다. 거리에서 "학원의 자유 보장하라", "독재정치, 부정부패를 물리치자"고 외치는 수많은 학생과 시민들이 군경과 맞서고 있었다. 총을 든 군경 앞에서 정의를 부르짖으며 아까운 젊은이들이 쓰러졌다. 최정희는 그때 외치고 싶었다. 썩어서 넘어져 가는 나라를 건지려고 나선 젊은이들에게 무슨 죄가 있다고 총부리를 겨누냐고.

그리고 1년이 지났다. 최정희에게 당시의 기억이 아직도 생생한데, 변한 것은 없어 보였다. 그는 울부짖고 싶었다. '일주년이 다 가도록 해 논 일이 무엇이냐'며, '아들의 피가 헛되이 짓밟혀선 안 된다'고 통곡하는 희생자 어머니의 심정처럼. 20여 년 정성껏 키워온 아들을 "어디 가서 다시 찾아 볼 수 있단 말인가?"라던 어느 희생자 어머니의 하소연이 안타깝기만 했다. 나라의 부패상을 바로잡고자 했던 대학생을 비롯한 젊은이들의 시위와 희생 앞에서 소리를 지르는 것 외에는 별다른 행동을 하지 못했던 어른들의 무능함을 반성하기도 했다.


셰익스피어의 「햄릿」에 나오는 "여자는 약하나 어머니는 강하다"라는 말처럼, 어머니는 약한 여자일지 모르지만 자녀를 위해서라면 강해질 수밖에 없다고 한다. 하지만 역사의 소용돌이 속에서 얼마나 많은 어머니들이 자녀의 희생과 죽음 앞에 엎드려 통곡해야만 했던가?

그 서글픔을 최정희의 개인사에서도 느낄 수 있다. 최정희는 아들을 둔 어머니였다. 그는 영화감독 김유영金幽影, 1908~1940과 혼인신고도 못한 채 아들을 낳았다. 그리고 제2차 카프 검거사건에 연루되어 전주감옥에 수감되면서 어린 아들과 떨어져 지내야하는 아픔을 겪었다. 더욱이 남편과 사별한 후 살기가 어려워 시댁에 아들을 맡겨야 했고, 이후 시인 김동환과 동거하면서 두 딸을 낳아 기르느라 아들과는 관계가 멀어질 수밖에 없었다. 최정희는 아들의 곁에 있어주지 못하는 안타까운 모성을, 수백 통의 편지로 달래야 했다.

6·25전쟁 때 남편 김동환이 납북되었고, 아들마저 군 입대를 하자 아무 일 없이 돌아오기를 초조하게 기다리던 어머니이기도 했다. 다행히 아들은 전쟁터에서 귀환했고 휴전 이후에는 함께 살며 어머니 노릇을 할 수 있었다. 전쟁 이후 직장에 다니는 아들에다 여고와 여중에 다니는 두 딸까지 자녀 셋을 곁에 두다 보니, 힘에 부칠 때도 많았다고 한다. 하지만 아이들 시중을 드는 것도 "한때뿐"이라고 여기면서 최정희는 자녀들의 요구를 다 들어주려는 '무리한 생각'도 가졌다.

최정희는 강한 어머니이기 전에 자존감을 지키려는 여성작가였다. 일제강점기 전주사건 이후 친일작가활동을 하였고 김동환의 납북 후 부역혐의로 고초를 겪기도 했지만, 강인한 정신으로 살아남아 문단계의 대모역할까지 하였다. 그는 즐겁지 않은 일을 할 필요가 없다는 생각으로, "좀 어떻게 잘 살 도리를 하기보다 이대로 사는 것이 즐겁다면 이대로 살 밖에 없는 것"이라고 말했다. 가난하고 굴곡 많은 삶 속에서 최정희는 자신을 구원할 자는 자기뿐임을 깨달았다.

시대의 아픔을 겪는 동안 여성 자신의 삶보다 어머니나 작가로서 살아남는 게 더 중요했던 최정희. 그에게서 우리 근현대사의 아픈 역사를 다시 보는 듯하지만, 지난한 삶 곳에서 '자기 자신에 대한 믿음'으로 붓을 놓지 않은 것이 최정희 문학의 생명력이 되었다고 할 수 있다.

'4월은 잔인한 달'이라지만, "죽은 땅에서 라일락을 피워 내고, 기억과 욕망을 뒤섞고, 잠든 뿌리를 봄비로 깨운다"던 엘리엇의 희망메시지를 최정희의 수필과 함께 기억하고 싶다.

『여성신문』 1,385호 '문화' (2016.4.11)

# 속아 사는 것도 풍류인가?

「속아 사는 풍류」(『젊은 날의 증언』, 육민사, 1962)는 최정희 수필 중에서 가장 재미있는 작품이다. 최정희는 물건을 살 때 '잘 속는 편'이라며 자신의 경험담을 들려준다.

어린 시절, 최정희는 동네 아이들을 따라 오이밭에 갔다. 오이밭 장수가 최정희에게 귀엽다면서 좋은 오이만 골라 20개를 주고 덤까지 주었다. 다른 아이들은 불만을 터뜨렸다. 하지만 오이장수 마음대로인 것을 어쩌겠는가. 아이들과 서먹해져서 돌아오는데, 난데없이 아이들이 머릿니를 잡아주겠다며 그에게 친절을 베풀었다.

예전에는 애나 어른이나 몸과 머리에 생긴 이[슬蝨] 때문에 곤욕을 치렀다. 그래서 근대 이후에는 DDT를 뿌려서 이를 없애곤 했다. 최정희 또한 예외가 아니었다. 어머니가 머릿니를 없애려고 아침마다 빗겨줄 뿐 아니라, 참빗질을 심하게 해 주어서 항상 머리 밑이 아팠다. 친구들까지 이를 잡을 필요는 없었으나, 복순이가 굳이 이를 잡아주겠다는 것이다. 그 사이에 공순이는 함지박 오이를 바꿔치기해 버렸다. 이를 알고 최정희가 항의해 보았지만 소용없었다. 그러고는 친구들에게 "속히운(속은) 경로"를 어머니에게 이야기했지만, 도리어 남의 아이들처럼 분명치 못하고 밤낮 "머절이 바보짓만 한다"는 꾸중만 들었다.

최정희는 스스로 '머절이 짓'을 곧잘 한다면서 "속히우는 것이 내게 있어선 숙명인 것 같다"고 말한다. 그 때문에 물건을 살 때가 제일 싫고 무섭다고 했다. 더욱이 그런 일을 겪고 나면, 분하고 원통하고 괘씸한 생각에 글도 제대로 쓰지 못했다. 그래서 물건 임자의 인상부터 살피고 속이지 않을 인상을 찾는데도 소용이 없었다.

동대문 시장에서는 상점 소년에게 속아 국산 포목 한 필을 천 환 더 비싸게 산데다가 아이들에게 줄 신간 『학원』 9월호까지 준 일도 있었다. 그때는 자기 자신이 미워 못 견딜 정도여서, 괜히 버스 대신 택시를 타고 운전수에게 2백 환 줄 것을 3백 환으로 주고, 수박도 부르는 대로 샀다. 그러고는 그 포목을 '눈에 뜨이지 않게' 솜싸개로 만들어버렸다. 칼이나 양말 같은 것은 좀 낫지만 크림이나 분 같은 것을 속아서 사게 되면 그것이 다 없어질 때까지 줄곧 마음을 쓰곤 하였다.

포목 사건 이후 얼마 되지 않았을 때, 최정희는 소반을 속아서 사고 말았다. 어느 날 글을 쓰고 있는데 소반장수가 찾아와 귀찮게 하자 짜증을 냈다가 되려 대드는 장수의 말에 마음이 약해진 것이다. 최정희는 소반을 4천 환에 싸게 주겠다는 장수의 말을 거절하지 못해, 핸드백까지 탈탈 털어 3천5백 환을 주고 소반을 샀다. 그런데 나중에 보니 그 소반바닥에 금이 가 있는 게 아닌가. 더욱이 2천5백 환이면 살 수 있다는 어머니의 말을 듣고 나니 분하고 원통했다. 결국 그날까지 쓰려던 글을 이튿날까지도 마무리하지 못했다.

그런 최정희였지만 자신의 아이들이 남에게 속으면 '바보', '천치', '머저리', '맹꽁이'라며 화를 냈다. 그 옛날 오이 때문에 '머저리'라고 화를 냈던 자신의 어머니와 같이.

머저리? 그렇다. 머저리는 '어리석고 멍청한 사람'을 가리킬 때 쓰는 말이다. 이와 연관하여 생각나는 소설이 있다. 이청준의 「병신과 머저리」(『창작과비평』 1966년 가을호)다. 6·25 한국전쟁 체험으로 정신적 고통을 겪는 한 형제의 이야기를 담은 소설이다.

제목을 고려하여 인물을 구분해 보면 형이 '병신', 동생이 '머저리'에 속한다. 외과의였던 형은 수술 중에 숨진 소녀와 전쟁체험(패잔, 탈출) 때문에 죄책감에 시달린다. 그래서 방황하며 술에 취해 살다가 소설을 쓰기 시작한다. 화가인 동생은 부업으로 화실을 열어 아이들을 가르치며 도망간 애인을 그린다. 이런 형제가 소설과 그림의 마무리 때문에 갈등한다. 동생은 형의 소설과 자신의 그림을 섣불리 마무리하려다가 형의 비난을 받는다. 이 소설에서 형은 참전으로 겪은 아픔 때문에 일상적 삶을 포기하려는 '병신'이라면, 동생은 그런 체험도 없이 무기력하게 자신을 포기하려는 '머저리'일지도 모른다. 그러나 형제는 각자 소설과 그림을 통해 내면을 형상화하면서 자신이 겪은 고통을 들여다보기 시작한다. 그 과정에서 서로를 오해하고 비난도 하지만 결국 그게 자신들의 현실이라는 것을 깨닫는다. 형제는 그동안 병신과 머저리로 살아왔음을 인정하고, 다시 개인의 일상적 삶으로 돌아간다.

그렇다면 여기서 '머저리'는 궁금증이나 의심도 갖지 않고, 분노조차 느끼지 못하는 무기력한 사람을 이르는 말일까? 최정희의 경우, 남에게 잘 속았지만 '머저리'라고 볼 수는 없을 것 같다. 오히려 그는 속아서 물건을 사게 된 이야기를 하며 속고 속이는 세상을 배우고 있다. 그렇기에 속인 상대를 향해 불만을 터뜨리기보다 그것을 알면서도 속는 자기 자신을 미워한다. 누구나 스스로를 '머저리'로 인정하기는 쉽지 않다. 최정희는 스스로를 '머저리'라고 인정할 수밖에 없기에 분하고 원통했던 것이다. 그런 자신을 닮아가는 자녀를 볼 때면 그 분노는 어머니가 했던 것처럼 '머저리'라고 꾸중하는 투로 나오고 만다. 최정희에 이어 그의 아들딸에게도, 남에게 속고 세상을 배우며, 자신을 깨닫는 시간들이 자연스럽게 주어진다. 이 때문에 제목을 '속아 사는 풍류'라고 한 것은 아닐는지.

누구나 물건을 살 때 가게마다 부르는 가격이 다를 경우에는 좀 더 싸고 좋은 물건을 파는 가게를 찾기 마련이다. "같은 값이면 다홍치마"라고 하지 않는가. 만약 어떤 것이 싼지 알 수 없을 때는 어쩔 수 없이 상대방의 말을 듣고 잘 판단해서 구매를 결정해야 한다. 하지만 이익을 추구하는 사회인지라, 거래에 따른 이익은 분배되기 마련이다. 누군가 이익을 보았다면 누군가는 손해를 보았을 것이다. 최정희처럼 물건을 싸게 해준다는 말에 그냥 거래를 한다면 상대방은 쉽게 이익을 취할 수 있게 된다. 하지만 남을 속여서 쉽게 이익을 취했다고 다 잘살고 행복한 것은 아니다.

안데르센의 동화「썩은 사과」에서 그 답변을 한번 찾아보자.

가난한 노부부가 살았다. 그들은 유일하게 기르던 말을 팔기로 한다. 할아버지는 말을 팔러 장으로 가다가 소와 바꾸고, 다시 양과 바꾼 후, 거위, 암탉으로 바꾸고, 마지막으로는 썩은 사과와 바꾼다. 그런데 할머니는 할아버지의 거래 내용에 맞장구를 친다. "소는 우유를 먹을 수 있고, 양은 양젖도 맛이 있고, 거위는 거위 털이 예쁘고, 암탉은 달걀을 먹을 수 있지만, 썩은 사과 한 자루로 사과파이를 만들어 먹을 수 있겠다"며 좋아한다. 저녁에 사과파이를 만들어 먹으려고 할머니는 파 한 뿌리를 꾸러 옆집으로 간다. 썩은 사과조차 없다는 옆집에 썩은 사과를 꾸어준 할머니는 "잘 되었다"고 만족해한다. 할아버지도 그런 할머니를 칭찬한다.

세상 사람들은 이 부부를 보고 유일한 재산을 제대로 거래할 줄 모르는 '머저리' 노부부라고 할 것이다. 비싸게 팔 수 있는 말馬을 그럴싸한 남의 말言에 속아서 결국 썩은 사과로밖에 바꾸지 못한 할아버지, 그 할아버지가 가져온 썩은 사과 한 자루도 이웃과 나눈 할머니. 이 노부부는 서로를 칭찬하며 행복해한다. 마치 하춘화의 노래에서 "잘했군 잘했어" 하며 칭찬하던 노부부를 보는 듯하다.

이 동화의 결말은 어떻게 되었을까? 할아버지는 귀갓길에 들렀던 주점에서 두 영국인과 내기를 한다. 두 영국인은 할아버지가 할머니에게 쫓겨날 것이라고 단언하며 금화 한 자루를 걸기까지 한다. 그런데 결과적으로 할아버지가 할머니에게 칭찬을 받지 않았는가? 두 영국인은 창문 너머로 노부부의 모습을 지켜보고 두말없이 금화 한 자루를 내놓고 떠난다. 할아버지는 말 한 필을 썩은 사과 한 자루와 바꾸었지만 할머니의 칭찬 덕분에 금화 한 자루까지 얻은 셈이다. 서로를 신뢰한 노부부는 '금화 한 자루'라는 노후대책도 마련하고, 이를 이웃과 나누면서 행복하게 살았을 것 같다.

이것은 어디까지나 동화일 뿐이라고 일축할 수 있다. 하지만 하나를 얻으면 하나를 내어주기 마련이다. 그것을 세상의 이치라고 한다. 현실적으로 속이는 사람은 늘 이익을 보고, 속아 넘어가는 사람이 손해를 보며 마음의 상처까지 받는 경우도 있다. 물론 이것도 손바닥이 마주쳐야 가능한 일이겠지만.

다시 최정희의 수필로 돌아가자. 그는 속아 사는 자신의 모습을 수필에 담으며 '속아 사는 풍류'라는 제목을 붙였다. 속아 사는 것도 '바람이 흐르듯' 자연스런 것이라고.

'풍류風流'는 '풍치가 있고 멋스럽게 노는 일' 또는 '운치가 있는 일'이라는 사전적 의미를 가지고 있다. 풍류는 자연을 가까이 하는 것, 멋이 있는 것, 음악을 아는 것, 예술에 대한 조예, 여유, 자유분방함, 즐거운 것 등을 내포하는 용어로도 쓰인다. 또한 풍류는 신라 때부터 유교·불교·도교의 본질을 담은 '현묘지도玄妙之道', 즉 헤아릴 수 없이 깊고 오묘한 이치로 이해되었다. 그래서 선인先人들은 자기중심의 욕심에 벗어나 '참마음'(우주적 이치, 즉 천지신명의 뜻)으로 돌아가는 '풍류도風流道'를 실현하고자 했다. 이를 실현하면 자기와 다른 사람과 관계를 맺는 세계로 가게 되고, 널리 사람을 유익하게 할 수 있다[홍익인간弘益人間]고 보았다. 결국 천지신명과 하나가 되어 많은 사람들과 사랑하는 관계를 맺는 것이 풍류도의 본질이라는 것이다.

'속아 사는 풍류'라는 제목처럼 세상 사람과 속고 속이며 사는 것 또한 자연과 가까이 하는 방식이 될 수 있다. 여기에 차동엽 신부의 글에서 소개된 '스페로 스페라spero spera'라는 라틴어 덕담의 의미를 덧붙이고 싶다. "스페로 스페라" 즉 "나도 희망하니 너도 희망하라"는 말처럼, 힘들게 사는 나도, 또 속고만 사는 나도 이렇게 희망을 놓지 않고 살아가는데, 나보다 처지가 더 나은 네가 왜 절망하고 있느냐고.

이젠 이렇게 말하고 싶다. 속아 사는 일로 분노를 느끼는 사람들에게 "그 분노는 잠시뿐이지만, 부끄러운 일은 아니에요"라고. 남을 속이고 돈 한 푼 더 얻은 분에게는 "살림살이 좀 나아지셨습니까?"라고. 주고받으며 살아가야하는 사회에서 일방적으로 이익만 추구하며 살아갈 수는 없다. 하나를 얻었으면 다른 하나를 내어줄 줄 아는 미덕도 필요하다. 속고 속이며, 분노하고 사과하며 '풍류'를 즐길 줄도 알면서 살 수는 없을까?

# 추억이 되어버린 그대를

최정희 수필 「추억, 추억」

추억하면 떠오르는 것은?

"별 하나에 추억追憶과, 별 하나에 사랑과, 별 하나에 쓸쓸함과, 별 하나에 동경憧憬과, 별 하나에 시詩와 별 하나에 어머니, 어머니"라던 윤동주의 시 「별 헤는 밤」이 생각난다. 그렇다. 추억이라고 하면 자연스럽게 어린 시절이나 사랑했던 사람, 또는 갈 수 없게 되어버린 고향이라든가 잃어버려서 안타까운 것들을 떠올리기 마련이다.

그런 추억들 속에서 최정희가 꺼낸 것은 파인巴人 김동환金東煥이다. 6·25 한국전쟁 때 납북된 채 2년이 흘러도 소식조차 알 수 없게 된 남편에 대한 그리움을 그는 수필 「추억, 추억」(『젊은 날의 증언』, 육문사, 1962)에 담았다. 김동환은 한국 최초의 서사시 『국경의 밤』을 쓴 시인이었다. 그리고 최정희에게 사랑스런 두 딸 아란(김지원)과 향란(김채원)을 남겨 준 사람이기도 했다.

전쟁으로 피난 갔다가 2년 만에 돌아온 최정희는 피난 보따리를 풀어놓으며 한탄하듯 말한다. 보이는 것, 들리는 것 모두 추억뿐이라고. 그리고 모자도 없이 모시 와이셔츠에 양복바지를 입고 이웃에 다니러 가듯 나가서 다시 돌아오지 못하는 남편을 떠올리며 가슴 아파한다.

최정희에게 김동환은 사랑했지만 이제는 만날 수 없어 그리움으로만 남은 사람이 되었다. 바람이 불면 그의 '모자'가 장롱 속에서 모시 와이셔츠와 함께 "춥다"고 말하는 것 같고, 비가 내리면 또 '모자'가 장롱 속에서 "구두에 물이 올라와서 걱정"이라고 말하는 것 같았다. 최정희는 모자와 낡은 구두를 신고 걸어가던 남편의 뒷모습을 잊지 못한다.

옷이나 밥보다 책을 좋아했던 김동환은 돈이 옹색할 때면 룩색(베낭)에 책을 넣어 짊어지고 나갔다가 서점에 책을 맡기고 돌아왔다. 맡긴 책들이 서점으로 넘어가 찾을 수 없게 되었을 때 보이던 남편의 '비통한 얼굴'이 최정희 눈앞에 아직도 아른거린다. 그나마 다락과 건넌방, 마루에 남아있던 그의 책들과 책상은 전쟁 중에 빼앗기거나 훼손되어 최정희에게 안타까움을 더해줄 뿐이다.

전쟁 당시 '동인민위원회'에게 잡혀갔을 때만 해도 최정희는 남편 뒤를 따라갈 수 있어서 마음이 든든했다. 그런데 비가 내리던 그 다음날 아침에 한쪽 구두의 뒤축이 떨어진 채로 절름절름 걸어서 남편은 어디론가 가버렸다. 비 오는 길을 따라 홀로 피신해야 했던 남편의 행적을 영영 알 수 없게 된 것이다. 최정희는 더 이상 볼 수 없게 된 남편을 떠올릴 때마다 그의 구멍 난 구두를 걱정한다. 비가 오면 그의 구두 양쪽에 난 구멍으로 물이 올라올까 봐. 그렇게 남편의 모습은 잊을 수 없는 추억이 되어

버렸다.

지나간 옛 자취를

더듬어 가다가


아, 옛일은 옛일은

꿈에까지 와서

이렇게 나의 마음을

울려 주는가?


꿈에 놀란 외로움이

눈을 뜨면

새벽 닭이 우는 하늘 아래 저편에

지새던 별이 눈물을 흘린다.

— 노자영 시 「추억」 전문(『내 혼이 불탈 때』, 청조사, 1928)

1920년대의 낭만적 서정시인이었던 노자영의 시가 생각난다. 위의 시에서 화자는 지나간 옛 자취에서 옛일을 떠올린다. 돌이킬 수 없는 시간 속의 옛일은 꿈에도 나타난다. 화자는 놀라며 잠에서 깨지만 곁에는 아무도 없다. 외로움만 밀려들 뿐이다. 새벽닭이 울 때까지 화자는 외로움에 잠 못 들고 눈물을 흘린다. 별도 눈물을 비치더니 아침부터는 비가 내린다.

최정희의 남편 김동환이 떠나던 날도 노자영의 시에서처럼 비가 내렸다. 추억이 되어버린 그는 어찌되었을까? 최정희는 남편이 무사하기만을 소원한다. "구두창을 못 갈았더라도 몸이나 건강했으면", 아니 "목숨이나 붙어 있었으면" 하는 마음으로.

추억에는 다시 되돌릴 수 없는 기억들이 아련한 영상이미지로 남아 있다. 사랑하던 사람을 더 이상 만날 수 없게 되었다는 사실을 인정해야만, 아픈 기억에서 추억이라는 단계로 넘어가는 것이 아닐까. 그렇게 될 때 뮤지컬《캣츠》에 나오는 〈메모리〉의 노랫말처럼, 혼자서도 옛날을 떠올리며 미소지을 수 있을 것이다. 최정희가 〈메모리〉를 듣는다면, 냉철한 현실과 안타까운 그리움이 공존하는 이 노래에 가슴 아파할 것만 같다.

# 연애, 예전에 미처 몰랐어요

최정희 수필 「연애생활 회고」, 「모성애·연애·우애」

"문학을 일찍부터 하느라고 그 놈의 긍지 때문에 아무것도 못됐지."
이 말은 젊은 여성작가였던 최정희가 한 것이다. 이런 그의 말을 듣고, 시
인 김광섭金珖燮은 "불행한 사랑을 애호하며 자신이 늙어가는 꿈을 들여
다보는 여인"이라 했다. 한편, 천재이자 광인狂人으로 알려진 김문집金文
輯은 이 말에 대해 "현실적 조건이 정열을 제재制裁"하고 있어 "반쪽님(연
애 대상)이 가장 안타깝게 여길 인간 음률"이라고 평했다.

이에 대하여 최정희는 문학하기 위해 자신을 "마지느라"(저축하느라)
마음 내키는 대로 연애를 하지 못했을 뿐, 연애를 "늘 기다리고 있었다"
고 반박했다. 그는 이 '기다림'은 딴 여자와 사는 아버지를 어머니가 기
다리던 때부터 시작된 것이라고 했다. 그에게 연애戀愛는 사전적 의미인
"남녀가 서로 그리워하고 사랑하는 것"이 아니라, "기다릴 줄 아는 것"
이다.

다른 작가들은 왜 최정희를 연애 못 해본 사람으로 본 것일까? 사실 그에게는 두 남자가 있었다. 한 남자는 일본에서 학생연극운동을 함께 한 김유영(영화감독)이다. 그와 함께 연극운동을 하며 최정희는 뜻하지 않게 임신하여 결혼까지 했다. 하지만 가정폭력에 시달리다가 결국 아들을 낳은 후 이혼했다. 다른 한 남자는 이혼 후에 만난 유부남 김동환이다. 두 사람은 사랑하여 동거를 시작했고, 김지원과 김채원 자매를 낳았다. 두 딸은 훗날 작가적 재능을 인정받았다. 23세의 젊은 이혼녀 최정희는 청년문인들에게 애정 어린 관심을 받았다. 시인 백석이나 이상까지도 연애편지로 구애를 했다고 한다.

시인 이상은 최정희에게 편지를 보내어 "나는 당신을 위해 – 아니 당신이 글을 쓰면 좋겠다구 해서 쓰기로 한 셈"(이상의 친필 연애편지 부분) 이라면서, 자신의 글쓰기가 최정희와 연관되어 있음을 암시하기도 했다.

스탕달은 『연애론』에서 '말'로 하는 연애를 "문밖에서 구걸하는 거지", '글'로 하는 연애는 "안방까지 들어가는 도둑"이라고 비유했다. 이에 비추어 볼 때, 최정희는 젊은 시인들이 보낸 연애편지(글로 하는 연애)를 선택하지 않고, 김동환과 '글과 말'로 하는 연애를 했던 것이다.

그의 연애감정이 다른 곳을 향하고 있었던 탓일 게다. 문학을 하며 자신을 지키느라 연애를 못했다던 최정희는 잡지 『삼천리』의 기자로 또 소설가로 활동하게 도와준 남자 김동환을 사랑한 것이다. 최정희의 어머니처럼 김동환의 본처도 다른 여자와 사는 남편을 애타게 기다리는 신세가 되었다. 하지만 그 시간은 그리 길지 않았다. 김동환이 6·25전쟁으로 납북되면서 최정희 또한 기다리는 처지가 되어버렸기 때문이다.

그래서 먼 데를 보거나 숲을 볼 때, 밥을 짓거나 빨래를 할 때, 집안을 치우다가, 또는 일을 멈추고 가만히 서서 혹은 앉아서 기다리곤 했다는 것이다. 그렇게 기다리는 날이 길어지다 보니 어느 새 기다림은 버릇이 되어 가시지 않았다고 최정희는 말한다.

그에게 문학과 김동환은 연애대상이었고, 그 실천 방법은 그리워서 쓰고 또 기다리는 것뿐이었다. 그런 그가 '사랑'에 관해서 원고 청탁을 받고 쓸 엄두를 내지 못했다고 한다. "사랑이란 두 글자가 주는 폭이나 깊이가 너무 무한정하기 때문"이라는 것이었다. "사랑은 모든 허물을 가리운다(덮어준다)"(잠언 10장 12절)는 성서 구절처럼 사랑하면 모든 것이 용서된다는 말도 덧붙인다.

사랑과 달리 연애戀愛는 '아픈 것'이라며, 함박꽃처럼 피어나는 연인도 있지만, 대개는 말라가는 것을 보게 된다고 말했다. 말라가는 쪽에서 볼 때 "연애는 발이 걸어가는 것이 아니라 머리만 걸어가야" 하고, 만남보다는 "영靈과 영靈의 교섭"이어야 하며 기다리는 시간 내내 온통 연인의 얼굴이 얼른거리더라도 참고 견디어야 한다는 것이다. 아픔 속에서 인내와 극기를 기를 수 있기 때문이다.

최정희가 보기에도 연인들은 "봄가을 없이 돋는 달도 예전엔 미처 몰랐어요"라는 시구처럼 미처 몰랐던 일들을 많이 깨닫는 듯했다.

그는 연애하는 두 사람의 이야기가 얼마나 환상적인지 설명했다. 달이 뜬 밤 빨랫줄에 받쳐 논 "바지랑대가 하늘에 구멍이라도 뚫을 듯이 자꾸 길어진다"거나, "걷는 발 앞의 길이 무작정 넓어진다(지평선까지 펼쳐질 것만 같이)"는 것도 연인에게서만 들을 수 있는 이야기라는 것이다.

최정희는 그리움으로 가득한 연애감정을 수많은 사람들 가운데서 "유독 그 한 사람"만 그립고, 또 숱한 인간과 소음 속에서 그의 음성만 듣고 싶고, 그 한 사람을 떠나서는 살지 못하는 것이라고 말한다. 그 심정은 김소월의 시 「예전前엔 미처 몰랐어요」에서 느껴볼 수 있다.

봄여름 가을 없이 밤마다 돋는 달도

예전엔 미처 몰랐어요.


이렇게 사무치게 그리울 줄도

예전엔 미처 몰랐어요.


달이 암만 밝아도 쳐다볼 줄을

예전엔 미처 몰랐어요.


이제금 저 달이 설움일 줄은

예전엔 미처 몰랐어요.

— 김소월 시 「예전엔 미처 몰랐어요」 전문(『진달래꽃』, 매문사, 1925)


연애하면서 예전에 몰랐던 것을 알게 되기도 하지만, 헤어진 후에는 더 많은 것을 알게 되는 듯하다. 함께할 때는 미처 생각지 못했던 것들이, 그 사람이 떠나고 난 후에는 너무나 큰 빈 자리로 남아 가슴마저 뻥 뚫린 듯이 느끼게 한다. 그렇게 밝게만 보이던 달은 더할 수 없는 설움으로만 보인다. 연애감정은 사무치는 그리움과 서러움으로 남을 뿐이다.

이렇게 기다림과 서러움만 남기는 연애를 해야만 할까?

> 사랑은 기다리는 게 아니라
>
> 한 발자국씩 찾으러 떠나는 거라고
>
> — 안도현 시 「연애편지」 부분(『그대에게 가고 싶다』, 푸른숲, 2002)

사랑은 기다리는 것이 아니라 찾는 것이라고 시인은 말한다. 그 뜨거운 연애편지에 그렇게 썼고, 그 편지는 지금도 남아있다고.

누구나 연애를 꿈꾼다. 그렇게 싹트는 연애감정을 무엇으로든 표현하고 싶어 한다. 그때는 말로 다 못할 "그리움"과 무엇인가 보여주고 싶은 "외로움"으로 가득하기 때문이다.

지금 우리는 기다림과 그리움으로 가득한 연애를 마음껏 꿈꾸거나 실제로 할 수 있을까?

근대 이전에 연애는 가부장적 사회의 관습과 윤리에 어긋나는 남녀상열지사男女相悅之事였다. 서구 문화와 사상의 영향을 받으며 근대적 사고방식을 지닌 지식인들에 의해 소개된 것이 '연애戀愛' 개념이다. 연애는 '남녀가 서로 그리워하고 사랑하는 것'이다. 양반과 기생, 유학생과 여학생, 모던 보이와 모던 걸 사이에 일어나는 '자유연애'가 그때의 전통혼례나 일제 강점기의 현실을 도피하고 반항하는 수단으로 여겨지기도 했다. 그래서 연애는 사건이나 스캔들로만 받아들여졌다.

그러던 연애가 오늘날에는 "내 나이가 어때서? 사랑하기 딱 좋은 나

인데"라는 노랫말처럼 남녀노소 누구나 하고 싶어 하는 인생의 통과의
례이자 일상문화로 자리 잡게 되었다.

그래서일까? 연애 한번 못해본 청춘들을 향해 비난을 하거나 조언
을 아끼지 않는 사람들이 늘어나고 있다. 오죽하면 연애를 하나의 스펙
이나 능력, 학습이 필요한 과목으로 여기기겠는가? 이에 뒤떨어진 사
람에게는 연애고자, 모태솔로, 비연애주의자, 혼술족, 혼밥족 등의 명칭
을 붙이기도 한다. 물론 이것은 연애를 인생 최고의 목표나 결혼의 유일
한 핵심 조건이라고 주장하는 연애지상주의자들이 만들어낸 것일 수도
있다. 그러나 사회는 연애하기 어려운 환경은 외면한 채, "연애를 하라,
결혼해서 아이를 낳아라, 그렇게 가족을 이루어야 일생의 완성이다"라
고 강요한다. 일생一生의 완성 과정을 아예 바라지도 못하는 이들에게는
'삼포세대'라고 호명하며 문제로 여기기까지 한다. 삼포세대는 불안정
한 일자리와 생활로 인해 연애, 결혼, 출산을 포기하거나 기약 없이 미
루는 세대를 말한다.

연애는 사실 자기만족을 위한 감정의 분출이라고 할 수 있다. 자신에
게만 특별한 사람을 만들고, 그를 소유하려고 하여 자신을 버릴 때도 있
다. 그러다 보면 상대방을 사랑이라는 이름으로 구속하고 때로는 증오
도 한다. 그 결말은 결혼과 이별이라는 선택으로 이어지고, 그렇게 되면
'연애'는 변질되어 버린다. 선택의 순간이 오면 연애감정과 다른 '현실'
이 개입된다. 그것은 행복을 위한 선택이지만, 자기만을 향한 것인지 상
대방과 함께 가기 위한 것인지에 따라 달라질 수 있다.

우리는 연애를 하고 안 하고를 얼마든지 선택할 수 있다. 사랑하는 사

람이 나타나기를 기다릴 것인지, 직접 찾아 나설 것인지, 아니면 주위를 둘러보며 방황하고만 있을 것인지, 홀로 남을 것인지 선택할 권리가 우리에게 있다.

# 더⋯덤

작가의 삶
더 읽을거리

# 작가의 삶



천경자千鏡子는 1924년 11월 11일 전남 고흥군에서 군서기였던 아버지 천성욱과 무남독녀였던 어머니 박운아의 1남 2녀 중 맏딸로 태어났다. 천경자의 외할아버지가 큰 손녀를 예뻐하여 옥자玉子라는 이름을 붙여주었다. 옥자는 어릴 때 외할아버지에게 『심청전』, 『수호지』 같은 옛이야기를 듣고 천자문과 창唱까지 배우며 자랐다. 보통학교 1학년 때는 일본인 담임선생이 그림 소질이 있다고 칭찬했으나, 외할머니는 옥자가 그린 그림을 보고 매를 들기까지 했다.

광주공립여자고등보통학교(전남여고) 시절, 어른들이 혼담을 서둘렀다. 그러자 천경자는 다듬잇돌 위에 앉아 미친 시늉을 하며 시집가기를 거부했다. 1940년 17세가 되자 그는 여수에서 배를 타고 도쿄 유학길에 올랐다. 도쿄여자미술전문학교[여자미술대학女子美術大学]에 입학할 무렵 본명인 '옥자玉子'를 버리고 '경자鏡子'라는 이름을 스스로 지어 붙였다. 이 학교는 나혜석·박래현·이숙종 등 30여 명의 근대 여성화가를 배출한 '신여성 사관학교'로 알려져 있다. 천경자는 서양화보다 곱고 섬세한 일본화풍을 좋아하여 일본화 고등과에 들어가 섬세하게 사생하는 법을 배웠다.

일본 유학 중이던 1942년과 1943년 조선미술전람회에서 〈조부祖父〉, 졸업작품 〈노부老婦〉로 입선하여 재능을 인정받았다. 특히 〈조부〉는 고혈압으로 반신불수가 된 외할아버지가 손녀를 위해 기꺼이 모델이 되어준 초상화이다. 외할아버지의 사랑과 유복한 성장환경은 유학시절과 이후의 삶에도 천경자의 예술세계를 만들어가는 자양분이 되었다.

천경자에게는 두 명의 남자가 있었다. 첫 번째 남자는 유학을 마치고 귀국하던 중에 만난 이철식이었다. 도쿄 역에서 표를 구하지 못해 안절부절못할 때 표를 건네준 그와 1944년에 결혼하고 이듬해 첫딸 이혜선을 낳았다. 1946년부터 전남여고 미술교사로 있던 중 첫 개인전을 열었고, 첫 남편과 헤어졌다. 1950년 6·25전쟁 중 여동생 천옥희가 폐병으로 숨지면서 그는 큰 충격과 슬픔에 빠져 지냈다. 그런 천경자 앞에 두 번째 남자가 나타났다. 광주 지역신문기자였던 김남중은 그에게 웃음을 찾아주었다. "목 타는 사막에서 감로수를 마신 듯한 기분"을 들게 하던 그에게는 부인이 있었고, 주변에 여성이 항상 많은 사람이었다. 떳떳하지 못한 관계에다 그의 변덕스러운 태도 때문에 천경자는 기다림과 결별 사이에서 고통을 겪어야 했다.

천경자는 2남 2녀의 어머니가 되었다. 그는 남미짱(이혜선), 후닷닷(장남 이남훈), 미도파(둘째딸 김정희), 쫑쫑이(막내 김종우)라는 애칭으로 자녀를 모델로 하거나 사랑했던 남자들과 자기 자신을 모델로 하여 그림을 그리고 글을 썼다.

전쟁 후 여동생의 죽음으로 고통스러워하던 그는 화폭에 뱀 35마리를 가득 채워 그리기도 했다. 1952년에는 피난지 부산에서 개인전에 내놓은 그림 〈생태生態〉로 화단畵壇의 주목을 받으며 스타화가가 되었다. 이후 1954년 홍익대 동양화과 교수가 되어 1955년 대한미술협회전에서 작품 〈정〉으로 대통령상을 수상하였고, 1961년 국전國展 추천작가가 되었으며, 1971년에는 천경자미술연구소를 세웠다.

1972년 전쟁 기록화를 그리기 위해 김기창, 박영선, 김원, 임직순 등 화가 9명과 함께 베트남에 갔다. 이들은 맹호부대에 1주일간 머물며 M-16소총을 들고 나무 그늘에 잠복해 있는 병사들과, 자전거로 거리를 누비는 아오자이 차림의 아가씨들을 그린 스케치와 담채 작품을 여러 편 남겼다. 천경자는 1974년 홍익대 교수직을 사임하고 1978년 대한민국예술원의 정회원이 되었으며, 1979년 대한민국예술원상을 수상하였다. 그리고 1980년 인도·중남미 풍물전을 개최하고, 1983년 은관문화훈장을 수상한 후 1995년까지 개인전을 열지 않았다.

해외여행이 드물었던 1970~90년대 천경자는 타히티를 시작으로 유럽과 아프리카, 중남미 등을 다니며 '천경자 풍물화'라는 화풍을 개척하였다. 이때부터 우수에 젖은 이국적인 여인 그림을 본격적으로 그렸다. 노란 옷에 꽃장식 모자를 쓴 여성을 그린 〈길례언니〉(1973)와 〈내 슬픈 전설의 22페이지〉(1977), 〈황금의 비〉(1982) 등이 그것이다.

천경자는 전후사회의 스타화가이자 패션리더였다. 큰 키에, 파격적인 색깔과 무늬의 옷, 유난히 뾰족했던 하이힐, 머리를 둘러싼 커다란 화관이나 얼굴을 가릴 정도의 커다란 선글라스, 반달형의 눈과 인상적인 광대뼈, 가늘게 그린 눈썹과 붉게 칠한 입술, 담배를 문 모습 등으로 주변을 압도했다. 잡지나 방송매체와 인터뷰하기를 즐겼고, 전라도 사투리에 구수한 입담으로 같은 시대 문인이나 화가들과도 각별한 우정을 나누었다. 김환기, 박고석, 최순우, 김흥수, 유영국, 고바우 김성환 화백 등과 김현승, 고은 시인 등은 물론 박경리, 한말숙, 전숙희, 추은희 등 여성작가와도 절친했다. 세대를 뛰어넘어서 연예인 이덕화, 조용필, 강부자, 김수미 등과 다정하게 찍은 사진도 많이 남겼다.

천경자에게는 그림 못지않게 문학적 재능도 있었다. 수필집『여인소묘』(1955) 외 12권의 수필집을 출간했고, 화보와 그림에세이, 자서전 등을 출간하며 대중과 호흡했다.『내 슬픈 전설의 49페이지』는 1976년 잡지『문학사상』에 연재한 글을 모아 1978년 펴낸 자서전으로, 2006년 갤러리 현대에서 개최한 개인전 〈내 생애 아름다운 82페이지〉와 때를 맞춰 새롭게 출간되었다.

천경자는 1991년 〈미인도〉 위작 논란으로 절필을 선언하고 미국으로 떠났다. 하지만 넉 달 만에 귀국 후 카리브해, 자메이카, 멕시코 등으로 스케치 여행을 한 후 돌아와 다시 그림에 전념하였다. 그리고 1995년 호암갤러리에서 15년 만에 회고전 〈천경자_꿈과 정한의 세계〉를 열었는데, 8만 명이 모일 정도로 전시는 대성공이었다. 천경자는 1998년 11월 채색화와 스케치 등 작품 93점을 서울시립미술관에 기증하고 딸 이혜선(현 섬유공예가)이 있는 뉴욕으로 떠났다. 그는 1999년 한국예술

평론가협의회의 '20세기를 빛낸 한국의 예술인'으로 선정되었다.

천경자가 고향 고흥에 기증한 드로잉 55점, 판화 11점 등 총 66점의 작품은 2007년부터 천경자전시관에 전시되었다.

2003년 7월 2일 뇌출혈로 쓰러진 후 10여 년 간 외부와 접촉을 끊었던 천경자는, 2015년 8월 6일 새벽 5시에 미국 뉴욕 맨해튼 자택에서 숨을 거두었다.


## 천경자, 그림과 글을 사랑하다

천경자는 '꽃과 여인의 화가'로 유명했고, 사후에는 〈미인도〉 위작 논란과 뒤늦게 밝혀진 사망소식 등으로 화제를 모으기도 했다. 그는 자신의 과거를 지탱해준 원동력이 '꿈', '사랑', '모정' 세 가지였다고 말했다.

천경자는 그림으로 유명한 화가지만, 글쓰기를 좋아한 작가로도 주목해 볼 수 있다. 그는 『언덕 위의 양옥집』(신태양사, 1966) 후기에서 글을 왜 쓰고 왜 좋아하는지를 밝혔다. "가볍게 커피를 즐기면서 감정을 세척하는 기분"으로 글을 쓴다는 것이다. 물론 자신의 글을 읽으면서 부끄러움과 후회를 느끼는 경우도 있었지만 "글은 거울처럼 그 인간을 비추어 주는 것"이라며 긍정적으로 생각했다. 그는 "좋은 그림을 많이 그리려 했고, 그러면 글도 자연히 따라갈 것이라고 믿어왔다."며 글에 대한 열정도 밝혔다.

소설가 박경리는 명동시절(1950년대)부터 친하게 지낸 천경자를 시와 수필에 여러 번 표현해 놓았다. 시 「천경자를 노래함」에서 천경자의 언어를 "아찔하게 감각적"이라고 말하면서 "꿈은 화폭에" "시름은 담배에” 담은 “용기있는 자유주의자”인 동시에 “고약한 예술가”라고 평가했다. 한편 수필 「일종의 유행병」(『기다리는 불안』)에서는 “천 여사는 꽃의 아름다움을 아는 분”이고 “화가이지만 시인”이라고 했다. 그리고 ‘아마리스의 꽃’Amaryllis처럼 강렬한 색채와 관능을 예술로 승화시키며 “예술과 인생의 가장 어려운 길을 걷고 있는 분” 같다고 했다.

## | 박경리 |

박경리朴景利는 1926년 음력 10월 28일 경남 통영 명정리에서 태어났다. 아버지가 지어준 본명은 ‘박금이’다. 아버지 박수영은 14세에 네 살 연상인 어머니와 결혼하여, 4년 후 금이를 낳았다. 박경리는 자신의 출생이 “불합리했다”면서 “아버지는 죽는 날까지 어머니에 대하여 타인이라기보다 오히려 적의에 찬 감정으로 시종일관했다”(「Q씨에게」)고 말했다. 방랑벽을 지니고 있던 아버지는 어머니를 버리고 새 장가를 들었다.

박경리는 홀어머니 밑에 자라면서 반항심을 키워갔다. 아버지는 죄책감 때문에 딸 금이를 어려워한 반면, 어머니는 딸에 대한 기대감이 컸다. 태몽으로 “흰 용을 보고” 낳았으니 “큰 사람이 될 것”이라는 어머니의 말을 부담스러워했다. 그는 “어머니에 대한 연민과 경멸, 아버지에 대한 증오” 등의 극단적인 감정 속에서 독서와 시 쓰기에 매달리듯 지냈다. 진주고녀 시절에는 아버지가 학비를 대주지 않자 반항심에 여학교를 중퇴했다가, 해방 이듬해 졸업하였다.

1946년 도쿄 유학파였던 김행도金幸道와 결혼하였고, 남편이 인천 전매국에 취업하자 함께 인천으로 이사하여 헌책방을 운영하기도 했다. 1950년 황해도 연안여중의 영어교사로 재직하던 중 6·25전쟁을 맞았다. 박경리의 남편은 피난을 떠나지 못한 채 직장에 복귀했다는 이유로 부역자로 몰려 서대문형무소에 수감되었다. 박경리는 추운 겨울 남편의 형무소 옥바라지를 위해 흑석동 집에서 서대문까지 걸어 면회를 다녔다. 그러던 어느 날 갈아입을 옷을 넣어주었으나 남편이 입고 있던 옷이 나오지 않았다. 그리고 박경리는 남편이 사망했다는 사실을 뒤늦게 알게 되었다. 이후 박경리는 생계를 잇기 위해 재봉일과 수예점 운영을 했다. 또 은행원, 신문기자 일을 하며 돈암동에서 식료품 가게를 운영하기도 했다. 이때 진주여고 선배이자 김동리의 첫 부인 김월계金月桂가 남편에게 박경리의 시를 보여주었다. 시를 본 김동리가 소설을 쓰라는 권유를 하며 '박경리'라는 필명을 지어주었다.

휴전 이후 박경리는 세 살배기 어린 아들을 의료사고로 잃고 절망에 빠져 지냈다. 이때의 사건은 소설 「불신시대」의 배경이 되기도 했다. 그는 어머니와 어린 딸을 위해 세상과 맞서야 했고, 그때의 가난이 문학의 원동력이 되었다고 했다. 김동리의 추천으로 박경리는 단편 「계산」(1955)과 「흑흑백백」(1956)을 『현대문학』에 발표했다. 박경리는 당시의 심경에 대해 "마음도 생활도 온통 가난했었다"며 "6·25전쟁으로 강인한 생활력을 찾았다면, 가난함이 문학을 하게 했다"고 말했다.

박경리는 1957년부터 본격적인 문학활동을 시작하여 단편 「전도剪刀」, 「불신시대不信時代」, 「벽지僻地」 등을 발표하였다. 이때 「불신시대」로 현대문학사에서 신인문학상을 받았지만 '자식을 잃은 어머니'에게는 '서글픈 행사'였을 뿐이었다. 게다가 다음날 집에 화재까지 나고 말았다. 이후 친구들의 도움으로 세를 얻었지만 생계는 막막했다. 그는 밤을 새워가며 쓴 원고를 들고 화신 뒤편에 있는 '삼중당'으로 가서 1만 5천 환(지금 60만 원)의 원고료를 미리 받아 생활비로 쓰기도 했다. 이때 쓴 작품이 첫 장편 『애가』였다. 이후 다니던 신문사를 그만두고 막막하고 불안한 현실을 모티프로 하여 『표류도』(1959)를 썼다. 이 작품을 계기로 여러 매체에서 연재 요청을 받게 되었다. 조선일보사에 『내 마음은 호수』(1960), 잡지 『여원』에 『성녀와 마녀』를 연재하기도 했다. 장편 『김약국의 딸들』(1962), 『시장과 전장』과 『파시波市』(1964) 등 사회와 현실을 비판한 문제작을 잇달아 발표하면서 문단의 주목을 받았고, 1966년 『시장과 전장』으로 '한국여류문학상'을 수상했다. 1969년 6월부터 1994년까지 5부로 완성한 대하소설 『토지土地』는, 한국 근·현대사 속에서 일어난 계층적 갈등과 인간의 서로 다른 운명을 깊이 있게 다루었다는 호평을 받았다.

1973년 딸 영주가 김지하 시인과 결혼을 했으나, 이듬해 민청학련 사건에 연루되어 김지하가 사형선고를 받았다. 박경리는 사위 김지하를 살리기 위해 백방으로 뛰어다녔다. 그 결과 7년 옥살이 후 김지하가 석방되었다.

박경리는 자리를 펴고 편히 누운 적 없이 『토지』를 써내려갔고, 1994

년 집필 26년 만에 탈고하였다. 그해 그는 유네스코의 '올해의 인물'로 선정되었다. 1996년에는 『토지』전16권을 출간했고, 연세대 원주 교정의 객원교수로서 강의하였다. 1999년 '토지문학관'이 완공된 후 박경리는 원주에서 말년을 보냈다. 그는 밭을 일구며 배추와 고추, 상추, 파 등을 심어 먹거리를 마련하면서 소박한 귀촌생활을 했다. 그러나 담배와 집필만은 멈추지 않았다.

2007년 7월 박경리는 폐암 선고를 받았으나 고령을 이유로 항암 치료를 거부하고 투병 생활을 했다. 2008년 5월 5일, 그는 폐암으로 눈을 감았다. 마지막 가는 길에 소설가 박완서와 최일남을 비롯해 최유찬, 김병익 등의 지인이 임종을 지켰다. 소설가 윤흥길도 "창작을 위해서라면 무엇이든 다 버리고 희생할 정도로 선생님은 자신에게 가혹했던 반면 문단 후배들에게는 넉넉하고 자상한 어머니처럼 늘 꼼꼼히 챙기고 돌보셨습니다"(「박경리 선생님 영전에」,『한국일보』, 2008.5.7)라며 후배 사랑이 남달랐던 박경리를 추모했다. 2008년 한국문학 발전에 기여한 공로로 박경리에게 금관문화훈장이 추서되었다.





강신재康信哉는 1924년 5월 8일 서울 남대문로에서 부부의사 강태순과 이순환의 4남매 중 맏딸로 태어났다. 1932년 함경남도 천마소학교에 입학했으나 아버지의 갑작스런 사망으로 서울로 올라와 1938년 덕수소학교를 졸업하였다. 경기여고 졸업 후 1943년 이화여전 가사과에 진학하였으나 1944년 서임수와 결혼하면서 학칙에 따라 자퇴하였다. 남편이 태평양전쟁 때는 학병으로, 6·25전쟁 때는 공군으로 참여하게 되자, 홀로 남매를 키우며 소설 습작을 시작했다. 남편 서임수徐任壽, 1922~2016는 대구 태생으로 강신재와 만나 결혼한 후 1945년 경성대 법문학부를 졸업했다. 이후 서울대 교수, 공군본부 정훈감, 국회의원, 경향신문 부사장 겸 편집국장, 해외개발공사 사장, 국민대학장 등을 역임하며 사회 여러 분야에서 활동했다.

6년차 주부가 되었을 무렵인 1949년, 강신재는 김동리의 추천으로 『문예』지에 단편 「얼굴」과 「정순이」를 발표했다. 그리고 1960년 1월 『사상계』에 발표한 「젊은 느티나무」로 주목을 받았다. 이 소설은 통속적이라는 비판과 함께 감각적인 문체와 청춘 남녀의 순수한 사랑을 표현하여 어두운 현실과 이념에 치중되었던 문학계에 새로운 지평을 열었다는 평가도 받았다. 이후 『임진강의 민들레』(1962), 『오늘날과 내일』(1966), 『파도』(1970), 『명성황후』(1991) 등 120여 편의 단편소설과 장편소설을 50여 년간 발표하며 작품 활동을 꾸준히 해나갔다. 그러나 바깥출입에 해당하는 문단활동을 극히 자제한다는 이유로 '규수작가'라는 명칭을 얻기도 했다. 조용하고 가정적인 성격 탓도 있었지만, 남편의 사회적 지위와 자녀 뒷바라지 때문이었다고 한다.

강신재는 후배 작가를 살뜰히 챙기는 선배작가이기도 했다. 박경리가 외동딸 혼배미사 도중 눈물을 참지 못하고 울고 있을 때, 강신재가 조용히 다가와 손수건을 꺼내 눈물을 닦아주었다는 일화도 있다. 강신재는 "나도 딸(피아니스트 서타옥)을 시집보낼 때 생이별하는 것 같아 박선생처럼 눈물을 쏟았다. 딸 시집보내는 엄마의 심정은 누구보다 내가 잘 안다"며 박경리의 등을 토닥였다고 한다. 박경리는 "그때의 그 따사로운 손길과 위로의 말로 큰 감동을 받았다"며 평생 잊지 못할 기억이라고 했다.(정규웅의 문단 뒤안길 1980년대 〈32〉「주부 대신 작가 택한 강신재」, 『중앙SUNDAY』 제240호, 2011.10.16 참조)

강신재는 작가로서 인정을 받아 한국문학상, 여성문학상, 예술원상, 중앙문화대상 등을 수상했을 뿐만 아니라 한국여류문학인협회 회장, 대한민국예술원 회원, 소설가협회 대표위원장 등도 역임했다.

2001년 5월 12일 강신재는 숙환으로 세상을 떠났다. 향년 78세였다.

2006년에는 국립중앙도서관에서 첫 번째 개인문고로 '강신재 개인문고'를 설치하고 '강신재를 읽는다' 기획전을 마련하였다. 이 기획전(8.7~31)에는 작가 사후 유족이 기증한 친필원고와, 시대별로 구분한 사진, 작가가 생전에 사용했던 가구들을 활용해 꾸민 서재도 함께 전시되었다.

## | 이영도 |

이영도李永道(호 정운丁芸)는 1916년 10월 22일 경북 청도읍 유호리에서 태어났다. 선산 군수였던 아버지 이종수李鍾洙와 어머니 구봉래具鳳來 사이의 2남 2녀 중 막내로 사랑을 받으며 자랐다. 밀양보통학교에 입학했지만 할아버지 이규현李圭現이 지역 인재 발굴을 위해 세운 의명학당義明學堂에서 공부했다. 일제 말기에 대구여고보를 다니다가 중퇴하고, 19세 때 대구시 인교동의 부호 박기주朴基澍와 결혼하여 이듬해 딸 동지(진아)를 낳았다.

해방을 눈앞에 둔 1945년 8월 10일 남편이 위궤양으로 세상을 떠났다. 부호였던 시댁은 시아버지의 방탕한 생활과 남편의 뜻하지 않은 죽음으로 몰락하기 시작했다. 이영도는 불행 속에서도 딸을 키우며 마음을 다잡기 위해 시조를 썼다. 그리하여 1946년 『죽순』 창간호에 시조 「제야」를 발표하며 문단활동을 시작했다. 그때 그보다 네 살 위인 오빠 이호우李鎬雨, 1912~1970가 시조 시인으로 널리 알려진 터라, 오누이 시조 시인의 출현을 신기해하는 문인들이 꽤 있었다고 한다.

1946년 이영도는 생계를 위해 통영여고 가사 선생으로 부임했다. 그곳에서 국어교사로 있던 시인 유치환을 비롯해 음악가 윤이상, 화가 전혁림 등 뛰어난 예술인들을 만나 교류하기 시작했다. 특히 유치환은 단아하면서 다정다감한 이영도에 반하여 매일 편지를 보냈지만, 이영도는 3년이나 이를 무시했다고 한다. 하지만 청마는 "지애至愛한 정운, 최애最愛한 당신"이라며 일기 쓰듯 사랑의 편지를 꿋꿋이 보냈다.

몸이 약했던 이영도는 폐침윤이라는 병을 얻어 마산결핵요양원에서 휴양을 하게 되었다. 6·25전쟁이 터지고 청마와 만날 기약 없이 헤어지게 되자 이영도는 청마를 향한 마음이 우정이 아니라 사랑이라는 걸 느끼게 되었다.

그가 부산여고에 재직하고 있을 때 청마는 경남 거창 안의중학교 교장으로 취임해 있었다. 새벽에 안의를 떠난 청마가 대여섯 시간 동안 버스를 타고 부산에 올 때면 두 사람은 학교 앞 식당에서 만나 잠시 이야기를 나누다가 아쉽게 헤어지곤 했다. 그렇게 둘은 짧은 만남을 나누면서 편지를 주고받았다. 청마가 이영도에게 보낸 편지는 5천 통에 달한다. 1967년 2월 13일, 둘은 만나기로 약속했으나 다시는 만나지 못하게 된다. 청마가 교통사고로 갑자기 세상을 떠났기 때문이다. "너는 저만치 가고 나는 여기 섰는데, 손 한 번 흔들지 못한 채 돌아선 하늘과 땅, 애모는 사리로 맺혀 푸른 돌로 굳어라."(시조 「탑Ⅲ」, 『석류』, 중앙출판공사, 1968) 그해 9월 이영도는 10여 년이나 머물렀던 '애일당愛日堂'을 떠나 서울로 이사했다. 매일매일 소중하게 여겼던 '애일당 사랑'을 부산에 남겨둔 채.

그런 중에도 이영도는 창작 활동을 꾸준히 하여 1954년 첫 시조집『청저집青苧集』을 발간했다. 1955년 다시 폐가 나빠지자 그는 휴양을 겸해 마산 성지여고로 자리를 옮겼다. 1958년에는 수필집『춘근집』을 냈다. 2년 뒤에는 어머니 시조모임인 '달무리회'와 '꽃무리회'를 결성하는 등 시조 보급에 열성을 보였으며, 이후 시조집『석류』(1968)와 수필집『비둘기 내리는 뜨락』(1966),『머나먼 사념의 길목』(1971) 등을 출판했다.

청마와의 이별을 전후로 이영도를 더욱 괴롭힌 것은 폐침윤과 뇌출혈이었다. 이 무렵 하나뿐인 딸 진아는 미국 유학 중이었다. 콜롬비아대학에서 영문학을 전공하던 딸이 보낸 돈으로 이영도는 수의를 장만했다. 잦은 병치레로 언제 죽을지 몰랐지만 죽음을 슬퍼하기보다는 기쁘게 맞이하고 싶었다. 다행히 건강은 기적적으로 회복되었고, 딸이 귀국하여 결혼하고 첫 아들을 낳던 해(1971년)에는 유서를 수의에 꽂아 두면서 자신의 마음을 남겨둘 수 있었다. 하지만 이영도는 글을 쓸 때만은 정성을 다했다. "수를 놓듯" 자신을 달래는 작업으로 붓을 들었고, 청탁에 쫓겨 원고지를 메우는 경우에도 "가뭄에 갈라진 논바닥 같은 내면갈증을 추기듯" "애락절규哀樂絶叫를 다스리듯이" 심혈을 기울였다는 것이다.

5년 후인 1976년 이영도는 뇌일혈로 쓰러졌다. 그해 3월 6일, 그가 직접 장만한 꽃 드레스를 입고 세상과 이별했다.

그가 남긴 유서에는 "내 죽음은 화장해서 그 가루를 산수 좋고 공기 맑은, 아름다운 계곡에 뿌려다오. 자연으로 돌아가겠다"라는 글귀가 들어있었다. 문인장으로 치러진 그 자리에는 이은상, 김동리, 김상옥, 전봉건, 김남조, 백낙청, 고은, 신경림 등이 함께했다. "사노라면 슬픔과 그리움이 사무칠 때가 있다. 그때 찾아갈 곳이 있어야 한다"는 딸의 뜻에 따라, 유해를 화장해서 고향 밀양의 선영(이호우 묘소 곁)에 묻었다.

유고 시조집 『언약』과 수필집 『나의 그리움은 오직 푸르고 깊은 것』이 간행되면서 섬세하고 단아한 언어 조합으로 한국인의 전통 서정을 현대적으로 재해석하였다는 평가를 받았다. 1969년부터 『한국문학』에서는 그를 기념하여 매년 정운시조문학상丁芸時調文學賞을 시상하였다. 이후 1994년 부산 금강공원에 '이영도시비'가 세워졌고, 고향 청도에서는 '이영도 시조문학상'을 제정하였다. 2003년에는 마을 앞에 '달무리'라는 표제와 함께 시비가 세워졌고, 30주기인 2006년에 시조전집『보리고개』가 발간되었다.





정충량鄭忠良은 1916년 6월 7일 함경북도 고원에서 아버지 정창옥鄭昌玉과 어머니 김일선金一善의 1남 3녀 중 셋째 딸로 태어났다. 독립운동가였던 아버지는 그가 3세 때 일경에 쫓기어 블라디보스토크로 떠났는데, 그 이후에 만나지 못했다고 한다. 홀어머니 밑에서 엄격한 교육을 받으며 자란 정충량은 억척스러운 데가 있어서 여학교 다닐 때 '함경도 또순이'라는 별명까지 얻었다.

1931년 고원공립보통학교를 졸업하고 서울로 올라와 숙명여고보에 입학했다. 재학시절 조선인 학생을 차별하는 일인교사를 배척하기 위해 동맹휴학을 벌이다가 무기정학 처분을 받았다. 공부와 독서에도 열성이었지만 운동을 좋아하여 1932년 9월『동아일보』주최 전조선여자정구대회에 출전하기도 했다. 그러나 늑막염을 앓게 되어 6개월간 서해안 어촌에서 요양을 했다. 복학 후에는 무기정학을 주었던 일본인 교장의 추천을 거절하고 이화여전 문과에 들어갔다.

정충량은 이화여전 시절 활달하고 사교적인 단발머리 학생으로 유명했다. 한때 독립운동을 위해 상해로 가려고도 했으나 학업을 마쳐야 한다는 교수들의 충고를 듣고 1939년 학교를 졸업했다. 졸업 후 개성의 고려여학교와 황해도 안악공립고등여학교에서 영어교사 생활을 했다. 이때 황해도 지주집안의 장남 원용하와 결혼하여 맏며느리로 살았다. 시댁은 대갓집 살림이었다. 김장 때면 배추만 8천 통이 넘었고, 하루 10여 명이 10여 일 걸려 김장을 했다고 한다. 이런 집에서 시집살이를 한 덕에, 그는 어떤 큰일이나 힘든 일이 닥쳐와도 두렵지 않았다고 했다.

해방이 되면서 지주였던 시댁은 더 이상 북쪽 생활을 할 수 없게 되었다. 정충량은 시댁 식구와 월남하여 가장 역할을 했다. 미군정청 사법부에서 번역사로 일한 것이 인연이 되어 1947년부터 월간 『국제보도』 기자로, 1948년부터는 『경향신문』 문화부기자로 생활하였다.

1950년 6·25전쟁 때 남편 원용하와 친가, 시가의 동생들뿐 아니라 가까운 친척까지 납북되었다. 정충량은 임신한 몸으로 시부모와 아이들을 부양해야만 했다. 1·4후퇴 때는 신문사를 그만두고 경북 경산에서 피난생활을 했다. 언니에게 더부살이를 하며 산후 우울증과 생활고에 시달린 나머지 동반자살까지 생각한 적이 있었다. 하지만 친구의 도움으로 직장을 얻어 적은 월급으로나마 생활력을 회복할 수 있었다.

피난에서 돌아온 정충량은 1956년부터 『연합신문』의 논설위원으로 일하였고, 종로구 팔판동에서 시아버지를 모시고 3남매를 키우며 살았다. 그때 이웃집에는 당시 장편 『고개를 넘으면』을 집필 중이던 박화성이 살고 있었다.

박화성은 그때의 정충량을 다음과 같이 회고했다. "정충량 씨는 연합신문에 봉직하고 있었는데 그 씩씩한 생활자세에 나는 늘 감격하였다. 아버님을 언제나 공손히 모시는 것이었다. 수필과 평론으로 일가를 이루었고 꾸준히 전화로 문후하고 내방하여서 나는 오직 그의 끈질긴 우정에 감복하고 있을 따름이다."(「나의 교유록 – 원로여류가 엮는 회고〈36〉 박화성 소설『고개를 넘으면』」,『동아일보』1981.2.21.)

한편 정충량은『연합신문』(서울일일신문)에서 7년간 한국 최초의 여류 논설위원으로 활약하며 기자의 자존심을 지켜나갔다. 1958년 2·4정치파동(보안법 파동)을 질타하는 등 시국적 중대사에 대한 소견을 사설로 써나가며, 문화 관련 사설도 다양하게 신문에 실었다. 미국과 유럽에 체류하면서 서구의 생활상을 소개하는 글을 쓸 무렵, 정충량은 4·19혁명 소식을 접했다. 그때 한국의 민주주의 정신에 대한 외국인들의 찬사를 듣고 정세에 대한 불안감을 잊고 용기를 얻었다고 한다.

여기자들의 권익 보호와 친목을 위해 1961년 여기자클럽 창설에 뜻을 모으고 초대 회장직을 맡기도 했다. 1962년『서울일일신문』(연합신문)이 자진 폐간되자 언론계를 떠나게 된 정충량은 이화여대 김활란 총장의 주선으로 대학 강단에 섰다. 1963년부터 언론인 출신 신문방송학과 교수(1963~77)로 대학신문 주간과 출판부장을 맡았다. 그밖에 한국여성단체협의회 상임이사와 부회장(1962), 주부클럽연합회 회장(1968~1985) 등과, 세계여기자작가대회 한국대표(1969~1971), 세계여기자작가협회 한국지부 회장(1970), 숙명여고 교장(1977~1988) 등을 맡으며 여성의 지위 향상과 후진 양성에도 힘썼다. 1970년부터 7년여 간 불면증, 무기력, 소화불량, 침마름, 피로, 허리디스크 등에 시달리면서도 사회활동을 계속했다. 한편 수필과 평론을 꾸준히 써서 평론집 『마음의 꽃밭』(고시학회, 1959), 『여성과 에티켓』(삼중당, 1964), 공저 『이화 80년사』(1967), 수필집 『수문장의 변』과 『어둠을 뚫는 소리』, 평론집 『문명의 얼굴 미개의 얼굴』(학원출판사, 1977) 등을 펴내기도 했다.

정충량은 1988년 숙명여고 교장직에서 물러난 뒤 병치레를 거듭하다가 이듬해 아들 원철희(전 미주동아 편집국장)가 사는 미국으로 건너갔다. 이후 1991년 1월 21일 미국 캘리포니아주 오렌지카운티 웨스트민스터 휴매나병원에서 노환으로 세상을 떠났다. 장례는 25일 로스앤젤레스에서 치러졌으나 유해는 서울로 옮겨 경기도 포천 가족묘지에 안장되었다.


## | 조경희 |


조경희趙敬姬는 1918년 4월 6일 강화도 온수리 해랑당海浪堂에서 아버지 조광원과 어머니 윤의화의 5남매 중 맏딸로 태어났다. 일찍이 영국 성공회를 받아들인 강화도 소지주 집안이었다. 아버지는 인천상고를 졸업하고 서울에서 은행근무를 하다가 1923년 미국 하와이로 건너가 1931년 신부 서품을 받고 그곳에서 30여 년간 성직생활을 했다. 어린 시절 조경희는 어머니를 따라 동생들과 함께 서울에서 강화 시골로 내려와 조부모 밑에서 자랐다. 몇 년에 한 번씩 안식년 휴가를 받아 귀국하는 아버지와는 대부분 편지를 주고받으며 지내야 했다.

강화도에서 길상보통학교를 마치고 13세에 서울 동덕여고보로 진학했다. 정동 성공회의 여자기숙사 성모관에서 여고까지 통학을 했다. 기숙사에는 모윤숙과 후일 간첩사건으로 유명해진 김수임이 선배로 있었다. 여학교 졸업 후 일본 유학을 꿈꿨으나 부모의 반대로 잠시 고향에 내려갔다가, 여학교 성적 덕분에 면접시험만 보고 1935년 이화여전 문과에 입학하였다. 이때 동기생으로는 황해도 부잣집 딸이자 테니스선수였던 정충량, 불교에 귀의한 김일순 등이 있었고, 선배로는 전숙희를 비롯해 정명화·정경화·정명훈 음악가 남매를 키운 이정숙도 있었다. 1938년에는 잡지『한글』에 수필「측간단상」이 당선되어 등단했다.

이듬해인 1939년『조선일보』학예부 기자로 입사해 1980년『한국일보』에서 정년퇴임할 때까지 40여 년 언론인으로 활동하면서 수많은 유명인사와 교류하며 지냈다.

일제강점기인 1940년 8월 조경희는『조선일보』가 강제 폐간되자『매일신보』로 옮겨가야 했다. 이 무렵 부군 홍태식을 만났다. 홍태식은 동경 태평양미술학교를 졸업하고 민족운동에 열중하고 있었다. 이미 결혼해서 두 아이가 있었으나 아내는 형무소를 드나드는 남편을 견디지 못하고 떠나버렸던 것이다. 조경희는 그런 그에게 마음을 주었고 마침내 1948년 10월 10일 결혼했다.

해방 이후 좌익과 우익으로 나뉜 세상에서 조경희는『중앙신문』기자로 활동했고, 남편은 사회운동을 접었다. 6·25전쟁이 일어나면서 조경희는 북한군에게 붙잡혔다가 9·28수복 전에 나왔다. 하지만 부역혐의로 감옥살이를 해야 했다. 1·4후퇴 때 부산에서 지인들의 도움과 남편의 노력 덕분에 풀려나기까지 고초를 겪었다. 부산에서 『부산일보』 문화부장으로 근무하다가 1952년부터 서울로 돌아와 사직동 친정집에서 형제들과 모여 살기도 했고 셋방을 옮겨다니기도 했다. 4년간 월간 『여성계』 주간과 『희망』 문화부장을 맡으며 차압을 당하는 어려운 형편도 겪었다. 1960년부터 『서울경제신문』 문화부장과 『새나라신문』 편집국장, 문화공보부 영화심의의원, 1965년 다음해 한국여기자클럽 회장을 맡기도 했다.

1956년부터 『평화신문』 문화부장을 맡으면서 국제펜대회 활동도 해나갔다. 1971년 창립된 한국수필가협회의 초대회장으로 추대되었고, 1974년부터 『한국일보』 논설위원으로도 활약했다. 1979년 한국여성문학인회 회장, 한국문인협회 부이사장 등을 거쳐 1984년 여성 문화인으로는 처음으로 한국예술문화단체총연합(예총) 회장에 당선되어 지금의 예총회관을 마련하고, 잡지 『예술계』도 창간했다.

1988년 정무제2장관에 발탁되어 여성의 권익 향상에도 애를 썼다. 특히 "왜 여성은 만년 과장에만 머물고 마느냐"며 내무부장관에게 강력히 항의하고, 전국 13개 시도 가정복지과장을 일괄 국장으로 승진 발령한 일화도 남겼다. 또 예술의전당 오페라하우스 건립에 필요한 예산 500억 원을 확보하는 데 능력을 발휘하였고, 이후 예술의전당 이사장을 맡기도 했다. 그밖에 1995년 한국여성개발원 이사장, 1997년부터 대한민국예술원 회원 등으로도 활동했다.

다양한 경력과 달리, 조경희는 수필에서 일상생활의 정감과 세상사를 소박하고 쉬운 문장으로 담아냈다. 주요 수필집으로『우화』(1955),『가깝고 먼 세계』(1963),『음치의 자장가』(1966),『면역의 원리』(1978),『골목은 아침에 나보다 늦게 깬다』(1982) 등이 있다. 또 언론계와 문단 등에서 활약한 노력을 인정받아, 한국문학상(1975), 서울시 문화상(1982), 대한민국 문화예술상(1987) 등과 프랑스 문화훈장(1992)도 수상했다.

2005년 8월 5일, 조경희는 숙환으로 세상을 떠났다. 고려대 안암병원에 마련된 그의 빈소에는 수많은 조문객이 찾아와 헌화했다. 자서전『언제나 새길을 밝고 힘차게』(정우사, 2004)에서 밝혔듯이, 조경희는 여성에 대한 편견이나 일터에서 여성이 겪는 모든 악조건을 극복하기 위해 애쓴 대표적인 여성지성인이기도 하다.

2010년 그의 고향 강화도 용흥궁공원에 강화문학관이 건립되면서 2층에 '조경희수필문학관'이 함께 설치되었다. 2008년 '조경희 수필문학상'을 제정하여 운영하고 있다.


## | 전숙희 |

전숙희田淑禧는 1919년 3월 15일 함경남도 원산(강원도 통천군)에서 태어났다. 1906년 아버지 전주부田周富가 13세, 어머니 계성옥桂成玉이 16세이라는 나이에 결혼하여 2남 5녀를 낳았다. 이후 아버지는 고향을 떠나 서울로 올라와 연희전문을 졸업하고 목사가 되기 위해 신학교에 입학했다. 계동에 살 때는 아버지가 교회를 시작하면서 전 재산을 교회에 기증하는 바람에 살림이 어려워졌다.

이화여중 졸업 후 1931년 이화여고 시절에는 동맹휴학으로 친구들이 감옥에 갇히는 사건을 겪기도 했다. 이화여전 문과에 입학할 무렵에는 이런 시대에 학교에서 배울 것이 없다고 자퇴서를 낸 적도 있다. 하지만 문과에서 소설가 이태준을 만나 소설 공부를 시작하고, 1938년 이화여전 문과 졸업반일 때 『여성女聲』에 단편소설 「시골로 가는 노파」로 등단했다. 그러면서도 일제치하에 사는 것을 모욕과 수치라고 생각하여 자살을 심각하게 생각했다. 학교에 안 가고 자살을 시도했다가 젊은 의사에게 오랫동안 치료를 받았다. 그것이 인연이 되어 전숙희는 학교 졸업 후 그 의사와 결혼하였다. '배운 여자'라 남편을 불행하게 할 수 있다는 시댁의 반대를 무릅쓰고서.

해방 전까지 함경북도 무산과 경상북도 안강에서 남매를 낳고 육아와 살림에 전념했다. 너무 힘들어서 병원이던 집 안에서 알약을 먹었다가 발각되어 남편에게 꾸지람을 듣기도 했으나, 아이들을 키우면서 다시 힘을 냈다고 한다. 해방 후 전숙희는 남편을 따라 월남하여 10월부터 미군정이 주둔하자 통역관으로 활동했다. 1948년 미군정이 물러난 뒤, 문단에서 가까워진 손소희孫素熙, 이화여대 음대 교수 유부용劉芙蓉과 함께 명동 입구에 '마돈나' 다방을 열었다. 이 다방은 김동리金東里, 조연현趙演鉉, 김영랑金永郎 등은 물론 시인 정지용鄭芝溶과 이용악李庸岳 등이 즐겨 드나들던 문인들의 사랑방이었다. 이듬해인 1949년 봄, 다방 한구석에 사무실을 꾸며 잡지『혜성』을 발행하기 시작했다. 주간은 손소희가, 편집장은 전숙희가 각각 맡았고 조경희가 부장이었다. 이때부터 전숙희는 수필 창작에 몰두했다.

6·25전쟁 전부터 2년여를 전숙희는 군의관 소령이던 남편을 따라 아이들과 필동 헌병사령부 구내 관사에서 살았다. 휴전 후 제대한 남편이 병원을 개업한 후, 그는 1954년 첫 수필집『탕자의 변』(연구사)을 펴냈다. 같은 해 아세아문화재단 후원으로, 또 1955년 미국 펜실베니아주『알래타운 콜 클라니클』신문사 초청으로 미국 언론계와 문화계 시찰을 하기도 했다. 또 미국 콜롬비아대학에서 1년간 비교문학 연수를 하고 돌아와 기행수필집『이국의 정서』(희망, 1957)를 발간했다. 1959년 대만정부 초청을 받아 문화사절단의 일원으로 대만을 방문했고, 도쿄 국제펜클럽 세계대회 및 1966년 미국 국제펜클럽 세계대회에 참석했다. 같은 해『여수상 깐디』전기를 펴내기도 했다. 섬세하고 다정다감한 여성의 심리를 군더더기 없는 조출한 필치로『밀실의 문을 열고』(국민문고사, 1969),『삶은 즐거워라』(1972)와『나직한 말소리로』(서문당, 1973),『영혼의 뜨락에 내리는 비』(갑인, 1980),『다시 사랑의 말을 한다면』(제삼기획, 1987),『당신은 특별한 사람』(보이스사, 2002) 등의 수필집을 펴냈다. 한편 1970년 동서문화 교류를 위해 월간『동서문화』를 창간하여 현재는『동서문학』으로 발간되고 있다. 1975년 유엔의 여성의 해를 맞이하여『조선일보』파견으로 세계여성생활 취재로 세계일주여행을 다녀왔고, 1977년 계원예술고등학교를 설립하였다.

1976년 여류문학인회 회장, 1977년 유네스코 한국위원회 문화위원장, 1983년부터 1992년까지 국제 펜클럽 한국본부 회장을 맡았고, 1989년 예술원 회원이 되었으며, 1991년 파리에서 열린 국제펜중앙위원회에서 공로를 인정받아 국제 펜클럽 종신부회장으로 선임되었다. 1993년 동생인 고故 전락원 전 파라다이스그룹 회장과 함께 1993년 계원예술고등학교, 계원디자인예술대학 등 계원학원을 설립했다. 또 1997년 한국문학유산의 보존을 위해 한국 최초의 현대문학 자료관인 '동서문학관'을 건립했다. 이곳에서는 한국 현대 문학사에 빛난 걸작들의 초판본, 육필원고 등을 한눈에 볼 수 있는데, 2007년 위치를 옮기면서 '한국현대문학관'으로 재개관했다. 그밖에 대한민국 예술원상, 독일 괴테문화훈장, 러시아 푸슈킨 문화훈장 등 국내외에서 많은 상을 받았고, 2005년에는 정부로부터 은관문화훈장을 받았다.

전숙희는 2010년 8월 1일 오전 경기도 성남의 분당서울대병원에서 노환으로 세상을 떠났다. 이후 탄생 100주년이 되던 2016년에 '수필가 전숙희 평전'『벽강 전숙희』(조은 지음, 한겨레출판)이 발간되었다.

## 노천명이 말하는 전숙희

향수鄕愁에, 사로잡힌 영원한 처녀―이는 바로 전숙희田淑禧의 모습이다.

한복을 입으면 헐일없는 촌띠기―양장을 하면 아무런 걸 주서입으나 맞춤껏처럼 어울리는 체격의 그는 어쩐 일인지 늘 시집 안간 처녀 같은 인상을 남한테 주고 있다.

그래서 나는 늘 그가 무슨 얘기 끝에 "우리 강姜이" 어쩌구 그럴 때면 그제서야 비로소 "참 숙희가 결혼한 사람이지" 하고 새삼스럽게 느끼곤

하는 것이다.

그가 이화 영문과를 졸업할 무렵에는 영화 〈어화漁火〉에도 관계를 하고 하여 여자 영화 감독이 하나 나오나 보다 했던 노릇이 결국은 소설을 쓰는 길로 들어서고 말았다.

아직은 작품보다도 인간이 더 좋아 촌띠기 같은 그 순박한 인간성에 사람들은 하나 같이 모두 반한다.

겸손하고 어질고 착한 전숙희에게 나도 반한 사람 중의 하나라고 할까.

인간이 좋으면 반드시 문학도 좋은 것이 나온다는 것을 믿는 나는 앞으로의 전여사의 작품에 기대하는 바가 크다.

네 아이의 어머니 노릇을 하며 살림하는 그 여가 여가에 어느 틈에 부지런히 붓을 들어 이렇게 한 권의 책을 이루었단다.

언젠가 그와 「새치기」라는 수필을 읽어보고 땅에다 발을 붙인 그 리얼한 태도에 접하며 그는 앞으로 소설을 쓸 사람이라는 것을 느꼈다.

말수가 적은 그의 속사람과 우리는 이 수필집 속에서 이제 친할 수 있게 되었다.

우리 여류문단에 5월의 창포 모양 싱싱하게 자라는 여사의 첫 작품집의 출판은 신록 사이로 들려오는 건설의 마치 소리와 함께 반가운 소리다.

이 첫 애기의 모습이 하로 바삐 보고 싶다.

— 수필 「전숙희 수필집에 붙임」(『나의 생활백서』, 122~124)

| **임옥인** |

임옥인林玉仁은 1911년 음력 6월 1일 함북 길주吉州에서 태어났다. 함흥 영생여고보를 거쳐 1935년 일본 나라여자고등사범학교奈良女子高等師範學校 문과를 졸업하고 모교인 함흥영생여고보과 누씨여고樓氏女高에서 교사생활을 했다. 1939년『문장』지에 단편「봉선화」가, 이듬해「고영」이 추천되어 등단했으며 선배 작가 박화성, 최정희 등과 함께 문단의 '신여성 1세대'로서 활약했다.

해방이 되자 함남 혜산진 대오천에 가정여학교를 창설하여 운영하면서 야학회를 만들어 농촌부녀계몽운동에도 참여했다. 그러나 북쪽 생활이 여의치 않자 1946년 월남하여 창덕여고에서 교편을 잡았다. 이어 1948년『부인신보』편집차장, 1949년 미국공보원 번역관, 한국문학가협회 중앙위원, 1950년『부인경향』편집장 등을 지냈다. 또 이화여대·덕성여대·건국대 강사를 거쳐 건국대학교 부교수와 여자대학장 겸 가정대학장, 기독교방송국 자문위원장, 크리스찬 문협회장, 크리스찬문학가협회 초대회장, 한국여류문학가협회 회장 등을 맡았다. 1976년 뇌졸중에서 회복하여 1977년 건대 교수직으로 돌아왔고, 1978년 대한민국 예술원 회원이 되었다.

소설집『아름다운 시절』(기독교 아동문화사, 1955), 장편『월남전후』(여원사, 1957) 출간과 CBS 연속 방송에 이어『후처기』(여원사, 1957)도 발표했다. 수필집『문학과 생활의 탐구』(대한기독교교육협회, 1966)와『지하수』(성바오로출판사, 1973)를 간행하고,『나의 이력서』(1980)를『한국일보』에 연재했다. 1957년 장편 『월남전후』로 아세아자유문학상, 장편 『일상의 모험』(『현대문학』 1967년 연재)으로 제6회 한국여류문학상을 수상했고, 1981년 대한민국 예술원상을 받기도 했다.

임옥인은 슬하에 자제를 두지 않았으며 1993년 남편 방기환方基煥이 사망한 후 서울 수유동 자택에서 조카들과 생활하다 1995년 4월 4일에 세상을 떠났다. 그는 경기도 미금시 금곡 천주교 묘지에 안장되었다.

임옥인의 『나의 이력서』(정우사, 1985)에서 그의 삶을 살펴보면 아래 와 같다.


### '옥인'이라는 이름

1911년 음력 6월 1일에 태어나자 임옥인 집안 어른들이 아기의 이름을 짓기 위해 공론을 벌였다. 귀여운 딸이니 예쁜 이름을 지어야한다면서 칠순이 넘은 증조부가 제안했다. "은옥이라 하자. 그런데 계집애는 보석같이 숨어 살아야 하는 법이니 은銀자를 쓰지 말고 숨을 은隱자로 하는 게 좋겠다." 이렇게 해서 임옥인의 본명은 은옥隱玉이 되었다. 여자가 얼굴을 싸 가리고 다니던 그 시절이기에 '세상에 드러남 없이 곱게 커서 소리 없이 늙어가라'고 뜻의 이름이었다. 그런데 상급학교에 가느라 호적초본이 필요하여 떼어 보니 그 이름이 '옥인玉仁'으로 바뀌어 있었다. 생일도 음력 6월 1일이 아니고 1월 1일로 되어 있었다. 원래 호적에는 생년生年이 1911년으로 기재되어 있었으나 인명사전 같은 기록에는 1915년 또는 1914년, 1913년 등 제각각 되어있었다고 한다. 이를 두고 임옥인은 "비사무적인데다 매사에 맺고 끊지 못하는 내 성격을 보는 것 같아서 이럴 때마다 입맛이 썼지만, 그 기록대로 조금이라도 젊을 수만 있다면 그것은 여러 모로 아주 좋은 일이다"라고 말하기도 했다.

## 배움과 창작의 길

함경북도 길주군 장백면 도화동이 임옥인의 고향이다. 고향집에서는 증조부님, 조부님, 부모님 그리고 오빠 두 분과 함께 살았다. 아버지 임희동林熙東은 임씨 9대조의 종갓집 장손이었고, 어머니 마몽은馬蒙恩은 외동딸이었다.

그가 진학할 때 오빠는 가정과를, 아버지는 문과를 권했다. 물론 아버지의 뜻을 따라 글의 세계로 입문했고, 재능 있는 사람을 보면 무조건 좋아하는 성격도 아버지 영향이었다. 아홉 살 때 야학이 아닌 학교에 들어가고 싶어, 무작정 큰오빠가 다니는 함흥보통학교로 따라갔고, 그곳을 졸업하여 함흥 영생永生여자고등보통학교에 진학했다.

하지만 오빠의 뜻밖의 사고 같은 가족의 불행이 잇단 가운데 1935년 봄, 나라奈良여자고등사범학교를 졸업하고 영생여고보에서 교편을 잡았다. 그때 임옥인은 임은옥이란 옛이름으로 『시원詩苑』지에 투고했다. 이헌구가 주관하던 월간지 『여성』에도 투고했다. 또 기독교 감리교계의 미션 스쿨인 루씨여고에서 1937년부터 3년간 교편을 잡았다. 이 사이에 최초의 소설 「봉선화」를 써서 『문장』지에 투고하였고, 1939년 제1차 추천을 받았다.

해방 후 임옥인은 갑산 산골에 대오천가정大吾川家政 여학교를 설립하고 교장·교사·급사로 여학교와 야학 교육사업을 해나갔다. 그러다가

1946년 4월 월남했다. 1954년부터 2년에 걸쳐 월간『문학예술』지에 연재한 것이『월남전후』라는 장편소설이다. 창덕여고 교사로 1년 반 있다가 신문기자가 되어 교단을 떠났다.『부인신보』에서 견습기자로 있으면서『부인경향』의 창간에도 참여했다.

그 무렵 소공동에 자리한 직장 근처에는 문인들의 집합소로 플라워 다방, 명동의 동방살롱, 모나리자, 청동다방 등이 있었다. 동방살롱에는 평론가 이헌구가, 모나리자는 작가 김동리, 청동 쪽은 시인 오상순의 본거지였다고 한다.

임옥인은『부인경향』편집장으로 있다가 다시 미국공보원 번역관 자리로 옮겼다. 다양한 체험을 할 수 있을 뿐만 아니라 봉급도 많고, 미국유학의 기회도 얻을 수 있을 것 같아서 선택했다고 한다. 그는 당시 미공보원에서 펴내던 월간『아메리카』지의 편집을 도우며 번역 일도 했다.

## 방기환과의 만남

임옥인이 '할배'라고 부르는 방기환方基煥과 알게 된 것은 1949년이다. 월간『소녀』지 청탁으로 동화「십리길」을 쓴 적이 있다. 그때 주간 방기환이 친절히 응대를 해주며, 그 자리에서 원고료를 내 주었다. 문인들이 잡지에 재능기부 하는 것이 당연시되던 때라 그는 놀랐다고 한다.

『연합신문』에『기류氣流』라는 작품을 연재하던 임옥인은, 이 연재물 스크랩을 방기환에게 주며 평을 해달라고 부탁했다.『소년』지에 연재된 방기환의『꽃필 때까지』를 읽고 감동받았기 때문에 부탁을 한 것이다.

방기환은 이후 그에게 '문학과 인생의 스승'이 되었다고 한다. 사실 그는 임옥인보다 12세 연하였고, 주변여건이 연애상대로 삼을 수 없는 사람이었다. 하지만 환도 직후(1953년) 신앙과 같은 절실한 마음으로 임옥인(43세)은 방기환(31세)과 결혼했다.

### 인생철학과 생활

임옥인의 철학은 "인생은 사랑하는 이의 것이다. 생활을 사랑하자"는 것이다. 이를 바탕으로 '생활교실'을 주장하고 직접 교육사업을 실천했다. 생활적인 변화와 그로 인한 정신적 성장도 뒤따랐던 1960년대, 그는 '장편창작의 시대'에 활발하게 창작을 해나갔다. 1961년 『힘의 서정』을 동아일보에 연재한데 이어 1962년 『소의 집』을 『최고회의보』에 실었고, KBS라디오에 장편수필 『아침의 화제』를 연속 집필했다.

1963년 『장미의 문』을 『자유문학』에, 1966년 『돈도 말도 없을 때』를 『새가정』에 연재했다. 그는 『현대문학』에 연재한 『일상의 모험』으로 1969년 '여류문학상'을 수상했다.

1970년대에 장편 『일용의 식량』 등을 집필했지만 주로 수필을 썼다. 수필의 청탁이 부쩍 늘어났기 때문이다. 이것은 우리나라 신문 잡지 등 미디어의 성장과 출판사의 증가를 의미하는 한 가지 현상이었다. 이 무렵 『지하수』, 『행복의 산실』, 『잘사록 살사록』 등의 수필집을 펴냈다. 임옥인은 1972년부터 1974년까지 한국여류문학인회 제4대 회장을 맡기도 했다.

## | 노천명 |

노천명盧天命은 1911년 9월 1일 황해도 장연에서 아버지 노계일盧啓一과 어머니 김홍기金鴻基 사이에서 둘째 딸로 태어났다. 아버지는 소지주 집안으로 인천에서 무역업을 하여 성공을 거둔 덕분에 집안 살림이 넉넉했다. 그의 원래 이름은 기선基善인데 6세에 홍역을 심하게 앓다 겨우 목숨을 건졌다고 하여 '천명'으로 바꾸었다. 하지만 9세 때 아버지가 돌아가시면서 가족이 고향을 떠나 어머니의 고향 서울로 옮겨야 했다.

창신동에 집을 마련하면서 노천명은 진명보통학교에 입학했고, 언니 기용基用이 최두환崔斗煥 판사와 결혼해 학비와 생활비를 대주었다. 이때 잡지『어린이 소설』에 시를 응모해 입선하기도 했다. 1926년 검정고시를 거쳐 일찍 진명고녀에 진학해 '국어사전'이라는 별명을 얻을 정도로 우수한 성적을 받았다. 병약하고 내성적이었지만 100m 달리기 선수로도 활약했다. 1927년 진명고녀 2학년 때『동광』에 투고한 작품이 입선되었다. 1930년 이화여전 영문과를 입학하던 해, 어머니가 세상을 떠났다. 3년상을 치르며 노천명은 학교 기숙사에서 고독한 생활을 했는데, 그때 독서와 시 창작에 파묻혀 지냈다. 이화여전에 다닐 때 1932년『신동아』에 시「밤의 찬미」,「단상」,「포구의 밤」 등과 장편소설『닭 쫓던 개』와 수필「신록」을,『신가정』에는 시「제석除夕」을 발표했다.

1934년 이화여전을 졸업한 후『조선중앙일보』기자로 근무하였고, 1935년 2월 문예지『시원詩苑』창간호에「내 청춘의 배는」을 발표하면서 동인 활동을 했다.『조선중앙일보』를 그만둔 후에는 1937년부터『여성』 편집기자로 활동하며 1938년 첫 시집 『산호림珊瑚林』을 발간했다. 이 무렵 홍해성, 유치진, 김진섭, 서항석 등 일본 유학생이 만든 '극예술연구회'에서 활동하며 관객으로 온 보성전문학교 교수 김광진金光鎭과 만나곤 했다. 이미 결혼한 사람이었기에 약혼까지는 했으나 결혼은 하지 못했다. 김광진은 6·25전쟁 중에 평생기생 출신 가수 왕수복과 월북했다. 노천명은 1943년부터 총독부 기관지 『매일신보』 문화부에서 가정란을 편집했다.

노천명은 1941년부터 조선문인협회 간사, 조선임전보국단 산하 부인대 간사로 친일에 가담하였고, 1945년 해방 직전에 2번째 시집 『창변窓邊』을 발간하였다. 제호를 바꾼 『서울신문』의 문화부에서 근무했고 1946년부터 1년간 『부녀신문』 편집차장을 맡다가 사직하고 1948년 갑자기 일본으로 밀항하여 1년간 머무르다가 돌아왔다.

그는 6·25 전쟁 때는 피난을 하지 못해 곤욕을 치러야 했다. 조선문학가동맹에 가입하여 문화인 총궐기대회에 참가했기 때문에 9·28 수복 후 조경희와 함께 부역죄로 구속되어 1950년 10월 20년의 실형을 선고받았다. 하지만 이헌구, 김광섭 등 문인들의 석방운동으로 1951년 4월 4일 사면을 받아 6개월 만에 출감할 수 있었다. 노천명은 부산 중앙성당에서 가톨릭에 입교하여 영세를 받고 '베로니카'라는 세례명을 받았다. 부산 공보실 중앙방송국 촉탁으로 원고를 쓰다가 1953년 여름 서울로 돌아왔다.

이후 서라벌예대, 국민대, 이화여대에 출강하면서 이화여대 출판부 일도 했다. 건강 악화로 힘든 시간을 보내면서 1956년 5월 『이화 70년사』를 출간했다. 또 옥중시 20편을 포함한 3번째 시집 『별을 쳐다보며』(희망출판사, 1953)와 수필집 『산딸기』(정음사, 1948), 『나의 생활백서』(대조사, 1954), 『여성 서간문 독본』(박문출판사, 1955) 등도 발간했다.

노천명은 1957년 2월 7일, 46세에 재생불능성 뇌빈혈로 쓰러져 청량리 위생병원에 입원했다. 문우들이 입원비를 건네자 그 뜻을 거절하고 곧 퇴원했다. 모윤숙의 부축을 받으며 코로나 승용차로 드라이브하며 돌아온 것이 그의 생애 마지막 외출이었다. 그해 6월 16일 새벽 누하동 자택에서 세상을 떠나고 말았다. 46세의 나이였다. 장례는 명동성당 별관 천주교 문화회관에서 문인장으로 거행되었다. 장의위원장은 변영로가, 식사는 박화성과 이헌구가 맡았으며, 조시 낭송은 시인 구상과 김남조가 했다. 최정희는 노천명의 약력을, 전숙희는 노천명의 유작을 낭독했다. 진명여고에서도 추도식을 거행했으며, 장례미사도 올려졌다. 서울 중곡리 천주교묘지에 안치되었다가 경기도 고양군 벽제 천주교묘지로 이장되었다. 1957년 8월 23일 세워진 시비에는 '노천명지묘 베로니카'라는 글씨와 시 「고별」(1951)이 새겨져 있다.

사후 미발표 유작시를 포함한 4번째 시집 『사슴의 노래』(한림사, 1958)와 수필집 『사슴과 고독의 대화』(서문당, 1973)가 발간되었다. 1995년에는 이화여대 동창문인회가 과천 서울대공원에 '사슴' 시비 제막식과 문인회 10주년 기념문집 출판기념식도 있었다. 2001년 한국시인협회에서 시작한 '노천명문학상'은 매년 9개 부문에서 시상되고 있다. 한편 2002년 8월 민족문학자회의(한국작가회의)에서 발표한 친일문학인 명단에 모윤숙, 최정희와 함께 수록되기도 했다.

## | 최정희 |

최정희崔貞熙(호 담인淡人)는 1906년 12월 3일 함경남도 성진군 예동에서 한의사인 아버지 최재연崔在淵과 조덕선趙德善의 1남 3녀 중 만딸로 태어났다. 아버지는 소문난 한의사였으나 재물보다 풍류와 시에 관심이 많았고 첩살림까지 하였다. 그런 아버지였지만 5세 때부터 맏딸을 서당에 보내며 공부를 시켰다. 그러나 가정형편이 어려워져 10세 때 함남 단천으로 이사하여 어머니와 함께 장사를 하며 집안일을 거들어야 했다.

최정희는 친척집에서 지내며 성진보신학교에 다니는 동안 기독교 사회주의 영향을 받았다. 보통학교 5학년 1학기 때 이웃집 천금이를 따라 서울에 올라와서 식모노릇을 하며 공부를 했다. 계동에서 자취를 하며 1923년 동덕에 보결로, 1924년 숙명여고보 2학년에 보결로 입학했다. 졸업반이 되었을 때 동경 유학은 꿈도 꾸지 못할 형편이라 중앙보육학교에 진학했다. 검정고시에 합격해 1년 만에 조기 졸업하고 1929년 경남 함안유치원 보모로 근무를 했다. 1930년 일본 도쿄의 미카와유치원三河幼稚園 보모로 취직하여 부인 관련 잡지를 읽으며 유치진, 김동원 등과 함께 학생극예술좌에 참가하여 여배우를 꿈꾸기도 했다.

그러나 1년 반 만에 고국으로 돌아온 그는 영화를 하고 싶다는 생각에 사회주의 연극운동을 하던 김유영을 찾아갔다. 이것이 인연이 되어 그와 동거를 하며 소형극장 운동에 참여하여 연극배우를 했다. 이때 아들을 낳고 생활이 어려워졌을 때 『삼천리』 기자로 일하며 작가의 길에 들어서게 되었다. 삼천리사는 1931년 귀국한 김동환이 운영하고 있었다. 최정희는 3년간 기자 생활을 하며 소설, 평론, 수필 등을 써나갔다. 김유영과 헤어지고 아들 익조마저 그의 본가에서 데려간 뒤라 그는 마음을 달래며 일에 더 열중했다.

일제의 사상통제가 심하던 1934년 프롤레타리아 예술동맹의 회원이 아닌데도 불구하고 그는 신건설사 사건(KAPF 제2차 검거)에 연루되어 전주형무소에서 옥살이를 해야 했다. 그가 문학에서 구원의 길을 찾기 시작한 때도 이 무렵이라고 한다. 1935년 9개월 만에 출옥한 최정희는 이은상의 배려로『조선일보』출판부에서 4년간 근무했다.

2014년 권영민 교수가 발굴한 이상李箱의 편지 가운데 최정희에게 쓴 러브레터가 발견되기도 했다. 편지에 "정히야, 나는 이제 너를 떠나는 슬픔을, 너를 니즐 수 없어 얼마든지 참으려구 한다. (…중략…) 그러나 이제 내 맘도 무한 허트저(흩어져) 당신 잇는 곳엔 잘 가지지가 않습니다"라는 실연의 아픔이 담겨져 있다고 한다. 이때 최정희는 23세 이혼녀였는데 시인 백석白石도 그에게 구애를 했다고 한다.(황수현, 「이상 '오감도' 미공개 추정작 발견」,『한국일보』, 2014.07.23. 일부)

또 1937년 「흉가凶家」로 문단의 주목을 받기 시작하면서, 「지맥地脈」 (1939), 「인맥人脈」(1940), 「천맥天脈」(1941) 등을 발표하며 작가로서 자리를 잡아나갔다. 그러나 조선문인협회, 조선임전보국단 간사와 전시생활부 부원으로 친일협력도 했다. 이후 해방이 될 때까지 7년간 일제의 감시를 피하여 경기도 덕소에서 두 번째 남편인 파인 김동환과 행복하게 농촌생활을 했다.

해방 후『삼천리』잡지 속간을 준비하면서 노천명, 손소희와 함께 조선문학가동맹에 참여한 것으로 보인다. 한편 남편 김동환은 반민특위에 걸려 마포형무소에서 3개 월간 수감생활을 했다. 이 무렵에 최정희를 위안해 준 것은 두 딸 채원과 지원이었다. 6·25전쟁 때 서울에 남아 있다가 북측에 붙잡혀간 남편을 살리려고 문학가동맹에 찾아간 것 때문에 9·28수복 후 부역자로 오해를 받기도 했다. 1·4후퇴 때는 빚쟁이로 몰린 상황 때문에 피난을 늦게 떠나면서 아이를 잃을 뻔도 했다. 육군종군작가단에 들어가 문인극 공연과 글을 쓰면서 가족을 지켜나갔다. 이때 수필집『사랑의 이력』(1951), 장편『녹색의 문』(1952), 동화집『장다리 꽃 필 때』(1954), 창작집『바람 속에서』(1955) 등을 펴냈다.

1956년『주부생활』주간으로 근무하며 1958년 장편『인생찬가』로 서울시문화상 본상을 수상했고, 1960년『현대문학』추천심사위원으로 활약하며 문단권력의 중심에 섰다.『사상계』에서 연재 중단을 겪으며 발표한『인간사人間史』(1960~1964)는 일제하에서 6·25를 거쳐 4·19 당시까지 우리 현대사의 흐름을 조명한 작품이라는 평가를 받았다. 또 수필집『젊은 날의 증언』(1962)과『강물은 또 몇 천리』를『현대문학』에 2년간 연재하기도 했다.

최정희는 1950년대 후반부터 1960년대『사상계』,『조선일보』,『여원』,『현대문학』,『주부생활』등의 각종 잡지와 신문에서 편집위원과 추천자, 심사위원을 맡았고, 1969년 한국여류문학인회(한국여성문학인회) 제2대 회장도 맡았다. 1964년 제1회 여류문학상, 1971년 대한민국예술원 문학부문 작품상도 수상했다.

최정희는 1990년 12월 21일 새벽, 서울 성북구 정릉 자택에서 숙환으로 세상을 떠났다. 그의 장례식은 구상 시인이 장례위원장을 맡아 문인장으로 치러졌다.

2016년 3월 인천문화재단 한국근대문학관이 최정희의 소장도서 133권을 유족의 무상 기증 동의를 얻은 후 책이 보관되어 있던 일본에서 직접 인수해 왔다. 이로써 최정희의 창작 원천과 작가 의식은 물론 작가 개인의 교우관계나 인간관계까지 엿볼 수 있게 되었다.

## 더 읽을거리


### 천경자

천경자, 수필집『언덕 위의 양옥집』, 신태양사, 1966.

______, 수필집『유성이 가는 곳』, 영문각, 1961.

______, 자서전『내 슬픈 전설의 49페이지』, 랜덤하우스코리아, 2006.

______, 그림 〈내가 죽은 뒤(부활)〉(종이에 채색, 43×54cm), 1952년 작 : 2007년 서울시립미
    술관 전시/ 1995년 호암갤러리 '천경자_꿈과 정한의 세계' 전시.

기형도, 시집『입 속의 검은 잎』, 문학과지성사, 1989.

김영랑, 시집『모란이 피기까지는』, 미래사, 1991.

백석,『백석 시전집』, 창작과비평사, 1987.

정지용, 시「향수」,『조선지광』65호, 1927.

최광진,『찬란한 고독, 한의 미학』(천경자 평전), 미술문화, 2016.


### 박경리

박경리, 수필집『기다리는 불안』, 현암사, 1967.

______, 수필집『Q씨에게』, 현암사, 1966.

______, 수필집『원주통신』, 지식산업사, 1985.

______, 수필집『꿈꾸는 자가 창조한다 – 박경리의 원주통신』, 나남, 1994.

______, 시집『우리들의 시간』, 마로니에북스, 2012.

계용묵, 수필「손」,『문장』1941년 3월호.

계용묵, 수필집『상아탑』, 우생출판사, 1955 / 도서출판 그림책, 2014.

메릴린 옐롬 · 테리사 도너번,『여성의 우정에 관하여』, 책과함께, 2016.

박남수,『박남수 전집 1–2』, 한양대학교출판원, 1998.

생텍쥐페리,『*The Little Prince*』(1943년 초판본, 영어판), 소와다리, 2014.

손태룡, 『한국의 음악가』, 영남대 출판부, 2003.

알랑 드 보통, 정영목 역, 수필집 『불안』, 은행나무, 2011.

정호승, 시집 『여행』, 창작과비평사, 2013.


**강신재**

강신재, 수필집 『사랑의 아픔과 진실』, 육문사, 1966.

______, 소설집 『젊은 느티나무』, 문학과지성사, 2007.

국가법령정보센터(http://www.law.go.kr).

밀레, 그림 〈서서 실 잣는 여자〉(캔버스에 유화, 45.2×32.5cm, 1850~1855년 작), 보스턴 미술관
    소장.

이유식, 『이유식의 문단수첩 엿보기』(인물에세이), 청어출판사, 2011.

토마스 불핀치, 『그리스로마 신화』, 시간과공간사, 2007.

한용운, 시집 『님의 침묵』, 회동서관, 1926 / 한성도서주식회사, 1934.


**이영도**

이영도, 수필집 『머나먼 사념의 길목』, 중앙출판공사, 1971.

______, 시조집 『석류』, 중앙출판공사, 1968.

______, 시조집 『청저집(靑苧集)』, 문예사, 1954.

______, 시조전집 『보리고개』, 목언예원, 2006.

______, 시조집 『외따로 열고』, 시인생각, 2013.

김수영, 『김수영 전집 1. 시』, 민음사, 1981.

리처드 칼슨, 『여성의 행복한 인생을 위한 101가지 이야기』, 국일출판사. 2003.

마귈론 투생, 『먹거리의 역사』, 까치, 2002.

박경리, 시집 『버리고 갈 것만 남아서 참 홀가분하다』, 마로니에북스, 2008.

백석, 『백석 시전집』, 창작과비평사, 1987.

법정, 수필집 『버리고 떠나기』, 샘터사, 1993.

안도현, 소설 『연어』, 문학동네, 1996.

허수경, 시집 『혼자 가는 먼 집』, 문학과지성사, 1992.

## 정충량

정충량, 수필집『수문장의 변』, 학원출판사, 1977.

______,「나의 기자시절」,『신문과 방송』, 1977년 11월호.

김영랑,『영랑시집』(초판본), 시문학사, 1935.

도종환, 시집『접시꽃 당신 2 – 내가 사랑하는 당신은』, 실천문학사, 1988.

신현림, 시집『반지하 앨리스』, 민음사, 2017.

윤동주, 시집『하늘과 바람과 별과 시』, 정음사, 1955.

이상화,「빼앗긴 들에도 봄은 오는가」,『개벽』70호, 1926년 6월호.

조병화, 시집『어머니』, 중앙출판공사, 1973.

토머스 스턴스 엘리엇, 황동규 역, 시집『황무지』, 민음사, 1974.


## 조경희

조경희, 수필집『우화』, 중앙문화사, 1955.

______, 자서전『언제나 새길을 밝고 힘차게』, 정우사, 2004.

이해인, 시집『작은 기쁨』, 열림원, 2008.

잭 첼로너 외,『죽기 전에 꼭 알아야 할 세상을 바꾼 발명품 1001』, 마로니에북스, 2010.

프란시스코 고야, 그림 〈파라솔(The Parasol)〉(캔버스에 유채, 104×152cm, 1777년 작), 프라도 미
    술관 소장.


## 전숙희

전숙희, 수필집『밀실의 문을 열고』, 국민문고사, 1969.

신동엽, 시집『아사녀』, 문학사, 1963.

정호승, 시집『내가 사랑하는 사람』, 열림원, 2008.

조  은, 평전『벽강 전숙희』, 한겨레출판, 2016.

최두석 편,『오장환 시전집 1』, 창작과비평사, 1989.

최승호, 시집『고슴도치의 마을』, 문학과지성사, 1985.


## 임옥인

임옥인, 수필집『문학과 생활의 탐구』, 대한기독교교육협회, 1966.

______, 수필집『나의 이력서』, 정우사, 1985.

「여성살롱」, 『동아일보』 1963년 12월 26일자.

이원, 시집 『야후!의 강물에 천 개의 달이 뜬다』, 문학과지성사, 2013.

신현림, 시집 『세기말 블루스』, 창작과비평사, 1996.

장 그르니에, 산문집 『일상적인 삶』(김용기 역), 민음사, 2001.

천상병, 시집 『저승 가는 데도 여비가 든다면』, 일선출판사, 1992.

함돈균, 『사물의 철학』, 세종서적, 2015.


### 노천명

노천명, 수필집 『나의 생활백서』, 대조사, 1954.

______, 시집 『산호림』, 한성도서주식회사, 1938.

______, 유고시집 『사슴의 노래』, 한림사, 1958.

______, 수필전집 『이기는 사람들의 얼굴』, 스타북스, 2016.

권문경, 『민태원 선집』, 현대문학, 2010.

사무엘 울만, 정성호 역, 『청춘』, 젊은나무, 2000.


### 최정희

최정희, 수필집 『젊은날의 증언』, 육민사, 1962.

권영민, 『이상문학 대사전』, 문학사상, 2017.

김소월, 시집 『진달래꽃』, 매문사, 1925.

노자영, 시집 『내 혼이 불탈 때』, 청조사, 1928.

서영은, 소설 『강물의 끝』(전기소설), 문학사상사, 1984.

셰익스피어, 희곡 『햄릿』, 민음사, 1998 / 창비, 2016 / 문학동네, 2016.

스탕달, 김현태 역, 『연애론』, 집문당, 2016.

안도현, 시집 『그대에게 가고 싶다』, 푸른숲, 2002.

유이싱·싱췬린, 『잘 했어, 코끼리!』, 도솔, 2006.

이청준, 『이청준 전집 1 - 병신과 머저리』, 문학과지성사, 2010.

차동엽, 『희망의 귀환(희망을 부르면, 희망은 내게 온다)』, 위즈앤비즈, 2013.

한지훈, 『스페로 스페라(다시 시작할 용기를 주는 긍정의 주문)』, 42미디어콘텐츠, 2015.